10.7.70

Foto: Walter Breitinger

Marliese Arold, geboren 1958, studierte Bibliothekswesen in Stuttgart und arbeitet seit 1983 als freie Schriftstellerin. Für Kinder und Jugendliche Geschichten ausdenken und aufschreiben ist für sie das Schönste. Marliese Arold lebt heute mit ihrem Mann und ihren beiden Kindern in Erlenbach.
In der Fischer Schatzinsel sind von ihr u. a. auch ›Oskars ganz persönliche Geheimdatei‹ (Bd. 85040) und ›Oskars ganz persönliche Krisendatei‹ (Bd. 85058) erschienen.

Foto: Dorothy Palanza

Ute Krause, 1960 in Berlin geboren, verbrachte ihre Kindheit und Jugend in verschiedenen Ländern (Türkei, Nigeria, Indien, USA u. a.). Sie studierte an der Hochschule für Film und Fernsehen in München, illustriert seitdem für mehrere Verlage Kinderbücher und lebt als Drehbuchautorin, Regisseurin und Illustratorin in Berlin.

Unsere Adresse im Internet: www.fischer-tb.de

Oskars ganz persönliche Skandaldatei. Das Schicksal macht Oskar plötzlich zum Skandalreporter. Zuerst sind es nur die grässliche Läuseplage im Hühnerstall und Irmis schockierender Müll-Fehltritt, über die er unbedingt berichten muss. Doch dann scheinen die Skandale kein Ende zu nehmen: Oskar deckt die horrormäßigen Folgen von Papas neuestem Feng-Shui-Tick auf und ist Omas riskanten Finanzspekulationen auf der Spur. Wenn man mit solchen Enthüllungsstorys nicht locker reich und berühmt werden kann! Aber als Oskar die Diskette mit Paulas geheimer Kussliste in die Hände fällt, steckt er selbst mittendrin in einem Skandal …

Oskars ganz persönliche Glücksdatei. Seit Oma Oskar ein Notebook samt Internet-Anschluss spendiert hat, schwebt er auf Wolke Siebeneinhalb. Nur leider holt der Alltag ihn schon bald wieder brutal auf den Boden zurück. Muss das so sein?
Oskar wird kurzentschlossen Glücksforscher und stellt fest: Glück ist für jeden etwas anderes und Glück ändert sich dauernd. Am spannendsten findet Oskar jedoch, dass Glück zufällig passiert: Wenn man eben knapp *neben* die Hundekacke tritt oder *genau* an dem Tag schwänzt, an dem ein Test geschrieben wird. Leider halten sogar Mega-Glücksfälle einfach nicht lange an. Als Oskar im Internet eine Story über seine Lehrer schreibt, macht sich das Glück ratzfatz davon …

Marliese Arold

Oskars ganz persönliche Skandaldatei

&

Oskars ganz persönliche Glücksdatei

Mit Bildern von
Ute Krause

Fischer
Taschenbuch
Verlag

★ ★ ★ ★ Fischer Schatzinsel ★ ★ ★ ★ ★ ★ ★ ★ ★ ★ ★ ★ ★ ★ ★ ★ ★ ★ ★

★ ★ ★ ★ Herausgegeben von Eva Kutter ★ ★ ★ ★ ★ ★ ★ ★ ★ ★ ★ ★ ★ ★ ★

Limitierte Sonderausgabe
Veröffentlicht im Fischer Taschenbuch Verlag,
ein Unternehmen der S. Fischer Verlag GmbH,
Frankfurt am Main, Mai 2002

Lektorat: Corinna Gieseler
Gesamtherstellung: Clausen & Bosse, Leck
Printed in Germany
ISBN 3-596-50492-9

Nach den Regeln der neuen Rechtschreibung

* * * **Oskars ganz persönliche Skandaldatei** * * * * * * * * * *

* *

Talent nicht erkannt!

Datum: *Donnerstag, 25. September*

Autor: *Der neue Live-Berichterstatter aus der 7c*

War der Lehrer betrunken? Oder befand er sich im Zustand geistiger Umnachtung? Diese Frage konnte leider noch nicht restlos geklärt werden. Tatsache ist, dass Martin Kliffe, kettenrauchender Deutschlehrer an der Astrid-Lindgren-Schule, einen folgenschweren Irrtum beging. Anstatt den ultragenialen Aufsatz des begnadeten Schülers Oswald Weib, 7c, (*Name etwas geändert, die Redaktion*) mit einer Eins zu bewerten, gab Kliffe ihm eine Vier. Der Schüler war am Boden zerstört. Das juckte den abgebrühten Kliffe nicht im Geringsten. Zeugen behaupten, dass er mit fröhlicher Miene aus dem Klassenzimmer ging und sich am Hinterausgang des Schulgebäudes die nächste Zigarette ansteckte. Er soll sogar leise vor sich hin gepfiffen haben.

Der geschädigte Schüler hingegen schlich niedergeschmettert nach Hause. Was wird er nun tun? Wird er die Vier rechtlich anfechten und Kliffe zur öffentlichen Entschuldigung zwingen?

Der schwärzeste Tag des Jahres

Datum: *Donnerstag, 25. September*

Autor: *Ein armer Teufel namens Oskar in einem einsturzgefährdeten Heim*

Hallo, Computer!
Ich hab dich nur eingeschaltet, um mich von dir zu verabschieden. Ich werde nicht mehr schreiben. Keine Geheimdateien mehr, keine Krisenberichte, keine Zeitungsartikel und vor allem keine obergeheimen Schweinereien.
In Zukunft werde ich mich über all diese Sachen ausschweigen.
DU ERFÄHRST NICHTS MEHR!

Meine Karriere als Reporter ist zu Ende. Ich habe kein Fitzelchen Talent, das hat mir heute unser Deutschlehrer Kliffe bestätigt.
Eine Vier für meinen Aufsatz! Und das mir – Oskar mit den Superideen und der unvergleichlichen Schreibe!
Zugegeben, das Thema war beknackt. Es lautete: DER HERBST. Was soll man da schon schreiben! Mir ist dann aber doch eine Menge dazu eingefallen. Ich war richtig stolz.
UND DANN EINE VIER!
Daniel bekam für sein Machwerk eine Eins. Das ist die größte Ungerechtigkeit der Welt! Jetzt denkst du sicher, ich sei bloß neidisch und würde meinem besten Freund die gute Note nicht gönnen.
Bitte sehr – ganz, wie du meinst!
Dein Pech, wenn du mich nach all der langen Zeit noch immer nicht kennst!
Ich habe überlegt, ob ich dich Daniel schenke. Weil der ja jetzt die besseren Chancen hat, ein berühmter Reporter zu werden. Aber Daniel will sowieso lieber Rennfahrer werden und außerdem hat er seit einigen Tagen einen eigenen Computer. Ein Supergerät! Gegen seine Turbokiste bist du schon längst ein lahmer Opa!

Daniel hat sogar Internet-Anschluss. Und da ihm auf diese Weise die ganze Welt offen steht, hat er sich den Aufsatz über den Herbst einfach irgendwo runtergeladen und ihn bei Kliffe als sein eigenes Produkt ausgegeben.

Und der hat diesen Betrug mit einer Eins belohnt.

So, jetzt weißt du, warum ich so stinkesauer bin!

Der Ehrliche ist der Dumme. Wer bescheißt, der bringt es weit. Und wer keinen Internet-Anschluss hat, der hängt ewig hintendran.

Ich hab meinen Eltern deswegen die Ohren voll gejammert, aber glaubst du, die haben mir auch nur eine Sekunde lang richtig zugehört? Die sind momentan ja total damit beschäftigt, unser schönes Haus in eine Staubhölle zu verwandeln. Kein Stein bleibt auf dem anderen! Ihre letzte Idee war, eine Dachgaube einzubauen, damit mein Zimmer größer wird (dagegen hätte ich nichts!), aber dann soll ich mein Reich gefälligst mit Flo teilen!

Ich bin doch nicht lebensmüde und wohne mit einer Nervensäge zusammen, die noch nicht einmal fünf ist! Nur damit Papa unten ein Arbeitszimmer kriegt!

Nee, da müssen sich meine Erzeuger schon was anderes einfallen lassen.

Ich will keine Dachgaube, ich will einen Internet-Anschluss!
Dann könnte ich meinen Aufsatz nämlich auch anderen zur Verfügung stellen. Vielleicht lädt ihn sich so ein Typ irgendwo in Deutschland runter. Dann kriege ich ein paar Tage später eine E-Mail, darin steht: *»Lieber Oskar, für deinen tollen Aufsatz hat mir mein Lehrer eine Eins gegeben …«*
Das wär mein Triumph! Ich weiß ganz genau, dass Kliffe mich nicht leiden kann!
Soooo schlecht ist mein Aufsatz über den Herbst gar nicht! Ich werde ihn auf alle Fälle speichern, egal, ob ich Internet-Anschluss kriege oder nicht.

– www.oskarweiß.de – www.oskarweiß.de – www.oskarweiß.de

Der Herbst. Ein Aufsatz von Oskar Weiß (Runterladen gebührenfrei. Einzige Bitte: Rückmeldung, welche Note ihr dafür bekommen habt. Nicht vergessen! Oberwichtig!)
Der Herbst ist das Gegenteil vom Frühling. Im Frühling kriegen die Leute Frühlingsgefühle, im Herbst kommen die Herbststürme. Manchmal werden sogar Orkane daraus, die alles umknicken

und die Ziegel von den Dächern werfen und wehe, man kriegt sie auf den Kopf. Dann ist man futsch, außer der Arzt ist rechtzeitig zur Stelle, aber der kann manchmal auch nichts mehr machen. Am Anfang ist der Herbst noch schön, weil sich die Blätter im Wald knallbunt färben, aber dann schütteln sich die Bäume und schmeißen ihr Laub ab und am Boden wird alles matschige Pampe, mit der man sich die Schuhe dreckig macht. Dann kommt der November, das ist der schlimmste Monat im Jahr, weil er lauter üble Tage hat, wie Totensonntag und Allerheiligen und Volkstrauertag und Buß- und Bettag. Da muss man dauernd an den Tod denken und ans Sterben und daran, dass man eigentlich ein schlechter Mensch ist und sein Leben bessern sollte. Aber das Eichhörnchen genießt auch den November, weil es sich da den Bauch mit lauter Nüssen voll schlagen kann.
Für die Menschen wird der Herbst erst wieder gut im Dezember, denn da ist Weihnachten und man kriegt viele Geschenke, aber Weihnachten gehört schon zum Winter und nicht mehr zum Herbst.
Ich finde den Sommer schöner, weil man da baden gehen kann und die Mädchen ihre Bauchnäbel in die Sonne halten.

Keine Chance auf einen Internet-Anschluss
Datum: *Freitag, 26. September*
Autor: *Jemand ohne Karriereaussichten*

Hier bin ich wieder, poor Oskar, das arme Schwein. Ich könnte heulen, wenn ich daran denke, wie gut Daniel es hat. Es tröstet mich überhaupt nicht, dass er sagt, der Computer würde ihm gar nicht richtig gehören. Eigentlich hat ihn sich sein Vater gekauft und Daniel darf ihn bloß benutzen. Das tut er den ganzen Tag!
Mein Papa kauft sich bestimmt keinen. Er hasst Computer! Er findet es schrecklich, dass Computer immer mehr unser Leben bestimmen. Aber dafür kann ich doch nichts! Es ist gemein, dass ich deswegen benachteiligt werde!
Noch etwas: Daniel hat seit Montag eine Zahnspange. Seine Mutter will, dass er hübsche gerade Zähne bekommt. Vermutlich hat sie Angst, dass Daniel sonst mit zwanzig die Krise kriegt, weil ihn kein Mädchen küssen mag. Also hat sie ihn zum Kieferorthopäden geschleppt. Jetzt hat Daniel jede Menge Metall im Mund. Es sieht cool aus und Daniel behauptet, er hätte dadurch Funkkontakt mit

irgendwelchen *Aliens* vom Planeten Beta Sechs und die würden ihm jede Nacht ziemlich heiße Sachen ins Hirn flüstern. Ich glaub davon kein Wort. Daniel spinnt. Es muss nicht besonders schön gewesen sein, wie ihm der Zahnarzt die Spange montiert hat. Daniel sagt, er hätte dabei fast Maulsperre gekriegt. Damit er nicht losschreit und dem Zahnarzt in die Hand beißt, hat sein Vater ihm unbegrenzten Zugriff an seinem Computer eingeräumt. Einschließlich Surfen im Internet! So was nennt man Bestechung!!!
Ich hab mich lange im Spiegel angeschaut, aber meine Zähne sind leider so was von kerzengerade, dass ich keine Chance auf eine Spange habe.
Ich hab heute ein paar Mal beim Mittagessen gesagt, dass ich unter keinen Umständen eine Spange, eine Brille oder ein Hörgerät will, aber niemand ist auf die Idee gekommen, mich mit einem Computer zu bestechen.
Es ist ungerecht!
Wenn die Welt in Zukunft auf ein Genie verzichten muss, dann ist das bestimmt nicht meine Schuld.

Unbekannte Läuseart eingeschleppt!

Datum: *Samstag, 27. September*

Autor: *Kammerjäger Oskar*

Schreckliche Entdeckung im Hühnerstall:
Am Samstagmorgen bot sich Oma Weiß, bekanntlich Hühnerfachfrau Nummer eins, ein grässlicher Anblick. Ihr geliebtes Federvieh war von Ungeziefer befallen! Anstatt Eier zu legen, saßen die Hühner nur da und kratzten sich. Noch unheimlicher sah der Hühnerstall aus: Wände und Decke waren schwarz von dem ganzen ekligen Krabbelzeug. Oma Weiß war dem Herzinfarkt nahe. Wie konnte das nur passieren?

Der NEUE HÜHNER-KURIER versucht Antworten auf diese brennende Frage zu finden:
a) Ein unbekannter Feind der Familie (möglicherweise ein skrupelloser Schüler von Frau Lohner-Weiß, die auch an der Astrid-Lindgren-Schule unterrichtet) hat die Läuse eingeschleppt, um sich für seine lausige Englischnote zu rächen.
b) Die Läuse wurden durch wilde Spatzen übertragen.
c) Der vierjährige Sohn Flo hat die Läuse aus dem Kindergarten eingeschleppt.
Noch brennender als die Frage WOHER ist allerdings die Frage WOHIN. Wie wird die Familie die Viecher bloß wieder los? Und zwar ganz schnell!!!

Lausige Zeiten!

Datum: *Samstag, 27. September*

Autor: *Oskar, vom Schicksal auf neue Wege geschickt*

Eigentlich wollte ich aus lauter Frust meine Reporterpläne an den Nagel hängen. Aber die Ereignisse lassen es nicht zu. Das Schicksal will es anders. Es macht aus mir einen Skandalreporter!
MEINETWEGEN! AUCH EGAL! HAUPTSACHE BERÜHMT!!!
Also. Das sind die Fakten: Die Sauerei in unserem Hühnerstall ist OBEREKLIG!
Ich hab mir die Bescherung angesehen. An den weiß gekalkten Wänden und an der Decke krabbeln Milliarden von schwarzen Punkten rum!!! Diese winzigen Biester formen schwarze Kreise, Ringe, Wolken!
ECHT HORRORMÄSSIG!
Ich hab alles fotografiert. Eigentlich hätte man das Ganze mit der Videokamera filmen sollen, das wäre eine Szene für einen Schocker gewesen. Aber so schnell geh ich kein zweites Mal mehr in den Hühnerstall rein!

Die Hühner selber tun mir schrecklich Leid. Die hat's schlimm erwischt. Ich hab mich schon gewundert, warum sie in der letzten Zeit so verrückt auf Sandbäder sind. Ein Sandbad ab und zu ist für ein Huhn völlig normal, aber unsere Hühner sind inzwischen richtig süchtig. Die haben sich in ihrem Auslauf fast bis zum Hals in die Erde eingegraben. Sobald sich ein Huhn schüttelt, steigt eine Staubwolke auf. Alles wegen den Läusen! Es muss jucken wie die Pest! Kein Wunder, dass der geile Georg keine Lust mehr hat, mit seinen Damen rumzuflirten. Selbst das Krähen ist ihm vergangen.

Normalerweise hocken die Hühner nachts im Stall auf der Stange, eng aneinander gekuschelt. Jetzt sitzen sie einzeln. Eigentlich stehen sie mehr und spreizen die Flügel ab. Vielleicht hoffen sie, dass im Schlaf die Läuse ohnmächtig runterfallen.

Oma meint, um mit der Läuseplage fertig zu werden, müsste man den Stall komplett desinfizieren und dann neu kalken.

»Und die Hühner?«, hab ich gefragt.

Da hat sich die Oma ratlos hinterm Ohr gekratzt.

(Zur Beruhigung: Hühnerläuse gehen nur kurze Zeit auf Menschen!)

ICH HASSE SIE TROTZDEM! (Die verdammten Läuse, nicht meine Oma!)

Es muss doch ein Mittel geben, wie man das verfluchte Ungeziefer los wird.

Oskars Geheimdatei • Oskars Geheimdatei • Oskars Geheimdatei •

Vier helfende Hände und die Sache mit Feng Shui

Datum: *Sonntag, 28. September*

Autor: *O. W., diesmal unbezahlter Möbelpacker und Müll-Entsorger*

Ich bin fix und alle. Gnadenlos k.o. Körperlich und geistig am Ende!!!

Lieber Computer, diese Zeilen tippt ein Wrack!

Seit heute Morgen um sieben bin ich auf den Beinen. Und das am Sonntag! Papa wollte nämlich seiner Bekannten Irmi beim Umzug helfen und mich hat er auch gleich eingespannt. Deswegen ist Mama schon in aller Herrgottsfrühe ausgerastet. Sie hat Papa gefragt, ob es bei uns zu Hause nicht genügend Arbeit gäbe. (Na klar, wir versinken jeden Tag aufs Neue in Staub und Schutt! Wegräumen ist zwecklos!) Papa hat geantwortet, er hätte Irmi schon im Sommer versprochen, ihr beim Umzug zu helfen – also zu einem Zeitpunkt, als noch keiner geahnt hat, wie schlimm es bei uns in ein paar Monaten aussehen würde. Ein Versprechen müsse man halten, hat Papa behauptet, vor allem einer guten Freundin gegenüber.

»Freundin!«, hat Mama nur verächtlich geschnaubt.

Jeder weiß inzwischen, dass sie zickezackehühnerkackenmäßig eifersüchtig auf Irmi ist! Papa kann noch so sehr beteuern, dass Irmi und er hauptsächlich über wichtige ökologische Dinge reden (wie zum Beispiel über die Behandlung der Tomatenfäule oder über tierfreundliche Schneckenbekämpfung). Mama glaubt kein Wort. Sie ist überzeugt, dass Papa nur in Irmis Ökogruppe eingetreten ist, um seiner alten Schulfreundin tief in die Augen zu sehen.

Dank Mamas Gestänker kamen wir später los als geplant. Frühstück mussten wir uns übrigens auch selber machen.
Als wir ankamen, fanden wir eine völlig entnervte Irmi vor. Sie hatte dunkle Ringe um die Augen, saß auf einer der Kisten und heulte. Ansonsten sah sie so knackig aus wie immer. Papa hat Irmi erst mal getröstet. (Ich werde mich hüten, das Mama zu erzählen!) Er hat für sie eine Tasse Kaffee gekocht und beruhigend gesagt, das Chaos um sie herum sei kein Drama, wir würden ganz einfach systematisch vorgehen. (*systematisch vorgehen = alles vernünftig der Reihe nach tun, anstatt herumzurennen wie ein aufgeschrecktes Huhn.* Ich dachte zuerst, systematisch vorgehen würde bedeuten, ganz zart fremde Arme zu streicheln. Das hat Papa nämlich in diesem Augenblick bei Irmi getan.)
Zum Glück hatten die Möbelpacker Irmis Zeug schon gestern in ihrer neuen Altbauwohnung abgeladen, sodass wir wenigstens keine großen Teile mehr schleppen mussten. Wir brauchten uns also nur noch um die Kisten und Kartons zu kümmern, die überall rumstanden. Es waren ungefähr tausend Stück. Irmi hatte sie nummeriert und Anweisungen wie »Schlafzimmer«, »Wohnzimmer« oder »Arbeitszimmer« draufgeschrieben. Irgendwie war

wohl trotzdem alles durcheinander geraten. Ich entdeckte in einer Kiste »Arbeitszimmer« gleich ganz oben eine Bratpfanne und Papa fand in einem »Schlafzimmer«-Karton ein blitzendes, langes Küchenmesser.

Gerade als ich so richtig schön am Auspacken war, rief Irmi: »Halt, Oskar!«

Vor lauter Schreck hätte ich fast einen Glasteller fallen lassen.

Irmi erklärte uns dann, wir sollten die ausgepackten Sachen nicht einfach irgendwo abstellen. Alles müsse an den richtigen Platz, damit die Energie fließen könne, sie wollte nämlich ihre Wohnung nach den Gesetzen von Feng Shui einrichten.

Papa fragte misstrauisch, ob sich Irmi neuerdings einen chinesischen Lover zugelegt hätte.

»Aber Martin«, hat Irmi nur gesagt. »Feng Shui ist doch kein Chinese!«

Feng Shui sei eine Art Philosophie, erklärte sie uns. Ich hab mich sehr angestrengt, damit ich auch alles kapiere. Also – Feng Shui bedeutet, dass man die Sachen um sich herum richtig oder falsch anordnen kann. Wenn man es richtig macht, fühlt man sich sauwohl und alles klappt wie am Schnürchen. Wenn man die Sachen falsch hinstellt, dann braucht man sich nicht zu wundern, wenn beruf-

lich und privat alles den Bach abgeht und man anschließend vielleicht noch die Masern kriegt.
Das hat sich spannend angehört. (Ich hab mir sofort vorgestellt, dass Papa ein Bild verkehrt über dem Sofa aufhängt. Von diesem verflixten Tag an verhaue ich in der Schule jede Lateinarbeit!)
Ziemlich gefährlich, dieses Feng Shui!
In jedem Raum gäbe es ein unsichtbares Energieknäuel, hat Irmi gemeint. Gewusst wie, kann die Energie auf den Menschen überspringen und er ist fit wie ein Turnschuh. Macht man es falsch, verpufft die Energie. Es ist genauso, als ob einer mit dem Stecker die Steckdose trifft oder nicht. Mit dem einzigen Unterschied, dass man die Steckdose nicht sehen kann.
An dieser Stelle haben mir die Ohren geschwirrt, echt! Ich hab mich fast nicht mehr getraut, etwas anzufassen – aus lauter Angst, eine gewischt zu bekommen!
Also stand ich ziemlich nutzlos in der Gegend rum. Irmi hat mir dann zwei Tüten in die Hand gedrückt und gesagt, ich sollte mal den Müll runterbringen, da könnte ich wenigstens nichts falsch machen.
»Papiertonne oder Restmüll?«, hab ich gefragt, denn Papa hat uns allen eingebläut, wie wichtig es

ist, den Müll richtig zu trennen. »Wertstoffsack oder Schnellkomposter oder Altglas?«
»Restmüll«, hat Irmi nur gesagt und dann weiter von Feng Shui geredet. Als ich die Tür hinter mir zumachte, hat sie gerade was von einem grünen Drachen erzählt.
Computer, du weißt, normalerweise bin ich kein bisschen neugierig. Aber es interessierte mich schon, was in Irmis Mülltüten war. Gerade bei einem Umzug wird oft großzügig etwas weggeworfen, was einer wie ich noch gut gebrauchen kann. Also hab ich die Tüten aufgemacht und hineingelugt.
DU GLAUBST ES NICHT, COMPUTER!!!

Vorsitzende der hiesigen Ökogruppe trennt ihren Müll nicht!

Datum: *Sonntag, 28. September – ein Datum, an dem nichts mehr stimmt!*

Autor: *Oskar Weiß, Müllmann auf Zeit, ultrageschockt*

War es ein einmaliger Ausrutscher oder mehr? Irmi L., Vorsitzende der AÖM (Arbeitsgemeinschaft ökologischer Menschen), hat offenbar das Einmaleins der Mülltrennung komplett vergessen! In ihrem Abfall, der für die Restmülltonne bestimmt war, befanden sich (unter anderem):

- drei gläserne Einwegflaschen (wertvolles Altglas)
- mehrere Filtertüten mit Kaffeesatz (eindeutig Biomüll, kompostierbar!)
- durchsichtige Einwickelfolie (gehört in den Wertstoffsack)

außerdem eine Schuhschachtel und anderer dünner Karton (Altpapier!).

Man hätte die Sachen mit null Aufwand ordentlich sortieren können. Das lernt jeder schon in der Grundschule. Sollen unsere Müllberge denn höher

werden als die Alpen? Woher kriegen wir neue Cola, wenn all unser Trinkwasser verseucht ist?
Fragen über Fragen! Aber die momentan wichtigste ist: Müssen wir Irmi inzwischen auch zu den rücksichtslosen Umweltsündern zählen? Oder handelt es sich nur um einen einmaligen Fehltritt, den sie vor lauter Umzugsstress begangen hat?

• Oskars Geheimdatei • Oskars Geheimdatei • Oskars Geheimdatei

Lügt da jemand?

Datum: *noch immer Sonntag, 28. September*
Autor: *»King Kong« Weiß, der mit den Affenarmen*

Den Müll hab ich natürlich nicht in die Restmülltonne geschmissen, sondern bin wieder rauf zu Irmi und Papa und hab den beiden die Bescherung unter die Nase gehalten.
»Hier Altglas! Da Biomüll! Und dort sogar Altpa ...«
Und was hat Papa gesagt?
»NERV NICHT, OSKAR!«, hat er geschimpft.

»Du sollst die stinkenden Mülltüten runterbringen und nicht drin rumschnüffeln!«
»Aber es ist doch so wichtig, dass man den Müll sorgfältig trennt«, habe ich es noch einmal versucht. Aber die beiden waren plötzlich auf allen vier Ohren stocktaub. Was soll man da machen? Richtig. Mülltrennung auf eigene Faust! Ich bin noch einmal runter und hab den Müll so entsorgt, wie es sich gehört. Das hat natürlich etwas länger gedauert. Deswegen hab ich auch die Fortsetzung von Feng Shui verpasst. Ich kriegte nur noch so viel mit, dass Irmi meinte, unsere Läuseplage im Hühnerstall könnte Feng-Shui-mäßige Ursachen haben. Die Tür sei vielleicht an der verkehrten Stelle oder die Hühnerstangen würden in die falschen Himmelsrichtungen zeigen oder, oder, oder …
Da ist mir etwas eingefallen. Irmi hatte ja kürzlich von uns einen jungen Hahn abgeholt. Wo wollte sie den jetzt überhaupt halten? Etwa auf dem Balkon?
»Wo ist eigentlich Casimir?«, hab ich gefragt.
Ehrlich, mir war gar nicht wohl dabei. Ich habe Irmi bisher immer vertraut, aber jetzt war ich mir nicht mehr ganz so sicher. Wer Müll nicht ordentlich trennt, der ist vielleicht auch imstande, einen kleinen Hahn aufzuessen!

Irmi erklärte mir, sie habe Casimir vorerst bei ihrer Freundin Ursula gelassen. So bald wie möglich würde sie aber unten im Hof einen Hühnerstall bauen lassen und noch ein paar Hennen anschaffen, sie habe schon mit dem Vermieter darüber geredet. Frische Eier seien unverzichtbar.

Ich war ein bisschen beruhigt. Aber nur ein bisschen.

Danach hatte ich keine Zeit mehr nachzudenken. Ich musste Sachen sortieren und den Krempel nach Irmis Anweisungen in die richtigen Räume schleppen. Papa hat inzwischen an den Wänden und Decken rumgebohrt und Lampen und Windspiele aufgehängt.

Irgendwann hatte ich das Gefühl, dass meine Arme ungefähr dreißig Zentimeter länger sind als sonst. Echt affenartig! Da hat Papa endlich gemeint, es sei genug. (Klar, ich wusste auch, dass in einer halben Stunde im Fernsehen ein Fußballspiel übertragen wird!) Irmi hat sich überschwänglich bedankt. Sie hing an Papas Hals und hat ihm beide Backen abgeknutscht. Mich hat sie zum Glück nicht abgeknutscht, sondern nur meine Hand geschüttelt und mir eine Tafel Schokolade geschenkt.

Auf der Heimfahrt wollte ich von Papa wissen, was mit Irmi los ist und ob das heute bloß eine Aus-

nahme gewesen sei. Weil Irmi doch irgendwie ein Vorbild sein sollte, jedenfalls ökologisch gesehen.
Aber Papa hatte schlechte Laune. Er hat geknurrt, es sei doof, die Nase zu tief in anderer Leute Mülltüten zu stecken.
Da hab ich ihm auch nicht gesagt, dass er noch Lippenstift an der Backe hat.

Oskars Geheimdatei • Oskars Geheimdatei • Oskars Geheimdatei •

Wie es mit unserer Läusekatastrophe weiterging
Datum: *Montag, 29. September*
Autor: *Mister Juckreiz*

Hallo, Computer! Stell dir vor, deine Hauptplatine juckt! Dein Prozessor kribbelt wie eingeschlafene Beine und jeder einzelne Chip kitzelt!
Genauso fühl ich mich. Ständig bilde ich mir ein, irgendetwas krabbelt auf mir rum. Ich bin nicht der Einzige in der Familie, dem es so ergeht. Die Hühnerläuse machen uns alle langsam wahnsinnig. (Was heißt LANGSAM??!!)
Mama hat durchgreifende Maßnahmen angedroht.

Papa ist noch immer auf dem Soft-Bio-Trip, er würde am liebsten jedes einzelne Läuschen persönlich aus dem Hühnerstall raustragen. Mama meint, er könnte ja mal damit anfangen, während sie sich in der Apotheke das giftigste LÄUSE-FLOH-UND-MÜCKEN-MORD-SPRAY besorgt, das sie kriegen kann. Ein bisschen davon will sie auch ins Schlafzimmer sprühen, auf Papas Bett, das hat sie schon angekündigt.
MERKST DU, WIE DER IRRSINN UM SICH GREIFT?
Es ist wirklich nicht zum Aushalten. Jeder von uns kontrolliert ständig seinen Kopf, den Hals und die Arme und sobald sich einer kratzt, schreien die anderen laut »IGITT!«.
Gemütlich, nicht?
Meine Schwester Kristin (bestens bekannt als HZ = hirnamputierte Zimtzicke. Ich habe inzwischen noch mehr nette Wörter für sie gefunden: herrschsüchtige Zecke, heulende Zwiebel, hässliche Zwetsche) tönt im ganzen Haus herum, dass die Läuse ganz sicher aus dem Kindergarten stammten und Flo der Überträger sei. Flo hat sich die Sache nicht bieten lassen und drei Matchboxautos nach Kristin geworfen. Mit dem zweiten hat er sie sogar am Arm getroffen. Jetzt begutachtet die HZ ihren

blauen Fleck und jammert laut rum, dass sie sich in der nächsten Zeit an keinem Schönheitswettbewerb beteiligen kann.
Mama (nach drei Tassen Baldriantee) fand dann, es sei kein Wunder, dass wir uns alle so angiften. Unsere Nerven lägen bloß, weil wir im Moment schon den ganzen Renovierungsstress hätten und jetzt auch noch die Läuse dazukämen. Aber wir müssten das Ganze positiv sehen, unsere Tüncher könnten sich praktischerweise gleich um den Hühnerstall kümmern. Vorausgesetzt, dass wir die Läuseplage vorher irgendwie eindämmen.
Papa hat Mama ein bisschen was von Feng Shui erzählt und dass die Läuse vielleicht deswegen gekommen sind, weil die Hühner ihren Popo nachts nicht nach Süden halten. Mama hat sich an die Stirn getippt. Sie wollte wissen, wer ihm diesen Floh ins Ohr gesetzt hätte.

Papa hat nur die Schultern gezuckt. Er hat Irmi glatt verleugnet.
Da musste ich mich einschalten. »Irmi«, hab ich gesagt.
Mama hat die Augen verdreht, Papa ist rot geworden. »Danke fürs Stichwort«, hat er gemeint. »Das mit Irmi ist eine gute Idee. Wenn jemand eine umweltfreundliche Lösung weiß, dann ist es Irmi. Hoffentlich ist ihr Telefon schon angeschlossen.« Und er ist aufgestanden, um sie anzurufen.
»Telefonier du nur«, hat Mama ihm hinterhergezischt. Dann hat sie sich ihre Geldbörse geschnappt und ist verschwunden.
Irmis Telefon war tatsächlich schon angeschlossen. Wahrscheinlich hat sie ihm eine ganze Menge neue Storys über Feng Shui erzählt, denn nachdem Papa endlich den Hörer aufgelegt hatte, waren schon ungefähr eine Million Läuse tot. Eine weitere Million lag gerade im Sterben. Mama kam mit einer Atemschutzmaske aus dem Hühnerstall und schwenkte eine gefährlich aussehende Dose.
»Bist du wahnsinnig?«, hat Papa sie angeschrien, aber er hat gleich den Mund gehalten, weil Mama mit der Dose in seine Richtung zielte.
»Während du telefoniert hast, habe ich gehandelt«, nuschelte Mama hinter der Maske. »Das Zeug soll

sehr wirkungsvoll sein, hat mir der Apotheker versprochen. Wenn eine einzige Laus überlebt, kriege ich mein Geld zurück.«

»Mörderin«, bellte Papa empört. Dann sah er, dass ein Huhn Anstalten machte, die Hühnerleiter in den Stall hochzuklettern, um dort wie gewohnt sein Ei zu legen. Die Henne hatte ja keine Ahnung, dass im Hühnerstall zurzeit Giftalarm herrschte. Papa handelte rasch. Er ließ blitzschnell die Klappe zum Eingang heruntersausen.

»Fast hättest du Evelyn Ei geköpft«, plärrte mein Bruder Florian los, der alles mit angesehen hatte.

Eins war klar: wir mussten in der nächsten Zeit unbedingt verhindern, dass die Hühner in den Stall schlüpften, solange dort die Läuse umgebracht wurden.

Ich stellte mir unsere Hühner schon mit Atem-

schutzmasken vor, aber wahrscheinlich würde ihnen das nicht sonderlich gefallen.
Papa rückte jetzt endlich mit der Sprache raus, was Irmi empfohlen hatte. Angeblich gibt es neuerdings ein Wundermittel, ganz sanft und unblutig. Es soll die Läuse bekehren, dass sie bei den Hühnern falsch sind. Die Läuse erkennen ihren Fehler, lassen sich einfach fallen und wandern aus. Wohin sie allerdings wandern, das wusste Irmi auch nicht.
»Vielleicht fühlen sich die Läuse dann bei den Menschen wohl«, meinte Mama spitz. Sofort fing es wieder an mich zu jucken.
Papa sagte, leider sei das Mittel schwierig zu beschaffen, wir müssten uns vielleicht zwei oder drei Wochen gedulden.
»Bis dahin sind wir alle verrückt und die Hühner ratzekahl«, prophezeite Mama und schwenkte wieder ihre Dose. Sie hatte ernsthaft vor, unser Federvieh damit einzusprühen! Laut Apotheker wür-

den nur die Läuse kaputtgehen, allerdings dürften wir vierzehn Tage lang keine Eier mehr essen.
Da wand Papa ihr die Dose aus der Hand. Es reichte schon, dass sie den Stall vergiftet hatte. Unsere Hühner verdienten Besseres!
Nachdem Oma lange genug nachgedacht hatte, erinnerte sie sich an ein altes Hausmittel: Schmierseife. Das soll jedenfalls hervorragend bei Blattläusen wirken. Ein Bad damit würde unseren Hühnern bestimmt auch nicht schaden. Meint jedenfalls Oma.
Da bin ich ja mal gespannt!
Jetzt muss ich Schluss machen, Computer! Ich brauche dringend jemanden, der mir den Rücken kratzt!

Oskars Geheimdatei • Oskars Geheimdatei • Oskars Geheimdatei •

Die große Schmierseifenparty
Datum: *Dienstag, 30. September*
Autor: *Ein unfreiwilliger Tierquäler*

Ich fühle mich so was von elend! Mein schlechtes Gewissen bringt mich um. Ich war dabei. Ich, der tierliebendste Mensch der Welt, bin einer von den Tätern. Ich kann mich nicht rausreden, nichts gewusst zu haben!

Auf den ersten Blick war Omas Idee nicht schlecht. Schmierseife ist biologisch abbaubar und was können denn die Hühner schon gegen ein richtiges Bad haben?

Tja, denkste, Computer!

Mindestens die Hälfte von unseren Hühnern muss jetzt zum Tierpsychologen. Ich fürchte, sie haben einen Knacks fürs Leben. Es würde mich gar nicht wundern, wenn sie in Zukunft Popcorn legen würden. Oder Würfelzucker. Oder Erdnüsse.

Im Hühnerauslauf steht eine uralte Blechbadewanne, die stammt aus der Zeit, als Opa noch gelebt hat. Wenn es nach Mama gegangen wäre, wäre das Ding schon längst auf dem Sperrmüll gelandet! Aber Papa sagt, die Wanne ist ökologisch; man kann damit jedenfalls prima das Regenwasser auffangen.

Heute Nachmittag haben wir in das Regenwasser Schmierseife gekippt. Dann haben wir die Hühner eingefangen und gebadet. Oma hat sogar jedes Huhn kurz untergetaucht – reine Vorsichtsmaßnahme, falls sich eine Laus auf den Kopf verirrt haben sollte. Die Viecher wehrten sich wie verrückt.

Mir hat es fast das Herz gebrochen! Wenn sie getaucht wurden, konnte ich nicht hingucken. Dafür guckte unser hinterhältiger Nachbar umso mehr. Er lehnte über dem Zaun und seine Augäpfel traten bei jedem Huhn mehr aus den Höhlen.

»Ich hab noch nie gehört, dass man Hühner durch Ertränken schlachtet«, meinte er schließlich. »Könnt ihr ihnen nicht ordentlich den Hals umdrehen? Muss ich den Tierschutzverein anrufen?«

Wir hatten absolut keine Zeit, mit dem Kerl zu diskutieren. Die Hühner pickten, zappelten und kratzten und wir hatten alle Hände voll zu tun. Nach dem Schmierseifebad duschten wir jedes Huhn mit der Gartenbrause ab, damit die Seifenreste – hoffentlich zusammen mit den Läusen – aus dem Gefieder gespült wurden. Danach wurden die Hühner in ein frisches Handtuch gehüllt und kurz

abgetrocknet. Zum Glück war schönes Wetter, sonst hätten wir sie auch noch trockenföhnen müssen.
Unser lieber Nachbar hatte natürlich keine Ahnung, dass wir das alles wegen der Läuse taten. Er dachte, es sei unser Vergnügen, die Hühner zu quälen – mangels anständigem Fernsehprogramm. Als er mit der Videokamera auftauchte, um ein Beweismittel für den Hühnerskandal zu haben, spritzte ihm Flo eine Ladung Seifenlauge vor die Linse. Und Kristin, die bisher bei der ganzen Aktion keinen Finger gerührt hatte (sie hätte ja ihr gestyltes Haar durcheinander bringen können!), klärte den Mann auf, dass wir eine Hühnerläuseplage hätten (sie hat noch gesagt, dass die Läuse auch Menschen befallen, die sich in der Nähe aufhalten!). Daraufhin verschwand unser Zuschauer und ließ sich nicht mehr blicken.
Die Hühner sahen nach dem Bad erbärmlich aus – wie gefiederte Ratten. Der geile Georg erkannte seine Weiber nicht wieder. Wahrscheinlich dachte er, er sei in irgendwelche Slums geraten. Dabei war er mit seinen zusammengepappten Schwanzfedern auch keine Schönheit.
Aber das Schlimmste an der ganzen Sache kam hinterher. Die ganze Hühnerschar hockte zum

Trocknen auf dem Rasen und gab keinen Ton von sich!
Vorher hatten die Biester gezetert und gegackert auf Teufel komm raus und jetzt – Totenstille. Es war wie in einem Stummfilm: DAS SCHWEIGEN DER HÜHNER.
Oma lockte die Bande mit ihrem Lieblingsfutter. Die Hühner schlichen tatsächlich herbei, nahmen vorsichtig ein Körnchen und schwiegen weiter.
»Die stehen unter schwerem Schock«, meinte Papa, als er am Abend nach Hause kam.
»Aber die Läuse sind weg«, sagte Oma energisch. Sie war bei der Badeaktion selber bis auf die Haut nass geworden und sah mit den angeklatschten Haaren fast aus wie eines der Hühner.
Trotzdem, ich komme mir vor wie ein Verbrecher.
Die Stille ist furchtbar! Wahrscheinlich haben wir für immer das Vertrauen der Hühner verloren!
Nie wieder werde ich einen liebevollen Blick von Jenny Goldkragen bekommen! In ihren Hühneraugen wird nur noch Verachtung für uns Menschen stehen! Und genauso werden sich die anderen verhalten: Evelyn Ei, Agathe Abendrot, Monika Morgentau, Zora Zankapfel, Hilde Huhn und die beiden Junghennen Karoline Küken und Lütte Lisa!

IST DAS NICHT GRÄSSLICH? SCHLUCHZ!

Hey, hat da nicht eben einer gekräht?

Eine Sekunde …

Ich hab schnell zum Fenster rausgeschaut.

Es ist noch nicht alles verloren, Computer! Der geile Georg hat gerade sein Schweigegelübde gebrochen!

Vielleicht verzeihen sie uns doch noch!

• Oskars Geheimdatei • Oskars Geheimdatei • Oskars Geheimdatei •

Langsam wieder normale Zustände

Datum: *Mittwoch, 1. Oktober*

Autor: *Oskar, wahrscheinlich Geheimdatei-süchtig*

Ich glaube, ich würde wahnsinnig, wenn ich mir nicht alles von der Seele schreiben könnte. Deswegen tippe ich weiterhin alle Ereignisse in dieses Computerhirn. Es fehlt mir ganz einfach jemand, mit dem ich über alles quatschen kann. Über ALLES!!! Und zwar ohne dass derjenige, dem ich die geheimsten Dinge erzähle, blöde Bemerkungen macht!

Das ist der Vorteil, wenn man Tagebuch schreibt. Das Papier hält das Maul. Festplatten normalerweise auch. Niemand kichert oder gibt einem oberdoofe Ratschläge, auf die man verzichten kann!
Eine Zeit lang hatte ich so einen blöden Elch in meinem Computer. Ich hatte ihn Emil getauft. Emil hat dauernd dazwischengeredet, meistens lauter Unsinn. Er hat beispielsweise gedroht, mir meine Dateien zu löschen oder neu zu sortieren. Ich hab versucht, ihn aus meinem Computer rauszuschmeißen, aber das ging irgendwie nicht. Der Elch war ganz hinterhältig programmiert!
Weil hier aber mindestens dreimal am Tag der Strom ausfällt (dank der häuslichen Umbau-Aktion!), stürzt mein Computer ständig ab. Sicher hat sich dieses lästige Vieh dabei das Genick gebrochen, jedenfalls lässt es mich jetzt in Ruhe.
Ich hab Daniel heute in der Schule von unserer Läuseplage erzählt. Er fand es gar nicht sensationell. Was interessieren ihn schon unsere Hühner, wenn ihm dank Internet die ganze Welt offen steht? Daniel war in den letzten Tagen die größte Zeit online. Er behauptet, er hätte den Yeti beobachtet, den sagenhaften Schneemenschen!
»Haha«, hab ich gesagt. »Jeden Scheiß glaub ich dir auch nicht.«

»Da merkt man wieder, dass du keine Ahnung hast«, hat Daniel obercool gemeint. Jemand hätte im Himalaja eine Kamera aufgestellt und jeder, der einen Internet-Anschluss hat, könnte jetzt mit seinem Computer den ewigen Schnee angucken und warten, bis der Yeti auftaucht.

Ich kriegte schon wieder grauenvolle Neidgefühle, obwohl Daniel dann doch zugab, dass er den Yeti gar nicht gesehen hat. Aber allein die Tatsache, dass man den Schneemenschen sehen KÖNNTE!

»Man kann übrigens noch viel mehr sehen«, hat Daniel gesagt und mir erzählt, was man sich im Internet alles angucken kann. Zum Beispiel hübsche Mädchen ohne alles. Daniel hat dabei die Augen verdreht und sehnsüchtig geseufzt.

»Pah«, hab ich nur geantwortet. Daniel hat's nötig, er hat ja auch keine Freundin. Außerdem kostet das Gucken tierisch viel Kohle, das steht in jeder Zeitung.

»Anfassen kannst du sie ja doch nicht«, sagte ich. »Also, was bringt's?«

Daniel hat erzählt, er könnte die Girls aber mit dem Mauszeiger anklicken und die würden dann prompt ihr T-Shirt ausziehen oder ihren Hut absetzen oder sonst was tun.

»Wie langweilig.« Ich hab absichtlich gegähnt. Daniel soll nicht denken, er könnte mich mit solchen müden Storys anmachen. Virtuelle Weiber können gegen lebendige Hühner nicht anstinken!
Unsere Hühner leben übrigens noch. Alle. Sie tauen sogar allmählich auf, drei haben heute schon wieder ein Ei gelegt. Natürlich nicht im Hühnerstall, denn der ist ja noch immer verseucht. Papa hat unseren Hennen eine Ersatzkiste hingestellt und sie haben auch gleich kapiert, wozu. Nur Jenny Goldkragen hat ihr Ei in einer Ecke des Auslaufs abgelegt, aber die tanzt sowieso immer aus der Reihe.
Ich glaube, sie sind auch läusefrei, denn sie haben tatsächlich aufgehört, im Staub zu baden. Jetzt hoffe ich nur, dass unser mistiger Nachbar uns nicht doch beim Tierschutzverein angezeigt hat. Nicht auszudenken, wenn man uns die Hühner wegnehmen und ins Tierheim bringen würde!!!

Nächtlicher Raubüberfall durch skrupellose Aliens

Datum: *Donnerstag, 2. Oktober*
Autor: *Der Bruder des Opfers*

Völlig unfassbar: In der Nacht zum heutigen Donnerstag ist im Garten der Familie W. ein Raumschiff mit Aliens gelandet. Die außerirdischen Wesen hatten nichts Eiligeres zu tun, als das Haus zu stürmen und in das Zimmer der ältesten Tochter einzudringen. Dort fielen sie über den Nachttisch her, in dem Kristin W. (14 Jahre) ihre kosmetischen Schätze hortet. Sie fanden Deo, Parfüm, Nagelhärter, Enthaarungscreme, Wimpernkneifzange, Antipickel-Pads und vieles mehr. Alles wanderte ratzfatz in die Säcke, die die Außerirdischen dabeihatten.

Kristin W.s entsetzte Schreie halfen nichts. Die Aliens kannten kein Erbarmen und ließen nicht einmal die kleinste Puderquaste zurück. Sie packten ihre Beute in das Raumschiff und düsten mit mehrfacher Lichtgeschwindigkeit davon.
Das beraubte Opfer hat einen schweren Schock erlitten und traut sich nicht mehr auf die Straße. Es hat Angst, dass es dort von jemandem gesehen werden könnte – VÖLLIG UNGESCHMINKT!

Oskars Geheimdatei • Oskars Geheimdatei • Oskars Geheimdatei •

Das Haus der Katastrophen oder
Fünf Geister sorgen für Zoff

Datum: *Donnerstag, 2. Oktober*
Autor: *Jemand, der leider hier wohnen muss*

Heute beim Frühstück hat Kristin ihren nächtlichen Alptraum erzählt. Ich musste vor lauter Lachen fast in die Hose pinkeln. Aliens entführen ihre heiß geliebten Schönheitsmittel!
»Du bist oberdoof, Oskar«, hat die HZ natürlich gleich gemeckert und behauptet, dass mir jedes psychologische Einfühlungsvermögen abginge. Mama

hat Kristin sanft die Hand getätschelt und gesagt, *sie* könne sie jedenfalls gut verstehen. Die Pubertät sei eben eine schwere Zeit für alle.
Na klar, vor allem für Leute, die Tag für Tag mit der HZ leben müssen!
Dann mischte sich Papa ein. Er meinte, es sei kein Wunder, dass bei uns niemals Harmonie herrsche. Er hätte unser Haus nämlich inzwischen mal Feng-Shui-mäßig durchgecheckt und bei uns sei so ziemlich alles falsch, was falsch sein könnte. Zum Beispiel befinde sich unsere Küche, in der wir täglich unsere Mahlzeiten einnehmen, im Bereich der *Katastrophe*.
»Und was heißt das?«, hat Mama gefragt und dabei schon etwas genervt ausgesehen.

Papa hat erklärt, dass unsere Küche ein ziemlich mieser Aufenthaltsort sei. Um die schlechten Einflüsse abzuwehren, müssten wir wenigstens einen Keramiktiger oder einen stacheligen Kaktus aufstellen, noch besser sei ein Aquarium und am allerbesten sei es, die Küche in einen anderen Teil des Hauses zu verlegen.

»Gibt es noch andere schlechte Bereiche im Haus?«, hat Kristin interessiert gefragt, während Mama hörbar ein- und ausgeatmet hat.

»Unser Schlafzimmer«, meinte Papa prompt. »Es liegt im Bereich der *Fünf Geister*. In dem Bereich soll man höchstens seine Feinde unterbringen. Wenn man beispielsweise ein Spielcasino betreibt, dann ist es günstig, die Spieltische im Bereich der *Fünf Geister* aufzustellen, weil die Gäste dann garantiert ihr Geld verlieren.«

Mama hat schweigend auf den Tisch getrommelt.

»Und was ist mit meinem Zimmer?«, wollte ich wissen.

Papa schnitt eine Grimasse und schaute mich traurig an. »Lieber Oskar, es tut mir total Leid, aber dein Zimmer liegt im Bereich der *Sechs Konflikte*, in dem man sich eigentlich auch nicht längere Zeit aufhalten soll. Ich hab schon überlegt, ob ich einen

Feng-Shui-Spezialisten kommen lasse, damit wir gemeinsam überlegen, wie wir dein Zimmer aufwerten können ...«

Ich wusste schon, wie sich mein Zimmer aufwerten ließ – ganz ohne Spezialisten!

»Papa, wenn ich einen Computer mit Internet-Anschluss kriegen würde, dann wäre mein Zimmer ganz harmonisch, ehrlich!«

In diesem Moment hat Mama auf den Tisch gehauen.

»Es reicht!«, hat sie laut gesagt und Papa bitterböse angeschaut. »Es ist deine Sache, wenn du diesen Unsinn glaubst, aber bitte lass die Kinder damit in Frieden!«

»Feng Shui ist kein Unsinn«, hat Papa hitzig erwidert. »Es ist ein altes, asiatisches Wissen. Heutzutage werden sogar Kaufhäuser und Geschäfte nach Feng-Shui-Regeln eingerichtet!«

Da ist Mama ganz ruhig geworden. »Lieber Martin«, hat sie gesagt, so als ob sie mit einem Fünftklässler reden würde, »vor einigen Monaten hast du geglaubt, wir würden besser leben, wenn wir uns nach dem Mondkalender richten. Noch vor ein paar Wochen wolltest du uns mit Unkraut-Delikatessen glücklich machen. Jetzt kommst du auf einmal mit Feng Shui! Wann begreifst du endlich, dass man Probleme nicht lösen kann, indem man Stehlampen umstellt oder Brennnesselsuppe löffelt?«

Da war Papa einfach sprachlos. Mama hat die Pause genutzt und weitergemacht. »Zerbrich dir lieber mal den Kopf darüber, wie wir unser finanzielles Problem in den Griff kriegen. Der Umbau kommt viel teurer, als wir gedacht haben.«

Meinetwegen hätten sie sofort mit dem ganzen Renovierungsscheiß aufhören können! Ich fände es jedenfalls lustig, wenn wir uns auch weiterhin durch ein Loch in der Wand von der Küche ins Wohnzimmer zuwinken könnten.

»Oma hat uns doch schon einen Zuschuss angeboten«, sagte Papa zu Mama. Aber da kannte er Mama schlecht.

»Ich will kein Geld von deiner Mutter«, brauste sie auf. »Dann glaubt sie nämlich, dass sie ein Recht drauf hat, sich in die Erziehung einzumischen, und ich hab einfach keine Lust, mir alle naselang anhören zu müssen, was ich alles falsch mache.«

Papa schrie zurück, so sei Oma gar nicht, Mama schrie, so sei sie doch, und dann ist Papa rausgelaufen und hat die Tür zugeknallt, wie es sonst immer die HZ tut.

Mann, gestresste Eltern sind wirklich nervig!

Wir mussten auch in die Schule. Es hätte mir zwar nichts ausgemacht, wenn ich den Unterrichtsanfang verpasst hätte, aber ich glaube nicht, dass Cäsar Langweiler, unser Lateinlehrer, Feng Shui als Ausrede gelten lässt.

• Oskars Geheimdatei • Oskars Geheimdatei • Oskars Geheimdatei

Der Plan meiner Schwester – voll abgedreht!
Datum: *Freitag, 3. Oktober*
Autor: *Oskar*

Mannomann! Ich hab schon gedacht, ich kriege die Kiste überhaupt nicht mehr flott. Systemabsturz total! Stundenlang habe ich versucht, das Ding zum Laufen zu bringen, und dabei bestimmt drei Literflaschen Schweiß vergossen. Mindestens!
Jetzt geht der Computer endlich wieder. Zum Glück war es kein Festplatten-Crash, denn ich hätte nicht gewusst, was ich dann mache (außer Oma anzupumpen)!
Die ewigen Stromausfälle in diesem Haus gehen mir auf den Senkel! Es wird Zeit, dass hier wieder mal normale Zustände herrschen. Wenigstens ist

seit gestern der Hühnerstall wieder bewohnbar. Die Tüncher haben ihn neu gekalkt und die Hühner konnten wieder einziehen. Läusefrei!

Heute ist keine Schule. Trotzdem habe ich eine total miese Nacht hinter mir. Ich musste immer an Papas Feng Shui denken und dass mein Zimmer in einem so schlechten Bereich liegt. Ich hab vor lauter Angst Schweißausbrüche und Herzklopfen gekriegt, dauernd hab ich geglaubt, dass gleich was passieren muss – etwa, dass mein Bett durchbricht oder dass ich sterbe oder dass ein Bild von der Wand fällt.

Am nächsten Tag wollte dann der blöde Computer auf einmal nicht mehr! Ob ich gestern nicht so viel über Feng Shui hätte schreiben sollen?

Auch der HZ geht die Sache im Kopf rum. Sie verkündete heute, dass sie zu ihrer neuen Freundin Kim ziehen will, solange bei uns so negative Einflüsse herrschen.

»Ausgerechnet zu Kim«, hat Mama gesagt und sich an die Stirn getippt. »Die hat zwei kleine Geschwister. Da werden die Eltern grad begeistert sein, wenn noch jemand einzieht.«

Aber auf Kim und deren Familie lässt die HZ nichts kommen. Kim ist ihr großes Vorbild. Noch nie hat Kristin so ein Getue um eine Freundin ge-

macht wie um diese sagenhafte Kim. Die Familie ist erst vor kurzem hierher gezogen.
»Kim und ich wollen sowieso mal in einer WG wohnen«, machte Kristin prompt weiter. »Wenn wir achtzehn sind, ziehen wir beide von zu Hause aus.«
»Das hat ja noch ein bisschen Zeit«, hat Mama gemeint. »Jetzt bist du erst vierzehn.«
»Ich bin fast fünfzehn«, hat Kristin schnippisch geantwortet und uns darauf hingewiesen, dass sie Ende des Monats Geburtstag hat. (Damit es auch keiner vergisst!) »Kim und ich, wir werden richtig viel Knete verdienen.«
»Wie denn?«, fragte ich spöttisch.
Kristin hat erklärt, dass sie und Kim Model werden wollen. Top-Models verdienen jeden Tag locker tausend Mark. Und wenn sie richtig berühmt sind, sogar noch mehr.
Kristin und berühmt!
Zuerst hab ich gedacht, dass sie nur Witze macht. Wenn einer aus der Familie berühmt wird, dann ICH!
Aber dann hab ich gemerkt, dass die HZ es voll ernst meint. Vorhin ist sie nämlich in mein Zimmer gekommen und hat gefragt, ob ich ein paar Fotos von ihr machen würde.

»Haha«, hab ich gesagt. »Damit du mir tausend Mark abknöpfen kannst! Ich bin doch nicht blöd!« Mein Hirn funktioniert nämlich noch. Ich hocke ja nicht im Bereich der *Fünf Geister*!

Doch Kristin sagte, dass ich gar nichts für die Fotos bezahlen soll, im Gegenteil. Sie würde mir meine Unkosten ersetzen, Filmmaterial und Kamera-Abnutzung und so.

»Und Arbeitszeit?«, hab ich neugierig gefragt.

Kristin hat genickt. Klar, auch die Arbeitszeit.

Das klang gut. So gut, dass es auch schon wieder verdächtig war.

»Warum brauchst du die Fotos?«, wollte ich von der HZ wissen.

»Darum.«

Klasse. Auf solche klaren Antworten stehe ich voll!

»Wenn du mir nicht sagst, warum ich dich fotografieren soll, dann tu ich's auch nicht«, hab ich gesagt – Geld hin, Geld her.

Kristin wollte mir erst weismachen, sie brauchte ein neues Foto für ihren Schülerausweis. Aber dann ist sie doch mit der Sprache rausgerückt. Sie will sich bei einer Zeitschrift als »Girl des Jahres« bewerben.

Ich kriegte einen Lachanfall. Als Ätzziege des Jahres hätte Kristin sicher Chancen. Vielleicht auch noch als Tarantel des Monats.

»Du kommst höchstens auf Platz siebzehnhundertdrei«, erklärte ich, als ich wieder reden konnte.

Da ist Kristin wütend rausgerannt. Ich hab schon gedacht, dass ich sie höllisch beleidigt habe, aber dreißig Sekunden später war sie wieder da und hat mir ein Exemplar ihrer Lieblingszeitschrift auf den Tisch geknallt.

»Bitte. Guck doch nach, ob die anderen Mädchen hübscher sind als ich!« Sie war stinkesauer.

Höflichkeitshalber hab ich in der Zeitschrift rumgeblättert. Es hatten sich tatsächlich schon etliche Mädchen als »Girl des Jahres« beworben. Mann! Da waren vielleicht Sumpfschnepfen dabei! So besehen hätte Oma sicher auch Chancen!

»Es geht noch weiter«, hat Kristin gesagt und umgeblättert.

Eigentlich war mein Bedarf schon gedeckt, aber ich wollte mit ihr keinen Streit anfangen.

Dann hat mich fast der Schlag getroffen. Auf den folgenden Seiten hatten sich noch mehr Girls ablichten lassen. Einige von ihnen trugen superknappe Tops. Ein paar andere nicht einmal das.

Das konnte mir Kristin nicht antun! »Soll ich dich

etwa auch so fotografieren?«, hab ich entsetzt gefragt. »Da wird ja meine Linse blind!«

»Weiß noch nicht«, hat Kristin gebrummt. »Ich frag mich, ob die Chancen steigen, wenn man mehr zeigt.«

Ich streckte abwehrend die Hände aus. Nicht einmal für tausend Mark würde ich meine Schwester entsprechend fotografieren!

Aber Kristin gehört zu diesen Karriereweibern, die über Leichen gehen. Und die zu allem fähig sind, sobald ein bisschen zweifelhafter Ruhm winkt. Notfalls würde die HZ mich mit vorgehaltener Parfümflasche dazu zwingen, eindeutige Fotos von ihr zu schießen.

Doch ich kriegte noch einmal eine Gnadenfrist. Kristin schnappte sich ihre Zeitschrift, murmelte »Ich denk drüber nach!« und zischte ab. Als sie draußen war, musste ich erst mal das Fenster aufmachen.

Ich bin in einer ziemlichen Zwickmühle, Computer. Einerseits würde ich Kristin schon ganz gerne fotografieren. Nicht nur wegen dem Geld. Nein, Kristin soll sich ruhig als »Girl des Jahres« bewerben. Wenn sie dann auf dem allerletzten Platz landet, kapiert sie vielleicht, wo ihre Grenzen sind. Und dann hört sie endlich damit auf, die Kosmetikfirmen reich zu machen!

• Oskars Geheimdatei • Oskars Geheimdatei • Oskars Geheimdatei •

Eine merkwürdige Freundschaft

Datum: *Samstag, 4. Oktober*

Autor: *Ich, etwas durcheinander*

Daniel ist mein bester Freund. Zumindest war er es bis vor kurzem. Jetzt kommt er mir total fremd vor und das liegt nicht nur an der Zahnspange. Sein ganzer Charakter hat sich verändert. Er redet bloß

noch Schrott. Ob man beim Surfen im Internet vielleicht langsam verblödet?
Eigentlich wollten wir heute zusammen Latein lernen – ich bei ihm, weil bei mir daheim der Krach unerträglich ist. (Bei der Oma wird eine Wand rausgeklopft!) Daniel hat behauptet, ich wollte nur an seinen Computer und ins Internet. Vielleicht wollte ich das tatsächlich. Aber nur ein bisschen, ehrlich!
Daniel hat obercool getan. Wir hatten zwar den Computer eingeschaltet, aber ich durfte keine einzige Taste drücken, geschweige denn die Maus berühren. Daniel hat den großen Macker gespielt, der sich total auskennt. Er hat dauernd von *Suchmaschinen* gequatscht, von *Links* und *Hyperlinks* und *Chat-Foren*, sodass ich mir vorgekommen bin wie Klein-Doofie. Natürlich hat er dann auch wieder mit den Weibern angefangen, die er nur anklicken muss, damit sie ihre Schuhe ausziehen.
Da hab ich ihm von Kristin erzählt und dass ich sie fotografieren soll, aber dass ich noch nicht weiß, ob ich es mache.
Daniel wollte natürlich wissen, warum.
Ich druckste ein bisschen rum. Dann hat Daniel die Einzelheiten erfahren.

»Wenn du's nicht tust, dann kann ich sie ja fotografieren«, hat er sich gleich angeboten. »Keine Angst, ich werde bestimmt nicht schneeblind.«
Ich tippte mir an die Stirn. »Du spinnst!«
Daniel hat blöd gegrinst. »Wieso? Deine Schwester sieht doch ganz gut aus. Es interessiert mich schon lange, ob bei ihr alles echt ist.«
»Die Haarfarbe ist nie echt«, hab ich gesagt.
»Das hab ich nicht gefragt«, hat Daniel geantwortet und auf seine Brust geklopft. »Ich meine, ob sie sich ausstopft.«
Das Thema war mir oberpeinlich. Ich wollte jetzt endlich ins Internet.
Aber Daniel gab keine Ruhe. Er wollte wissen, ob Kristin vielleicht einen von den neuen BHs hat, in denen Silikon drin ist. Angeblich soll man da beim Anfassen nicht den geringsten Unterschied merken.
»Das müsste man gesetzlich verbieten«, tönte er rum. »So ein Betrug! Stell dir vor, du verknallst dich in eine und alles greift sich ganz toll an. Und später schnallt sie einfach ihren BH ab und dann ist nichts mehr da.«
Ich sagte ihm, dass die HZ keinen solchen BH hätte – jedenfalls so viel ich wüsste.
Daniel meinte, ich könnte ganz leicht eine Menge

Geld verdienen. Ich sollte die HZ fotografieren und gleich ein paar Abzüge mehr machen lassen. Er würde etliche Typen an unserer Schule kennen, die für solche Fotos ganz gut zahlen würden.

»Und was sollen die Leute denken, die den Film entwickeln?«, hab ich empört gefragt.

»Ach, Oskar«, hat Daniel da gesagt. »Bist du so blöd oder tust du nur so?«

Da wollte ich gehen. Mit dem Lateinlernen wurde es sowieso nichts mehr.

Aber Daniel hat mich festgehalten. Ich dürfte gleich fünf Minuten lang ins Internet, wenn ich ihm noch eine Frage beantworten würde.

»Und die wäre?«

Er wollte wissen, wie ich eigentlich mit Angela vorankomme.

»Wie vorankommen?«, fragte ich. Ich hab mich dumm gestellt. Daniel braucht nicht zu wissen, dass wir uns fast in jeder Pause in der Fahrradhalle zärtliche Küsschen geben.

Daniel hat gefragt, ob ich Angela anfassen dürfte. Und ob ich schon einmal meine Hand unter ihr T-Shirt gesteckt hätte.

»Ja«, hab ich ehrlich gesagt.

Daniel sind fast die Augen rausgefallen. »Echt?«

Ich hab nur mit den Schultern gezuckt. So sensa-

tionell fand ich das Erlebnis nun auch wieder nicht.
»Angela hatte beide Hände voll, weil sie unser Eis gehalten hat. Sie hat mich gebeten, ihr T-Shirt zu nehmen und in die Tasche zu stecken. Das hab ich getan.«
Daniel musste schlucken. »Du hast Angela ausgezogen?« Ich erkannte deutlich den Neid in seiner Stimme. »Den BH auch?«
»Das T-Shirt lag zusammengeknüllt auf der Decke im Schwimmbad, ich hab die Hand drunter geschoben und es in Angelas Badetasche gesteckt, weil wir uns einen schattigeren Platz suchen wollten«, erklärte ich.
Jetzt hatte ich seine Frage beantwortet und Daniel musste mich ins Internet lassen. Das hat er auch getan. Vier Minuten und achtundfünfzig Sekunden lang. Dann riss er mir die Maus aus der Hand und ich bin nach Hause gegangen.
Jetzt grübele ich die ganze Zeit darüber nach, warum sich Daniel so verändert hat. Und ob er noch mein Freund ist. Will er meine Freundschaft vielleicht nur ausnutzen, um sich an die HZ ranzupirschen?
Vom vielen Nachdenken hab ich schon Kopfschmerzen!

Was würde ich tun, wenn Daniel eine tolle ältere Schwester hätte und ich mich in sie verknallen würde?
Das kann ich mir nur ganz schwer vorstellen.
Ich hab doch Angela!

Oskars Geheimdatei • Oskars Geheimdatei • Oskars Geheimdatei •

Ein romantisches Eis- und ein nerviges Raclette-Essen

Datum: *Sonntag, 5. Oktober*
Autor: *Ich mal wieder*

Heute schließt die Eisdiele. Deswegen bin ich noch einmal mit Angela hingegangen, bevor die lange Winterpause kommt. Wir waren die einzigen Gäste. Kein Wunder, es schüttet wie aus Eimern, der Wind heult und es ist so kalt, dass kein normaler Mensch ans Eisessen denkt.
Wir hockten also in der Ecke und schleckten unseren Eisbecher. Angela fragte mich, ob ich mir vorstellen könnte, wie sie in zehn oder zwanzig Jahren aussehen würde und ob ich dann noch immer genauso in sie verknallt sein würde wie jetzt.

Sie hat mir dabei tief in die Augen geschaut und mir war richtig feierlich zumute, vor allem, weil wir die Kerze auf dem Tisch angezündet hatten.
»Dein Bauchnabel hat dann bestimmt Runzeln«, hab ich gesagt. »Aber ich kann mir nicht vorstellen, dass sich meine Gefühle für dich jemals ändern werden.«
Das kam richtig gut rüber, glaub ich. Angela brauchte ja nicht zu wissen, dass der letzte Satz aus einem Schmachtfetzen stammte, den ich irgendwann einmal bei Oma im Fernsehen gesehen hatte.
Angela hat geseufzt. Und dann hat sie mir gestanden, dass sie gleich bei unserem ersten Treffen (damals, als ich beim Brezelbäcker in sie reingerannt bin) gemerkt hätte, dass ich ihre wahre und einzige Liebe sei.
»Und was war mit Benno?«, fragte ich.
Da ist Angela rot geworden. Benno zähle überhaupt nicht, hat sie behauptet.
»Aber eine Zeit lang konntest du dich nicht zwischen Benno und mir entscheiden«, half ich ihrem Gedächtnis auf die Sprünge. Ich erinnerte mich nämlich noch sehr gut. Mann, was hatte ich für eine Wut auf diesen Idioten, der neu zu uns in die Klasse gekommen war!

Angela hat meine Hand genommen und zärtlich gestreichelt. »Mit Benno war ich nur befreundet«, hat sie gesäuselt und mich dabei so lieb angeguckt, dass ich eine Gänsehaut kriegte.
Befreundet! Mama sagt immer (vor allem, wenn es um das Thema Papa und Irmi geht), dass Männer und Frauen niemals Freunde sein könnten. Irgendwie würde da noch was anderes mit reinspielen. Papa streitet es ab. Er meint, nur weil Mama es nicht anders kennt, würde sie jede harmlose Freundschaft verteufeln. Und ihre Eifersucht auf Irmi sei krankhaft.
Ich weiß nicht, wer von den beiden Recht hat. Kristin war noch nie mit einem Jungen nur befreundet. Wenn sie einen Typen aufgerissen hat, dann wollte sie auch immer mit ihm rumknutschen. Allerdings trifft sich Flo regelmäßig mit einem Mädchen aus dem Kindergarten – ganz ohne Knutschen.
»Ich schwöre, dass du meine erste und einzige Liebe bist und es auch immer bleiben wirst«, hat Angela gesagt. Sie ist ganz nah an mich rangerückt. »Du musst es auch schwören, Oskar!«
In diesem Moment tropfte mir leider ein riesiger Klacks Waldmeister-Eis auf die Hose und ich musste die Bescherung erst wegrubbeln. Als ich damit fertig war, guckte mich Angela wütend an.

»Gib es zu, du findest noch andere Mädchen toll«, hat sie geschnaubt.
»Gar nicht«, hab ich behauptet. »Mir ist bloß das Eis runtergefallen.«
Es macht mich immer ganz fertig, wenn Angela zornig auf mich ist. Ich wollte keinen Streit. Also versprach ich ihr, sie bis in alle Ewigkeit zu lieben und ihr genauso treu zu sein wie ihr Goldfisch.
Als Belohnung bekam ich einen Kuss von ihr. Der war so schön, dass das Eis in meinem Bauch sofort geschmolzen ist. Auf dem ganzen Heimweg haben wir uns an den Händen gehalten. Ich war megahappy!
Aber leider war abends dann bei uns zu Hause wieder ein Riesengestänker. Dabei fing alles so gut an. Weil es heute so kalt war und wir wegen dem Umbaustress immer nur Dosensuppen essen, hatte Mama die Idee, einen gemütlichen Raclette-Abend zu machen. Sie hat sogar Oma dazu eingeladen. Wir saßen also in der Küche, jeder hatte sein eigenes kleines Pfännchen belegt, und sahen friedlich zu, wie der Käse auf den Kartoffeln zu Matschpampe zerlief. Flo erzählte die neusten Witze aus dem Kindergarten, Mama berichtete von einer Lehrerstreiterei bei der letzten Notenkonferenz und Papa hielt Gott sei Dank mal die Klappe über

Feng Shui. Die Stimmung war supereierkuchenmäßig bombig.
Bis Oma dann harmlos fragte: »Wie lange soll denn der Umbau eigentlich dauern?«
Mama hat die Frage prompt in den falschen Hals gekriegt. Sie ist fast geplatzt. Sie hat gemeint, Oma wollte ihr damit unter die Nase reiben, dass das Chaos schon viel zu lange gedauert hat.
»Was soll ich denn noch alles machen?«, hat sich Mama aufgeregt und dabei einen ganz roten Kopf bekommen. »Ich muss mich um die Handwerker kümmern, mir Kostenvoranschläge machen lassen und dann die Preise vergleichen, damit wir unser Geld nicht aus dem Fenster schmeißen. Millionäre sind wir nämlich nicht.«
Leider, leider. Das bedauerte ich auch, sonst hätte ich schon längst einen Internet-Anschluss.
»Ich hab euch ja schon angeboten, dass ich euch was zuschieße«, fing Oma wieder an.
Aber Mama lehnte ab. Sie sagte, dass sie lieber jahrelang einen Kredit von der Bank abbezahlen würde, als der Oma immer vor lauter Dankbarkeit die Schuhe zu küssen. Sie hat es etwas anders gesagt, aber der Sinn war der Gleiche.
Das war Oma zu viel, klaro. Sie stellte beleidigt ihr Pfännchen ab, allerdings versehentlich auf die Plas-

tiktischdecke. Sofort stank es fürchterlich und die Tischdecke hatte ein Loch. Die HZ hat hektisch angefangen den Tisch abzuräumen, während Papa versuchte, zwischen Oma und Mama zu vermitteln – allerdings ohne großen Erfolg. Oma ging dann ziemlich bald. Sie hat nicht mal ihre Kartoffeln aufgegessen.

Der Abend war jedenfalls versaut.
Meine Eltern sind wirklich voll bescheuert, dass sie Omas Angebot nicht annehmen. Und so was nennt sich erwachsen!!!
Ich würde bestimmt nicht nein sagen, wenn mir jemand Geld schenken will! Und da bin ich ganz zufällig mal mit der HZ einer Meinung.

Starring: Daniel Bollinger
Datum: *Montag, 6. Oktober*
Autor: *Oskar in Aktion*

Seit Daniel seinen Internet-Weibertick hat, ist er völlig durchgeknallt. In der Schule rückte er mir heute dauernd auf die Pelle. Es war total nervig.
»Jetzt sag endlich, was du willst«, hab ich ihn zum Schluss angebrüllt.
»Wenn du es tust, kannst du zehn Minuten ins Internet«, hat Daniel gesagt. Mit seinem blöden Grinsen!
»O nein«, hab ich gleich abgewehrt. »Ich besorge dir keine Fotos von der HZ!«
Daniel tat völlig entrüstet. So etwas würde er nie von mir verlangen. Wenn er wollte, könnte er sich viel schärfere Sachen aus dem Internet holen.
»Was willst du sonst?«, hab ich gestöhnt.
Daniel wollte auch, dass ich ihn fotografiere. Damit er vielleicht »Boy des Jahres« werden kann.
Da hab ich gleich abgewinkt. »Null Chance. Du bist erst zwölf. Die Mädels stehen auf ältere Typen.« Daniel behauptete, dass er im Kino problemlos als sechzehn durchgeht.

»Haha«, machte ich. »Wann warst du denn das letzte Mal im Kino?«

Kino sei eben für ein armes Würstchen wie ihn viel zu teuer, hat Daniel geantwortet.

Daniel soll ein ARMES WÜRSTCHEN sein? Da kenne ich andere arme Würstchen. Eins wohnt sogar bei mir im Zimmer und leidet täglich wegen den *Sechs Konflikten*!

»Sex-Konflikte?«, hat Daniel nachgehakt und die Augen gerollt. »Warum?«

Ich hab versucht, ihm von Papa und Feng Shui zu erzählen, aber Daniel hat überhaupt nichts kapiert. Wahrscheinlich hat er mir gar nicht richtig zugehört, denn er fing sofort wieder mit der »Boy-des-Jahres«-Tour an.

»Ich öle meinen Oberkörper ein«, kündigte er an. »Das kommt voll gut rüber.« Er überlegte. »Ich kann mir auch noch das Goldkettchen von meiner Mutter ausborgen.«

Die Sache hörte sich nach einem lustigen Nachmittag an. Außerdem konnte ich dabei ja das Fotografieren üben. Als Reporter kann man nicht gut genug sein.

»Okay«, sagte ich. »Aber du bezahlst mir den Film. Und ich darf zwanzig Minuten ins Internet.«

Wir einigten uns schließlich auf eine Viertel-

stunde. Ich versprach, Daniel am Nachmittag zu besuchen.
Pünktlich war ich da. Während ich meinen Fotoapparat schussbereit machte (Film einlegen, richtige Asa-Zahl einstellen, nachprüfen, ob die Batterien noch funktionieren), verbrachte Daniel eine Ewigkeit im Bad. Es war fast so schlimm wie bei der HZ.
»Was hast du denn so lange gemacht?«, fragte ich, als er endlich rauskam, eingehüllt in eine bestialische Duftwolke. Sein mickriger Oberkörper glänzte wie eine madige Speckschwarte.
»Ich musste mir erst die Brusthaare abrasieren«, erzählte er.
Ich grinste nur. »Du und Brusthaare!« Schließlich hatte ich ihn erst vor einer knappen Woche beim Sportunterricht gesehen und da war er noch genauso brusthaarlos gewesen wie ich.
Daniel behauptete steif und fest, während der einen Woche sei ihm mächtig was auf der Brust gewachsen.
»Pickel vielleicht«, spottete ich, denn ich kannte ja seine Neigung zu allen möglichen Allergien.
Daniel sagte, so geistig unterbelichtet sei er nicht, dass er Brusthaare nicht von Pickeln unterscheiden könnte, und wenn er gewusst hätte, wie wichtig

mir ein Beweis wäre, dann hätte er mir die Brusthaare vor dem Abrasieren gezeigt. Wenn ich wollte, könnte ich aber gerne den Abfall untersuchen.
Ich lehnte dankend ab. Von den Mülltüten anderer Leute hatte ich noch genug!

Daniel stellte sich also in Positur und ich fing an, ihn zu fotografieren: mit offenem Hemd, mit verknotetem Hemd, mit freiem Oberkörper, mit doppeltem Goldkettchen und Sonnenbrille, mit wild in die Stirn gebürstetem Haar und glatt gestriegelt. Während ich ihn knipste, quatschte Daniel die ganze Zeit über seine Zukunft. Ob ich ihm helfen würde, die Fanpost zu beantworten? Und ob er mir bei seinen nächsten Filmdrehs vielleicht einen Job als Berater anbieten soll?

Nach zwanzig Bildern fiel uns nichts mehr ein. Vier Aufnahmen hatte ich noch, die machte Daniel dann von mir. Er lieh mir sogar großzügig seine Sonnenbrille und das Goldkettchen.

Die Sache mit dem Internet verschoben wir auf später, denn Daniel drängte mich, den Film noch vor Ladenschluss zum Entwickeln zu bringen.

»Das kostet Zinsen«, sagte ich geschäftstüchtig. »Zwanzig Minuten Internet.«

»Siebzehn«, sagte Daniel.

Schließlich einigten wir uns auf achtzehneinhalb Minuten. Ich düste los und gab den Film im Laden ab. Übermorgen sollen die Bilder fertig sein. Ich bin schon riesig gespannt.

Hoffentlich sind die Aufnahmen gut geworden. Am Ende zieht mir Daniel wieder wertvolle Internet-Sekunden ab.

Oskars Skandaldatei – diesmal oberbrenzlig

Greisin ergreift vor bösen Geistern die Flucht!
Datum: *Dienstag, 7. Oktober*
Autor: *Oskar, vielleicht bald Geisterjäger?*

Einfach tschüs und weg: Omi lässt Enkel im Stich! Völlig überraschend entschloss sich Oma Weiß zu einem Spontanurlaub. Ein Taxi brachte sie heute Mittag zum Bahnhof.

Wie kam es dazu, dass die weltbekannte Geflügelexpertin und superliebe Großmutter ihre armen Enkel einfach verließ? War der Dauerregen der letzten Tage daran schuld? Oder flieht sie vor Staub und Lärm, die seit Wochen aus dem einst gemütlichen Zuhause eine Großbaustelle machen?

Nein, des Rätsels Lösung heißt Feng Shui! Wie

Oma Weiß kürzlich erfahren hat, liegt ihr Zimmer in einem äußerst ungünstigen Bereich, nämlich im Bereich des *Todes*. Kein Wunder, da würden dem stärksten Typen die Nerven durchgehen! Oma Weiß will auf keinen Fall anwesend sein, wenn sich die bösen Geister dort austoben. Sie zieht den sonnigen Süden vor. Mindestens eine Woche lang.

Ihr Lieblingsenkel Oskar ist sehr beunruhigt. Er ist bereit, sein Taschengeld zu opfern, damit das gefährliche Zimmer entschärft wird. Er wird den dornigsten Kaktus kaufen, den er auftreiben kann!

Oskars Geheimdatei • Oskars Geheimdatei • Oskars Geheimdatei •

Von Harmonie keine Spur

Datum: *Dienstag, 7. Oktober*

Autor: *Ich, ziemlich entsetzt*

Papa übertreibt es wirklich! Jetzt hat er die Oma verjagt! Er hat gesagt, in ihrem Zimmer herrschten so miese Einflüsse, dass man dort nicht einmal ein Katzenkörbchen aufstellen sollte. Das hat, nach dem Streit von vorgestern Abend, der Oma den

Rest gegeben. Sie hat verkündet, dass sie dringend Urlaub von der Familie braucht.
Aber auch Mama hat die Nase gestrichen voll. »Bei deinem blöden Feng Shui gibt es sowieso nur schlechte Bereiche!«, hat sie Papa vorgeworfen.
Der fing sofort an, in seinem Buch zu blättern. »Es gibt auch gute«, hat er dann behauptet. Unser Gästeklo liege beispielsweise im Bereich der *Himmlischen Heilung*, das sei ein sehr guter Aufenthaltsort.
»Deswegen hockst du ja dort immer ewig«, hat Mama erwidert. Und dann hat sie gemeint, sie glaube nicht an böse Geister, schon gar nicht, wenn sie unsichtbar seien. Wenn, dann gäbe es in diesem Haus nur einen bösen Geist und der sei sichtbar: nämlich Papa.
Daraufhin war Papa höllisch eingeschnappt und ist weggefahren.
»Wahrscheinlich zu Irmi«, hat Mama gemurmelt, während sie sich extrastarken Baldriantee aufbrühte. Danach hat sie sich zwei Fernsehsoaps reingezogen, die sie sonst nie guckt.
Wenn das so weitergeht, ist bald keiner mehr von uns da! Ob es in anderen Familien auch immer solche Katastrophen gibt? Manchmal möchte ich auswandern.

Chaos im Bauch

Datum: *Mittwoch, 8. Oktober*

Autor: *Angelas Exlover?*

Hallo, Computer! Ich dachte schon, ich müsste diese Datei gar nicht mehr öffnen, weil ich mich so fest im Griff habe. Du weißt schon: Gefühle total unter Kontrolle, alles *paletti* und keine Angst vor Wahnsinn.

Doch jetzt läuft hier einiges schief und ich brauche dich als elektronischen Kummerkasten. Keine Angst, Compi, ich heule schon nicht in die Tastatur.

Lieber VF (= verschwiegener Freund), ich habe Streit mit Angela und jetzt bin ich auf Entzug. Ich kriege zurzeit weder Küsse noch Liebe.

Bis heute Mittag war noch alles in Ordnung. Angela und ich sind zusammen von der Schule nach Hause gegangen. Ich hab die Fotos abgeholt. Natürlich wollte Angela wissen, was in der Tüte ist. Also haben wir reingeguckt und uns über Daniels Bilder fast kaputtgelacht. Ich bin ganz gut getroffen. Angela hat gleich ein Foto kassiert – für ihre Nachttischschublade …

Aber dann kam es hammerhart. Sie wollte wissen, warum ich Daniel so oft fotografiert habe. Ich durfte ihr nicht verraten, dass sich Daniel als »Boy des Jahres« bewerben will. Also hab ich gesagt, dass ich nur das Fotografieren geübt habe, weil ich doch Reporter werden möchte.

»Am liebsten Skandalreporter«, hab ich noch hinzugefügt.

»Steigst du dann den Stars hinterher?«, fragte Angela interessiert.

»Klar«, sagte ich. »Ich werde immer zuerst wissen, wer mit wem geht, wann sie sich streiten und wer schwanger ist und all so 'n Zeug.«

»Du willst also ein *Peperoni* sein«, meinte Angela nachdenklich.

»*Paparazzo*«, stellte ich richtig. »Die werden für ihre Arbeit total gut bezahlt.« So ein Leben musste aufregend sein. Ich fing an, in höchsten Tönen davon zu schwärmen.

»Ich werde in der ganzen Welt rumreisen und vor Nobelhotels lauern ...«

»... in strömendem Regen, während die Stars durch den Hinterausgang entwischen«, sagte Angela ziemlich schnippisch.

»Quatsch. Auf solche Tricks falle ich doch nicht rein«, gab ich zurück. »Ich werde in den besten Res-

taurants aufkreuzen, in den feinsten Swimmingpools rumtauchen und nur noch Superautos fahren …«
Angela schien davon nicht besonders beeindruckt. Als ich ihr einen Kuss geben wollte, wich sie aus.

»He, was ist los?«, fragte ich.
Sie zog ein Gesicht. »Dann bist du die meiste Zeit nicht da«, sagte sie.
»Aber ich werde dir viele Ansichtskarten schreiben«, versprach ich.

Angela schaute noch immer finster. »Wenn du mit lauter Stars zusammen bist, dann triffst du bestimmt eines Tages jemanden, der dir besser gefällt als ich. Und dann knutschst du mit einer anderen rum und ich bin dir egal.«

Ich war empört. Wie konnte sie so was von mir denken, wo wir uns doch erst am Sonntag ewige Liebe geschworen hatten!

»Komm doch einfach mit«, schlug ich ihr deswegen vor.

Aber davon wollte Angela nichts wissen.

Ich musste schon wieder schwören, dass ich niemals eine andere lieben würde, auch wenn sie noch so schön und berühmt sei. Die ewige Schwörerei hat mich dermaßen angenervt, dass ich versehentlich die Finger überkreuzt habe. Das hat Angela leider gesehen.

»Du willst mich reinlegen«, hat sie mir vorgeworfen und ist einfach weggelaufen.

Das ist heute Mittag passiert. Inzwischen hab ich dreimal versucht, sie anzurufen, aber ihre Mutter sagt jedes Mal, dass sie nicht da ist.

Ganz klar, Angela lässt sich verleugnen.

Was soll ich nur tun? Ich kann doch nicht einfach nachgeben! Angela wusste von Anfang an, dass ich Reporter werden will. Wie sie jetzt mit mir umgeht, das ist ERPRESSUNG! Außerdem gibt es eine Menge andere Berufe, bei denen man oft unterwegs sein muss, beispielsweise Pilot, Stuntman, Rennfahrer, Profi-Fußballer, Staubsaugervertreter und Papst. Ich werde Angela fragen, ob sie vielleicht will, dass ich Deutschlehrer werde: Jeden Tag arme Schüler mit Aufsätzen quälen und viel versprechende Naturtalente gar nicht erst erkennen!

Wenn sie dann »ja« sagt, dann weiß ich, dass sie mich in Wirklichkeit überhaupt nicht mag.

Oskars Geheimdatei • Oskars Geheimdatei • Oskars Geheimdatei •

Auch noch Streit mit Daniel!

Datum: *Donnerstag, 9. Oktober*

Autor: *Oskar, genannt »der Tiger«, Sieger nach Punkten, aber seelisch k. o.*

Die ganze Welt hat sich gegen mich verschworen.

Jetzt habe ich auch noch Streit mit Daniel. Nicht wegen der Fotos. Die fand Daniel noch ganz gut.

»Cool«, hat er gesagt, als ich ihm die Fotos heute

in der Schule gegeben habe. »Wenn ich erst ›Boy des Monats‹ bin, werden mir die Weiber zu Füßen liegen.«

Nachmittags hab ich ihn besucht, um – wie versprochen – meinen Internet-Lohn einzulösen. Es wurde aber leider NIX draus!!!

Ich hab ja schon erzählt, dass Daniel total auf virtuelle Weiber abfährt, die auf Mausklick tun, was er will. Heute hat Daniel verkündet, dass es noch ein weibliches Wesen gibt, dass auf ihn abfährt.

Zuerst hab ich gedacht, er hätte sich aus dem Internet ein Programm geladen, bei dem man den eigenen Namen angeben kann und dann sülzt einem eine Zeichentrickfigur die Lautsprecher damit voll, wie toll man ist. (Es gibt jede Menge Programme mit der gleichen plumpen Masche. Flo hat neulich sogar eins aus dem Kindergarten heimgebracht. »Super, Flo, weiter so. – Das war einmalig, Flo ...« ECHT NERVIG!) Daniel hat eine Viertelstunde gebraucht, um mich zu überzeugen, dass es das weibliche Wesen nicht nur auf dem Bildschirm gibt, sondern in Wirklichkeit. Sogar an unserer Schule. SIE heißt Paula und geht in die 8 d. Angeblich hat sie ihm so heiße Blicke zugeschmissen, dass sich der Kunststoffreißverschluss von seiner Regenjacke verformt hat und jetzt nicht mehr zugeht.

»Das glaubst du doch selbst nicht«, hab ich gesagt. Bekanntlich ist Daniel der Reißverschlusskiller Nummer eins. Seine Mutter hat schon gesagt, dass er sie mit dieser Macke noch in den Wahnsinn treibt.

Daniel hat dann zugegeben, dass er den Reißverschluss aus Nervosität ruiniert hat. Ihm hätten die Finger dermaßen geschlottert. Noch nie hätte ein Mädchen ihn so angesehen.

Ich bin sicher, er übertreibt. Vielleicht braucht Daniel nicht nur eine Spange, sondern auch eine Brille!

Daniel hat behauptet, er hätte Paula ganz sicher angequatscht, wenn nicht in diesem Moment Frau Munk – das ist unsere Zeichenlehrerin – im Gang an ihm vorbeigestiefelt wäre.

Ich grinste. »Was für ein Glück für dich.«

»Wieso Glück?«, hat Daniel gefragt. »Das war ausgesprochenes Pech.«

»Tu doch nicht so«, hab ich gespottet. »Du und Mädchen anquatschen! Davor hast du doch viel zu viel Schiss.«

Da ist Daniel richtig ausgerastet. Er hat mich beschimpft, ich sei der eingebildetste Ochse der Welt und ich brauchte die Nase gar nicht so hoch zu tragen, nur weil ich mit Angela befreundet sei, dem

Mädchen mit dem kleinsten Busen aus unserer Klasse.
»Stimmt gar nicht«, hab ich gerufen. »Nimm das zurück!«
Wir haben uns ein bisschen geprügelt und dann bin ich gegangen.
Mama ist total erschrocken, weil meine Nase geblutet hat, als ich nach Hause gekommen bin. Ich konnte sie beruhigen, es waren nur noch die letzten Tropfen. Das meiste hatte ich schon unterwegs erledigt. Mama war keineswegs beruhigt. Aber weil in diesem Moment einer der Maler laut nach einer neuen Flasche Bier gebrüllt hat, hatte ich Zeit, ins Bad zu entwischen. Dort hab ich mein blutiges Sweatshirt in den Wäschekorb gestopft und mir das Gesicht gewaschen. Ich sah schon fast wieder normal aus und Mama hätte die Sache vielleicht vergessen. Aber dann rief Daniels Mutter an und hat sich über mich beschwert. Angeblich sei bei der Klopperei was an Daniels Spange kaputtgegangen.
Mama reagierte zum Glück geistesgegenwärtig und sagte, es sei doch besser, die Spange sei kaputt als Daniel. Aber hinterher hat sie mir richtig die Hölle heiß gemacht, sie hoffe, es sei ein Fall für die Haftpflichtversicherung, und wenn nicht, dann würde sie meinen Computer verkaufen!

Als ich ihr erklärte, der Markt für Gebrauchtes sei inzwischen gesättigt und für das alte Ding würde man höchstens ein paar lächerliche Mark kriegen, hörte sie mir überhaupt nicht zu.
Ehrlich, ich bin voll bedient!

Hoffentlich keine Abschiedsdatei

Datum: *Freitag, 10. Oktober (eigentlich müsste heute der 13. sein!)*
Autor: *Ich, völlig flachgelegt*

Langsam glaube ich doch an Feng Shui und die schlechten Einflüsse. Mir ist gnadenlos schlecht. Mama sagt, ich soll mich nicht so anstellen, sondern lieber meinen Pfefferminztee trinken. Ich habe zwei Tassen getrunken und gleich wieder ausgekotzt. Jetzt versucht sie es mit Cola und Salzbrezeln, angeblich ein Geheimtipp, der bei Magen- und Darmverstimmungen helfen soll. Ich weiß nicht, ob er tatsächlich hilft. Ich fühle mich noch immer fürchterlich elend.
Ich muss mir den blöden Virus eingefangen haben,

der gerade in Flos Kindergarten umgeht. Warum bleibt er nicht dort, sondern hat es auf mich abgesehen? Ich hab ihm doch gar nichts getan!
Ich liege hier im Sterben und keiner hat Mitleid mit mir. Wenigstens brauchte ich heute nicht in die Schule.
Die HZ hat mich kritisch angeschaut und jetzt macht sie Mama verrückt, ich hätte ganz bestimmt einen Blinddarmdurchbruch und müsste schleunigst in die Notaufnahme.
Das hat mich ungemein aufgemuntert. Ich hab schon überlegt, ob ich nicht doch lieber mein Testament machen soll. Kristin bekommt meinen Computer nicht, so viel steht fest. Dann vermache ich ihn lieber Flo, der ist technisch sehr begabt. Vor ein paar Tagen war er bei einem Kindergartenfreund eingeladen. Die beiden Kleinen haben ein bisschen *Minesweeper* am Computer des Vaters gespielt und Flo hat dabei in null Komma nichts das ganze Betriebssystem gelöscht. Nicht aus Versehen, sondern mit Absicht. Weil er ausprobieren wollte, ob es wirklich so einfach geht. Es geht. Man braucht tatsächlich nur –
– AU MANN! JETZT IST DIE COLA AUCH DRAUSSEN! Und mir ist noch immer kotzübel, obwohl ich gar nichts mehr im Bauch habe. Ich

muss zurück ins Bett, Mama kommt gerade mit dem Fieberthermometer.

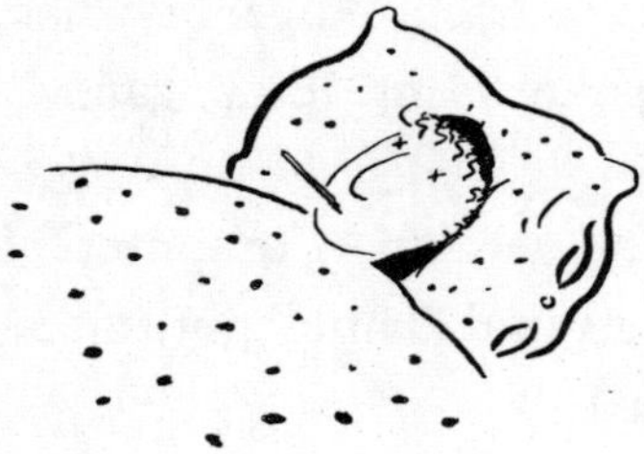

* * * Oskars Obergeheimdatei * Oskars Obergeheimdatei * * * *

Fies, fies, fies!

<u>Datum</u>: *Noch immer Freitag, 10. Oktober, tiefdunkle Nacht*

<u>Autor</u>: *Oskar, nur noch ein Schatten seiner selbst*

Hallo, hier tippt der Geist von Oskar. Es geht Oskar noch immer schlecht. Genauer: es geht ihm noch schlechter als vorher, nämlich megamies. Sein Bauch fühlt sich an, als würde jemand darauf Trampolin springen. Und sein Herz ist eine einzige Matsche!

Angela hat nicht angerufen, um sich nach Oskars wertem Befinden zu erkundigen. Dafür hat Daniel angerufen. Nicht etwa, um sich für seine Gemeinheiten zu entschuldigen! Nein, er wollte seinen Triumph verkünden. Angeblich hat er heute mit Paula rumgeknutscht. Eine ganze Viertelstunde lang!

Ist das nicht gemein, Computer? Ich liege todkrank im Bett und Daniel gibt mit seinen Erfolgen bei Weibern an!

Der Doktor, der vorhin da war, meint übrigens, dass ich keinen Blinddarmdurchbruch habe. Aber meinen Herzdurchbruch hat er nicht erkannt. Er hat mir jede Menge Tee verordnet. In ein paar Tagen soll ich wieder auf den Beinen sein!

Total daneben!

In ein paar Tagen bin ich nämlich ein Engel und winke von den Wolken herunter. *Hallo, Daniel, du Klammeraffe, mach ruhig weiter mit deiner Paula, ich bin überhaupt nicht neidisch, denn ich steh jetzt über solchen Dingen. Übrigens interessiert mich hier oben auch kein Internet-Anschluss. – Hi, Angela, es war nett mit dir, aber ich fand's gemein, dass du mir gleich das Herz gebrochen hast, nur weil ich Skandalreporter werden wollte. Hoffentlich weinst du dir ordentlich die Augen wegen mir aus. – Hallo, Kristin, ich werd genau beobachten, welche Ozonlöcher allein auf dein Konto*

gehen! – Hey, Flo, du kleines Erdferkel, kaum zu glauben, aber ich vermisse dich sehr! Pass gut auf die Hühner und Matilda auf …

STOPP!!!

Engel zu sein und auf einer Wolke rumzusurfen, ist auf Dauer doch ziemlich langweilig, vor allem, wenn man nicht einmal ein Notebook dabeihat. Ich glaube, lieber trinke ich noch fünf Liter von diesem verdammten Tee! Übrigens habe ich seit ungefähr drei Stunden nicht mehr gekotzt. Ob das ein gutes Zeichen ist?

Erbe ernsthaft bedroht!

Datum: *Dienstag, 14. Oktober*

Autor: *Finanzberater O. Weiß, leider erfolglos*

Das Weiß'sche Erbe ist in Gefahr! Kaum von ihrer Reise zurück, hat Oma Weiß mit ihrem Ersparten große Pläne: Sie will die undankbare Familie verlassen und sich eine schnuckelige Wohnung kaufen! IM SCHWARZWALD! Mit Blick auf hohe Tannen und Wassertretanlagen. Ringsum sollen lauter andere Omis und Opis wohnen und alle wollen zusammen einen draufmachen. Das Ganze nennt sich die Schwarzwald-Seniorenresidenz – ein Paradies für ausgeflippte Oldies mit Knete.

Im Moment ist das Paradies allerdings erst eine riesige Baugrube. Man kann aber schon hinfahren und den Ort besichtigen. Das hat Oma Weiß bereits getan. Sie ist begeistert von ihrem zukünftigen Heim und jubelt: »Ich kenne schon den Platz, wo ich meinen Fernseher hinstellen werde!«

Und was ist mit den Hühnern und der Katze Matilda? Wird sich Oma Weiß tatsächlich von ihrer Familie trennen? Oder kann ihr Lieblingsenkel sie noch umstimmen?

Düstere Aussichten
Datum: *Dienstag, 14. Oktober*
Autor: *Ich, echt etwas in Sorge*

Seit gestern haben wir Herbstferien. Ich fühle mich mieser als vorher, obwohl sich meine Magen- und Darmgrippe inzwischen verpfiffen hat.
Oma ist von ihrem Kurztrip zurück. Leider hat sie jetzt einen Schuss. Sie faselt dauernd von dieser blöden Wohnung im Schwarzwald. Angeblich soll es da nach Latschenkiefernöl riechen, sobald sie das Fenster aufmacht. Und es wäre ja sooo friedlich dort. Und sooooooo erholsam, ach, ach, ach …
Echt, ich möchte wissen, wovon sich Oma erholen muss. Die ist dermaßen fit, dass sogar unser Sportlehrer einen Schock kriegen würde. Wenn sie wollte, könnte sie den ersten Platz im Seniorenrennen gewinnen – so, wie sie kurz vor Ladenschluss zum Supermarkt spurtet! Und erst vor zwei Wochen ist sie auf die Holzleiter geklettert und hat den dicksten Ast vom Birnbaum abgesägt, der irgendwie faul war. Sie hat schon angekündigt, dass sie ihn noch ganz umlegen wird, wenn er im Frühjahr nicht anständig blüht.

Ich hab das dumme Gefühl, dass sich Oma hauptsächlich von uns erholen will. Weil wir uns so viel streiten. Und weil zwischen Mama und Oma wegen dem Geld dauernd die Fetzen fliegen. ABER WIR SIND SCHLIESSLICH IHRE FAMILIE! Sie kann doch nicht einfach sagen »Tschüs, das war's dann!« und in den Schwarzwald abhauen!
Klar, wenn Oma richtig ausziehen würde, dann hätten wir mehr Platz und würden endlich auch mal ein anständiges Gästezimmer haben. Aber ich will viel lieber meine Oma behalten! Ich pfeif auf sämtliche Gästezimmer!
Eine Oma ist nicht mit Geld aufzuwiegen, Computer. Ich weiß nicht, ob du Blechhirn verstehst, was ich meine. Wenn ich Stress mit Mama oder Papa hab und keiner mit mir reden will, dann kann ich noch immer zur Oma gehen und mit ihr quatschen. Ich kann bei ihr fernsehen oder mit ihr Mühle oder Halma spielen. Neulich hab ich ihr sogar »Die Siedler von Katan« beigebracht. Das Feine ist: Oma kann ganz prima verlieren – und sie schummelt auch so gut wie nie.
Wenn sie in Urlaub oder auch nur in die Stadt fährt, bringt sie mir jedes Mal was mit. Übrigens hat sie auch diesmal dran gedacht. Sie hat mir ein Buch geschenkt, das heißt »Schreiben wie ein

Profi« (*Profi = Gegenteil von Anfänger; einer, der sein Talent beruflich vermarktet und ordentlich Knete rausschlägt*). Ich hab noch nicht reingeschaut, aber hoffentlich stehen viele Tipps drin, wie man ein bekannter Skandalreporter wird!
Ich kann mir gar nicht vorstellen, wie das ist, ohne Oma. Der Schwarzwald ist weit weg. Ich glaube nicht, dass ich mit dem Fahrrad hinradeln kann, wenn ich sie besuchen will. Ich müsste mit der Bahn fahren und mindestens zweimal umsteigen und dann noch ein Stück den Bus nehmen. Verdammt aufwändig, wenn man nur mal Mühle spielen möchte! Oder um einen Krimi zu gucken, den einem die Eltern nicht erlauben.
Ich muss unbedingt mit der Oma reden. Allein. Von Enkel zu Oma. Vielleicht kapiert sie dann, dass das Ganze unmöglich ist. Sie kann doch nicht mit ruhigem Gewissen in einem fremden Senioren-Pool rumkraulen, während ich daheim zu Hausarrest verknackt bin oder mir von meinen Alten das Taschengeld entzogen wird!

Ein Hoffnungsschimmer?

Datum: *Mittwoch, 15. Oktober*

Autor: *Oskar in love*

Daniel hat mich heute besucht. Er hat mir die Ohren vollgesabbelt. Paula hier, Paula da, Paula, das Superweib. Echt, ich konnte es nicht mehr hören. Es interessiert mich wirklich, was diese Paula an Daniel findet! Schließlich ist sie schon in der achten Klasse. Dass sie auf jüngere Typen abfährt, wundert mich total.

Zuerst dachte ich, es sei vielleicht eine, die es nötig hatte: Du weißt schon, Computer, was ich meine: mickrige Optik, dicke Brille, Pickel allüberall. Aber Daniel behauptete, Paula sähe echt scharf aus.

»Behaupten kannst du viel«, sagte ich.

Da guckten wir zusammen den letzten Jahresbericht unserer Schule an. Daniel suchte ein bestimmtes Klassenfoto und tippte dann auf ein Mädchen.

»Das ist Paula!«

Mann! Auf dem Bild sah sie wirklich toll aus: lange Haare, Superfigur, neuste Klamotten.

»Ist die nicht viel größer als du?«, fragte ich.

»Nur ein bisschen«, gab Daniel zu. Und schwärmte weiter, bis es mich total annervte. Ganz klar, er wollte mich neidisch machen. Dabei hab ich ihm gar nicht erzählt, dass es zwischen mir und Angela im Moment nicht so recht hinhaut. (Ob sie ihm letzte Woche vielleicht was gesagt hat, als ich krank war?? Das wär mir oberpeinlich!)

Als Daniel mal eine Pause machte, hab ich ihn erinnert, dass er mir noch siebzehneinhalb Internet-Minuten schuldet. Wegen den Fotos. Da hat Daniel gesagt, er müsse gehen. Er sei nämlich mit Paula verabredet.

Als er weg war, hab ich Angela angerufen. Ich wollte die Sache zwischen uns in Ordnung bringen. Beim vierten Mal war sie endlich dran. Ich hab sie gefragt, ob sie mit mir ins Kino gehen will, aber sie hat behauptet, der Film würde sie nicht interessieren. Dann hab ich ihr vorgeschlagen, mich zu besuchen. Wir könnten zusammen ein bisschen mit Matilda spielen. Angela sagte, dazu hätte sie auch keine Lust. Mir war schon richtig schlecht. Sie ließ mich eiskalt abblitzen!

Ich machte noch einen letzten Versuch. »Wir könnten zu Daniel gehen und bei ihm im Internet rumsurfen.«

»Au ja«, hat Angela da gesagt.
Mein Herz hüpfte mindestens zwei Meter hoch. Doch dann fiel mir ein, dass Daniel ja die dämliche Verabredung hatte. »Geht es auch morgen Nachmittag?«, sagte ich deswegen schnell.
Angela war einverstanden und legte auf.
Es gibt noch Hoffnung, Computer! Vielleicht kann ich Angela zurückerobern. Wehe, wenn Daniel quer schießt! Dann ist er die längste Zeit mein Freund gewesen!

• Oskars Geheimdatei • Oskars Geheimdatei • Oskars Geheimdatei

Kein Internet, kein Date!
Datum: *Donnerstag, 16. Oktober*
Autor: *O. Weiß, eindeutig kein Weltmeister im Telefonieren!*

Daniel hat mich heute in aller Frühe aus dem Bett geworfen. Er rief Viertel vor elf an, ich hatte noch nicht einmal gefrühstückt.
Daniel erzählte, sein Herz sei gebrochen (dafür hörte er sich aber noch ziemlich fit an!). Paula hatte ihn verlassen.

Vielleicht ist es gemein von mir, aber ich spürte einen Klacks Schadenfreude. Weil Daniel neulich so unverschämt angegeben hatte.
Dann erinnerte ich mich wieder daran, dass ich ja Daniels Freund war und Freunde müssen zusammenhalten.
»Vergiss sie«, sagte ich deshalb, um ihn aufzumuntern.
»Ich werde sie nie vergessen«, sagte Daniel. »Sie war das tollste Mädchen, das ich je hatte.«
»Na ja, so viele hattest du ja noch gar nicht«, meinte ich.
»Aber es war meine längste Beziehung«, jammerte er.
Wir rechneten gemeinsam nach und kamen auf sechseinhalb Tage.
»Das sind 156 Stunden«, erwiderte Daniel. Ich hörte, wie sein Taschenrechner klickte. »9360 Minuten. 561600 Sekunden, in denen ich nur an Paula gedacht habe.«
»Hör mal«, stellte ich richtig, »so kannst du das aber nicht sehen. Du musst die Zeit abziehen, in der du geschlafen hast. Und außerdem die Zeit, die du im Internet verbracht hast.«
Daniel tippte und kam auf 643 987 Sekunden.
»Das stimmt auch nicht«, sagte ich.

»DAS IST MIR SCHEISSEGAL«, rief er. »Erst hat sie mich noch heiß geküsst, dann will sie auf einmal nichts mehr von mir wissen. Ich werde aus ihr einfach nicht schlau!«

»Vielleicht bist du ihr doch zu jung«, überlegte ich. »Oder zu klein.«

»Keine Ahnung … Macht mich echt fertig!«

Ich bot ihm an, nachmittags zu ihm zu kommen und ihn auf andere Gedanken zu bringen. Gemeinsam ließe sich die Sache viel besser verarbeiten.

»Hm.«

Ich fragte ihn, ob ich vielleicht Angela mitbringen könnte und wir zusammen alle ein bisschen im Internet –

Aber Daniel ließ mich gar nicht ausreden.

»NEIN!«, rief er und schmiss den Hörer auf die Gabel.

Natürlich wählte ich sofort noch einmal seine Nummer.

»Auf keinen Fall mit Angela!«, brüllte Daniel los, bevor ich einen Ton gesagt hatte.

Ich war beleidigt. Ich hatte doch bloß einen guten Vorschlag gemacht.

»Hier ist das Finanzamt«, meldete ich mich deswegen mit verstellter Stimme. »Spreche ich mit Frau Bollinger?«

»Ich hol meine Mutter«, sagte Daniel sofort.
Ich legte auf. Dann wählte ich Angelas Nummer. Diesmal war sie gleich am Apparat.
»Hallo, Angela, hier ist Oskar«, begrüßte ich sie. »Du, hör mal, das mit dem Internet klappt leider nicht. Könnten wir stattdessen nicht –«
»Nein«, sagte Angela sofort. Dann war die Verbindung unterbrochen. Ich musste noch mal wählen.
»Angela, es tut mir –«
»Ich hab keine Lust, mich mit dir allein zu treffen, Oskar!«
Peng! Das war deutlich. Sie hätte gar nicht den Hörer auf die Gabel werfen müssen, ich hatte es auch so kapiert. Angela war noch immer stocksauer auf mich.
Ich aß mein Frühstücksmüsli ohne großen Appetit. Vielleicht war auch zu wenig Milch drin, ich hab jedenfalls ziemlich rumgewürgt. Aber ein echter Kerl beklagt sich nicht, selbst wenn die Welt sich gegen ihn verschworen hat.
Nach dem Frühstück schickte mich Mama zum Einkaufen in den Supermarkt. Ich brauchte dreimal so lange wie sonst, weil ich mich bei den Zeitschriften festlas. Ich studierte verschiedene Artikel, beispielsweise »Wie man(n) Traumgirls auf-

reißt« und »Raus aus der Beziehungsfalle!«. Leider fand ich keinen einzigen brauchbaren Tipp, was ich im Fall Angela unternehmen konnte. Deswegen kaufte ich mir lieber eine Computerzeitschrift, obwohl die mir wieder mal klarmachen würde, wie alt und überholt meine eigene Kiste war.

Beim Heimkommen traf ich Oma, die gerade die Post aus dem Briefkasten holte. Ich sah, dass jede Menge Hochglanzprospekte aus dem Schwarzwald dabei waren.

»Hallo, Oskar«, begrüßte sie mich. »Du siehst so elend aus. Fehlen dir Vitamine?«

»Ach, Oma«, sagte ich und starrte auf die Prospekte. »Ich will nicht, dass du ausziehst.« Dabei setzte ich mein allertraurigstes Gesicht auf.

»Noch ist gar nichts entschieden«, wich Oma aus. »Am Samstag kommt erst einmal Herr Kleinschmidt, um mich zu beraten. Mit ihm werde ich alles durchsprechen.«

Ich hasste diesen blöden Kleinschmidt schon, bevor ich ihn kennen gelernt hatte. Am liebsten hätte ich ihm postwendend eine Briefbombe geschickt, um zu verhindern, dass er hier aufkreuzte.

Beim Abendbrot schlug ich Mama und Papa vor, dem Typen einfach Hausverbot zu erteilen. Leider kam ich mit meiner Idee nicht besonders gut an.

»Wenn Oma ihr Geld unbedingt zum Fenster rausschmeißen will, dann ist das ihre Sache«, hat Mama nur gemeint. »Ich halte sie bestimmt nicht auf.« Ganz klar, sie war immer noch sauer wegen neulich. Also hab ich Papa beackert. Aber auch Papa hat gesagt, Oma sei alt genug, um zu wissen, was sie tue. Und so schnell würde sie sich schon nicht über den Tisch ziehen lassen.

Na, ich weiß nicht.

Dieser Kleinschmidt ist bestimmt ein hinterhältiger Fiesling. Liest man doch in jeder Zeitung! Solche Kerle arbeiten mit allen Methoden. Ich muss mir unbedingt etwas einfallen lassen, um Oma (und ihr Geld!) zu retten.

UND DER EINFALL MUSS SCHNELL KOMMEN!

Leider ist mein Hirn momentan nicht in Bestform. Meine grauen Zellen werden von Angela blockiert. Liebeskummer verstopft die Gehirnwindungen.

Oma wird also nur bei uns bleiben, wenn es mir gelingt,

a) Angela schleunigst zu vergessen

b) zu beweisen, dass der Kerl mächtig Dreck am Stecken hat!

Ein gutes Gedächtnis ist wie ein Fluch

Datum: *Freitag, 17. Oktober*

Autor: *Ich, oder?*

Ich habe wirklich versucht, Angela zu vergessen. Es ging nicht. Ich hockte mit untergeschlagenen Beinen auf meinem Bett, schloss die Augen und murmelte mindestens tausendmal vor mich hin: »Ich will Angela vergessen.«

Mit solchen Sprüchen kann man sich selbst beeinflussen, das hab ich mal im Fernsehen gesehen. Einer, der sich das Rauchen abgewöhnen will, braucht sich nur jeden Abend einige hundert Mal zu sagen: »Ich hasse Zigaretten!« und flupps, ein paar Tage später schleudert er seine Zigarettenpackung angeekelt von sich.

Bei Angela hat es aber nicht funktioniert. Nach drei Stunden stand sie leider genauso klar und deutlich vor meinem inneren Auge wie zuvor. Zu meinem Pech konnte ich mich ganz genau an alle Einzelheiten erinnern. Zum Beispiel an ihr süßes Lächeln. Oder ihren süßen Bauchnabel …

Eine halbe Stunde lang versuchte ich es mit einem anderen Spruch. Vielleicht hatte ich einfach das

Falsche gesagt. Also murmelte ich: »Ich hasse, hasse, hasse Angela. Sie ist eine blöde Ziege und kann mich mal!«

Aber es klappte auch nicht, im Gegenteil. Ich fühlte mich so mies wie noch nie. Wie konnte ich nur so was über Angela sagen? Ich bekam ein total schlechtes Gewissen. Schließlich hörte ich mit dem ganzen Scheiß auf.

In der Fernsehsendung hatten sie noch kurz gezeigt, dass man sich Rauchen auch mit Akupunktur abgewöhnen kann. *(Akupunktur = asiatische Sitte, bei der viele Nadeln in einen Patienten gestochen werden, der durch so eine Quälerei von allen möglichen Krankheiten und Lastern geheilt werden soll.)* Wahrscheinlich fühlt man sich dann wie ein Igel und Igel rauchen nicht.

Aber das wollte ich mir nun wirklich nicht antun! Stattdessen versuchte ich an Oma zu denken und wie ich ihr diesen Finanztypen ausreden kann. In Zukunft werde ich ihr alle Zeitungsberichte vor die Nase halten, in denen von irgendwelchen Hochstaplern und Scheckbetrügern erzählt wird! Ich werde ihr sogar eigenhändig die Lesebrille holen!

Anna Weiß: »Jetzt bereue ich alles!«

Datum: *Freitag, 17. Oktober*

Autor: *Der Einzige, der in dieser Familie den Durchblick hat!*

Jede Nacht sitzen Finanzhai Otto K. und sein vorbestrafter Architekt am Computer und entwerfen Prospekte, auf denen tolle Wohnungen zu sehen sind. Die Prospekte verteilen sie dann an harmlose alte Frauen, die zufällig gerade im Schwarzwald Urlaub machen. Auf den getürkten Fotos sieht alles voll cool aus. Keiner ahnt, dass die Wohnungen in Wirklichkeit nur lauter billige Müllgruben werden sollen.

Eines von Otto K.s Opfern ist die Großmutter Anna Weiß. Er trifft sie eines Tages im Café, lädt sie zu

einem Stück Kuchen ein und schiebt ihr dann die Prospekte unter. Anna W. fällt auf sein Gesülze rein. Leichtsinnig steigt sie zu ihm ins Auto und fährt hinaus in den Wald, wo der Architekt zusammen mit einigen Kumpeln aus dem Knast gerade

eine Baugrube schaufelt. Otto K. schwärmt von den wunderschönen Swimmingpools, in denen bald die ersten Senioren-Schwimmmeisterschaften veranstaltet werden. Anna Weiß sagt, sie will sich die Sache erst noch überlegen, schließlich geht es um eine Menge Knete. Otto K. lässt nicht locker. Er behauptet, sie müsse sich bald entscheiden, andernfalls könne er den Sonderpreis nicht halten.
Anna Weiß fährt nach Hause zurück. Aber schon ein paar Tage später reist ihr der Typ hinterher, um sie wieder zu belabern. Und Anna Weiß geht prompt in die Falle!
Monate später kommt dann das böse Erwachen: Die Wohnung ist eine schlimme Greisenklitsche: klein wie eine Schuhschachtel, schattig und feucht. Keine Spur von einem Balkon. Aus der Dusche kommt Regenwasser, der versprochene Pool ist ein modriger Waldtümpel.
Anna Weiß, schluchzend: »Ich habe mir alles ganz anders vorgestellt. Doch jetzt ist mein Geld weg! Ach, hätte ich nur auf meinen Enkel gehört.«
Otto K., inzwischen steinreich, sonnt seinen dicken Bierbauch in seiner Nobel-Villa auf den Bermudas. Die Polizei kann ihm nichts anhaben. Otto K., gemein grinsend: »Ich habe niemanden gezwungen zu unterschreiben!«

Bingo!

Datum: *Samstag, 18. Oktober*

Autor: *O. W., endlich mal wieder auf Erfolgskurs*

Gleich heute Morgen hab ich Oma meine Skandaldatei gezeigt, die ich gestern Abend geschrieben habe. Sie hat sich totgelacht und gemeint, in mir stecke ein richtiger Dichter. Ich hab ihr widersprochen und gesagt, in mir stecke kein Dichter, sondern ein Reporter, der die Welt auf skandalöse Dinge aufmerksam machen will. Und dann hab ich noch gesagt, dass man manchmal die Leute warnen muss, bevor sie große Dummheiten begehen.

Oma hat mir übers Haar gestrichen. »Ach Oskar, du willst wohl nicht, dass ich ausziehe?«

Ich hab den Kopf geschüttelt und ein bisschen geheult. Das war ganz leicht, ich brauchte nur an Angela und den fehlenden Internet-Anschluss zu denken. Oma wollte mich gleich mit Schokolade trösten, doch ich lehnte ab.

»Du wirst doch nicht krank werden?«, fragte Oma bekümmert, denn normalerweise steh ich immer auf Schokolade, egal, zu welcher Tages- oder

Nachtzeit. Aber es schadet gar nichts, wenn sich Oma Sorgen um mich macht. Dann habe ich sie besser in der Hand.
Ich hab noch ein paar Krokodilstränen rausgequetscht und behauptet, ich hätte keine Nacht mehr geschlafen, seit ich weiß, dass sie wegziehen will. Und ich hätte auch immer so komische Schmerzen in der Brust.
Oma ist etwas blass geworden. Da bin ich schnell gegangen, damit sie Gelegenheit zum Nachdenken hat. Ein Könner spürt, wann der richtige Zeitpunkt da ist, um den Abgang zu machen.
Übrigens ist es mir heute ein bisschen gelungen, Angela zu vergessen. Ungefähr drei Minuten lang. Ich weiß, das klingt nicht besonders großartig, aber man muss schließlich klein anfangen.
Nachmittags kam dann dieser Schwarzwald-Betrüger. Er fuhr einen großen, schwarzen Wagen, der volle Kanne zu einem Totengräber gepasst hätte! Am liebsten hätte ich mich zu Oma ins Zimmer gesetzt, damit sie bloß nichts unterschreibt. Aber das ging leider nicht, Oma hätte mir was erzählt! Also flitzte ich ins Bad. Wenn ich schon nicht dabei sein konnte, dann wollte ich wenigstens mitkriegen, was sie mit diesem Typen bequatschte.
In unserem Bad sieht es momentan total wüst aus.

Man kann es kaum benutzen. Mama wartet schon seit Wochen auf den Fliesenleger. In der Wand neben der Dusche klafft außerdem ein Loch, weil neue Rohre gelegt werden. Wenn man die Ohren spitzt, kann man hören, was im Zimmer nebenan geredet wird. Das Zimmer nebenan gehört Oma.

Ich hockte auf dem Klo und lauschte. Zuerst klapperte das Kaffeegeschirr und ich hörte nur Satzfetzen wie »Milch?« und »Noch ein süßes Stückchen?«. Doch danach ging's zur Sache. Mann, der Kerl quasselte vielleicht los. Wenn er für jedes Wort einen Dollar gekriegt hätte, wär er Millionär geworden. Er quatschte jede Menge über Ansparzeit, Zinsen, Tarife und Einstiegsalter. Tilgung, Hypothek und Risikoversicherung seien überhaupt kein Problem. Ich begriff nicht die Bohne. Wie sollte ich da der armen Oma helfen?

»Die Hypothek können Sie natürlich in kleinen Raten zurückzahlen, ganz bequem, warten Sie, ich rechne Ihnen das mal schnell aus ...«

Doch Oma war im Kopfrechnen schneller als der Typ mit dem Taschenrechner. Ich war voll begeistert!!!

»Das kann ja nicht ganz stimmen«, meinte sie. »Bis ich den Kredit zurückgezahlt habe, bin ich hundertfünfzig Jahre alt.«

Klar, da war der Heini erst mal platt. Aber er hatte sich ganz schnell wieder im Griff.
»Für Sie kommt selbstverständlich Finanzierungsmodell B infrage ...« Und er tippte wieder.
Aber auch diesmal hatte Oma schon die Zahlen im Kopf ausgerechnet. »Moment, dann müsste ich ja jeden Monat meine ganze Rente hinlegen ...«
»Ganz und gar nicht«, beteuerte der Kerl. »Denken Sie doch an die Steuerersparnis und den staatlichen Zuschuss, beispielsweise das Baukindergeld ...«
Oma bedauerte. Papa sei aus dem Alter raus, in dem man für ihn Kindergeld kassieren könnte.
»Streichen Sie das Finanzierungsmodell B auch durch«, befahl sie energisch.
Ich hätte auf dem Klo am liebsten Beifall geklatscht. Oma setzte den Blödian richtig auf den Topf!
Doch der ließ noch immer nicht locker.
Es gäbe noch eine Möglichkeit, die er nur an wirklich gute Kunden verriete, nämlich Finanzierung durch Auslandskapital, die Rendite sei wesentlich höher, allerdings sei auch ein bisschen Risiko dabei und deswegen –
Aber sie ließ ihn gar nicht mehr ausreden, sondern warf ihn raus. Höflich natürlich. Sie würde sich das noch mal überlegen ... Sie begleitete ihn bis zur

Haustür und sah zu, dass er auch wirklich wegfuhr.
WOW!
Mir ist ein Riesenfelsbrocken vom Herzen geplumpst, Computer! Ich glaube, wir alle haben Oma bisher unterschätzt. Sie ist voll clever. Und weißt du, was ich inzwischen denke?
Mit dem Herrn Kleinschmidt und dem ganzen Schwarzwald-Mist wollte sie Mama und Papa nur ärgern. Ihnen einen Schrecken einjagen. Die sollten denken, dass sie ihr ganzes Geld jetzt aus dem Fenster wirft. Sozusagen als Rache, weil sie nichts zum Umbau zuschießen durfte.
Ein Wahnsinnsweib, meine Oma, was?

• Oskars Geheimdatei • Oskars Geheimdatei • Oskars Geheimdatei •

Ich quäle mich und Kristin spinnt!
Datum: *Montag, 20. Oktober*
Autor: *Ein Verliebter mit Beule*

Heute ist wieder Schule, äcks.
Natürlich hab ich Angela getroffen, es ließ sich nicht vermeiden. Wir gehen ja in dieselbe Klasse.

Angela hat mir deutlich gezeigt, dass ich Luft für sie bin. Ich hab ihr auch gezeigt, dass sie Luft für mich ist. Dabei hat es mir in Wirklichkeit das Herz zerrissen.
Überall stoße ich auf Sachen, die mich an die schöne Zeit mit Angela erinnern. Wenn ich mein Fahrrad in der Fahrradhalle abschließe, denke ich an ihre Küsse. Wenn ich den Pausenhof sehe, denke ich daran, wie wir Händchen gehalten haben. Wenn ich den Bäcker sehe, erinnere ich mich an unser erstes Treffen.
Es ist grässlich!
Ich hab versucht, blind durch die Gegend zu laufen. Leider bin ich dabei gegen einen Betonpfeiler gerannt. Deswegen habe ich jetzt nicht nur ein kaputtes Herz, sondern auch noch eine Beule.
Morgen ist unser Projekttag. Ich hatte mich für »RÖMISCH KOCHEN« eingetragen, Angela auch. Ich habe mir vorgenommen, ganz cool zu sein. Oder soll ich ihr lieber eine rote Rose mitbringen? GIBT ES DENN KEINE TODSICHERE METHODE, DIE BEI WEIBERN WIRKT?
Das Dumme ist, dass ich kein Schwein um Rat fragen kann!
Übrigens hat die HZ heute einen Schuss gekriegt. Ich hatte gerade die Sache mit diesem Klein-

schmidt abgehakt, da hat sie sich doch tatsächlich eingebildet, Oma sei verknallt und hätte ein Date.
»Du spinnst«, hab ich nur geantwortet. »Oma ist einundsiebzig!«
Die HZ wurde sauer. Hab ich schon mal erwähnt, was für einen stahlharten Griff sie hat? In Notfällen setzt sie noch ihre grün-gelb-blau-lackierten Killernägel ein, um einen fertig zu machen. Wie jetzt mich. Weil ich ihr nicht glaubte.
»Du hast ja keine Ahnung«, meckerte Kristin. »Sie trifft sich seit ein paar Wochen regelmäßig mit einem Herrn in der Stadt. Ich hab's genau am Telefon gehört!« Sie erzählte, dass Oma vorhin ihr bestes Kleid angezogen hätte. »Außerdem benutzt sie sogar das Parfüm, das ich ihr neulich geschenkt habe: EKSTASE.«
Jetzt wurde ich doch neugierig. Machte Oma etwa noch mehr Dummheiten? Also warteten wir gespannt, bis sie zurückkam. Es dauerte echt lange. Kristin faselte gerade davon, Oma sei mit dem Typen bereits durchgebrannt, da kam sie um die Ecke marschiert und strahlte uns an wie frisch verlobt.
»Na, ihr beiden, was guckt ihr denn so?«
»Wie war er?«, fragte Kristin sofort.

»Wer?«, hakte Oma nach, während sie ihren Mantel aufhängte.
»Tu nicht so harmlos, darauf fallen wir nicht rein«, erwiderte Kristin. »Mit wem hast du dich getroffen?«
»Wenn ihr den Mann von der Bank meint – der war sehr nett«, antwortete Oma. »Ich hab eine neue EC-Karte beantragt und mal nachgeschaut, was sich auf meinem Depotkonto so tut. Und dann war ich noch im Café und hab zwei Stück Kuchen gegessen. Aber seit wann interessiert ihr euch so für das, was ich mache?«
Wir guckten uns nur groß an und zuckten die Schultern.
»Na gut«, meinte Kristin hinterher. »Ich habe mich geirrt. Es hätte ja sein können.«
»Du guckst zu viele Soaps im Fernsehen an«, sagte ich. »Außerdem sind nicht alle so hinter den Kerlen her wie du.«
»Pah«, hat Kristin verächtlich geschnaubt. »Die Jungs können mich mal! Richtig verstehen tun einen nur Frauen!«
Haha! Das ist ja mal was ganz Neues!

Saupeinlich!

Datum: *Dienstag, 21. Oktober*

Autor: *Ich kann es eigentlich nicht gewesen sein*

Wehe, Computer, wenn du auch nur einen Buchstaben von dem verrätst, was ich dir jetzt in die Tasten hacke!

Ich glaub es nicht. Ich fass es nicht. Wie konnte ich nur so was tun!

Es war gemein. Und gleichzeitig toll.

Es war Betrug. Und gleichzeitig super.

Vielleicht hätte ich mich wehren sollen. Aber es hat MIR SOGAR NOCH SPASS GEMACHT!

Das ist das Allerschlimmste daran.

Ich kenne mich nicht mehr. Bin ich noch Oskar Weiß aus der 7c? Bis heute Morgen war ich in Angela verliebt. Angela war mein Traum, auch wenn der Traum gerade böse auf mich ist.

Gibt mir das ein Recht, mit einem anderen Mädchen rumzuknutschen?

Jetzt ist es raus: Oskar hat ein anderes Mädchen geküsst. Und er hat sich sauwohl dabei gefühlt!

Aber dann ist ihm eingefallen, dass er eigentlich

Angela ewige Liebe und Treue geschworen hat. Jetzt hat er ein echtes Problem: Gilt ein Schwur noch, wenn man böse aufeinander ist? Oder gibt es dafür eine Pausetaste – wie bei der Fernbedienung?
Na gut, ich hab also die Pausetaste gedrückt. Ziemlich lange. Wir haben uns bestimmt eine Viertelstunde lang geküsst. Neben der Säule am Biosaal, wo uns niemand gesehen hat. Dabei war ich vorher gar nicht in das Mädchen verliebt.
Und hinterher?
Ich weiß nicht. Wenn ja, dann bin ich anders in sie verliebt als in Angela. Nämlich hauptsächlich kussverliebt. Ich kann nur dran denken, dass das Geknutsche ziemlich stark war.
Bei Angela ist es anders. Da denke ich nicht nur ans Knutschen. Wir können über alles Mögliche reden. Über Hühner. Über Hausaufgaben. Über Computer. Und noch vieles mehr.
Das andere Mädchen kenne ich eigentlich gar nicht. Genau genommen haben wir über gar nichts geredet. Wir haben uns nur angeguckt und dann – wumm! – sind mir alle Sicherungen durchgebrannt.
Es ist mir so was von peinlich. Nicht nur wegen Angela, sondern auch wegen Daniel.

Das Mädchen, mit dem ich so rumgemacht hab, war nämlich ausgerechnet seine Exfreundin. Ja, richtig – es war PAULA!
Sie hatte sich auch für RÖMISCH KOCHEN angemeldet. Ich erkannte sie sofort wieder. Sie sah echt super aus: knallenge Jeans, dass man einfach hingucken musste. Nur Daniel strengte sich mächtig an, ihr aus dem Weg zu gehen.
Angela übersah mich ebenfalls. Sie war immer woanders als ich. Wenn ich Pilze schnippelte, dann höhlte sie Zucchinis aus. Griff ich nach dem Salzstreuer, dann hielt sie sich an den Honigtopf. Selbst beim Backofen kamen wir uns nie in die Quere.
Dafür rempelte ich aber ständig mit Paula zusammen. Es war wie verhext. Entweder war mir ihr Arm im Weg oder ich stieß an ihr Bein oder mich kitzelten ihre Haare. Manchmal roch ich ihr Parfüm. Es duftete nicht schlecht. Jedenfalls viel besser als bei der HZ. Nach einer Weile hat sie gemerkt, dass ich sie anstarre, und hat mich angelächelt. Mit diesem tollen Kussmund!
Und dann kam die Sache mit dem Met, dem römischen Honigwein.
Eigentlich war der Met nur für die Schüler der höheren Klassen gedacht, die bei RÖMISCH KOCHEN mitmachten. Aber Paula organisierte heim-

lich einen Becher, zog mich in die Ecke und ließ mich probieren.
Zugegeben, es interessierte mich schon, was die alten Römer so gesoffen haben. Und dass die Schüler der unteren Klassen es nicht trinken sollten, machte die ganze Sache natürlich noch spannender.
Der Met war hauptsächlich süß.
»Schmeckt«, stellte Paula fest. Und sah mich an.
Ich starrte zurück. Irgendwie klebten unsere Blicke auf einmal aneinander wie Magnet und Eisen. Ich sag ja: Hexerei.
»Komm, lass uns ein bisschen rausgehen«, sagte Paula und so landeten wir beide vor dem Biosaal und küssten uns.

Ich dachte, ich müsste ersticken. Aber ich erstickte nicht. Dafür kriegte ich aber Muskelkater in den Lippen.
Dann war der Kuss mit einem Mal vorbei, genauso plötzlich wie er angefangen hatte, wir grinsten uns an und gingen zu den anderen zurück. Keine Ahnung, ob jemand überhaupt gemerkt hat, dass wir weg waren.
Als ich dann später den Römerfraß probierte, hatte ich das Gefühl, dass alles irgendwie gleich schmeckte, so durcheinander war ich. Oder Paulas Küsse hatten mir die Geschmacksnerven verbrannt.
Der Heimweg mit Daniel war oberpeinlich. Daniel quatschte die ganze Zeit. Ich sagte nur immer »Ja« oder »Nein«, weil ich noch immer furchtbar durcheinander war. Schließlich blieb Daniel stehen und fragte, was mit mir los sei, ich sei heute wirklich komisch.
»Nix ist los«, log ich und machte ein harmloses Gesicht. Dabei kam ich mir echt mies vor. Ich konnte meinem besten Freund einfach nicht sagen, dass ich mit seiner Exfreundin rumgeknutscht hatte. Und dass ich Angela betrogen hatte. Obwohl ich nicht genau weiß, ob es wirklich ein echter Betrug war.

Ich hab ein total schlechtes Gewissen, aber ich würde alles sofort noch mal machen!
VERSTEHST DU DAS, COMPUTER?
Ich nicht!!!

* * * Oskars Obergeheimdatei * Oskars Obergeheimdatei * * * * *
* *

Zu viel Erfolg bei Weibern macht Alpträume!
Datum: *Mittwoch, 22. Oktober*
Autor: *Oskar – heiß begehrt oder total verkehrt?*

Schlaflose Nacht. Träumte dauernd von Mädchen.
(Stopp. Ist Quatsch. Wenn ich nicht schlafe, kann ich auch nicht träumen.)
Berichtigung: Fast schlaflose Nacht. In den Pausen, in denen ich wegsackte, umringten mich sofort eine Menge Weiber, die ständig mit mir rumknutschen wollten. Das Schlimmste: Daniel stand daneben und machte Fotos.
Bin mit Bauchweh aufgewacht. Das kommt davon, wenn man sich römisches Fastfood reinzieht. Leider durfte ich nicht daheim bleiben. Weil Mama

meinte, ich könne schließlich nicht dauernd wegen Magen- und Darmproblemen schwänzen.
Also habe ich mich hingeschleppt. Angela guckte ganz komisch durch mich durch. Ich fühlte mich ertappt. Sicher hat sie meine Gedanken gelesen und weiß genau, was gestern passiert ist.
Irgendwie hätte ich ihr gerne alles erklärt, aber ich wusste nicht, wie. Und wahrscheinlich hätte sie ja gar nicht mit mir reden wollen.
In der Pause machte ich mich auf die Suche nach Paula. Aber ich habe sie heute den ganzen Tag nicht gesehen, obwohl ich bei jedem Stundenwechsel zum Biosaal gespurtet bin. Komisch: Jedes Mal war ich erleichtert, wenn sie nicht da war. Aber gleichzeitig konnte ich es nicht erwarten, sie wieder zu treffen.
Ob ich sie morgen sehe?
Übrigens ist der Muskelkater in meinen Lippen schon wieder besser!

Kuss und Schluss

Datum: *Donnerstag, 23. Oktober*

Autor: *Ein Abservierter*

Es gibt eine gute und eine schlechte Nachricht.

Die gute zuerst: Nächste Woche geht der Informatik-Kurs in der Schule los. Hurra! Wir dürfen bestimmt ins Internet! WOW! Dann bin ich wenigstens nicht mehr auf Daniels Gnade angewiesen, der mir noch immer die siebzehneinhalb Minuten Internet schuldet.

Jetzt die schlechte Nachricht: Paula ist nicht meine Freundin. Oder nicht mehr. Ich weiß nicht, was ich falsch gemacht habe.

Vielleicht hat sie Erkundigungen über mich eingezogen und festgestellt, dass ich kein reicher Erbprinz bin (wie denn auch, wenn Oma ihr Geld vielleicht in Seniorenheime steckt?!).

Möglicherweise hat sie sich am Dienstag auch nur verküsst.

Eigentlich bin ich schwer beleidigt. Aber irgendwie bin ich auch froh, denn dann muss ich wenigstens nicht dauernd dran denken, ob ich Angela betrüge.

Obwohl ich Paula gerne noch mal geküsst hätte. Ehrlich – am liebsten wären mir nur die Küsse – ohne Paula drum herum. Aber leider hat man Küsse in Tüten noch nicht erfunden. Stell dir mal vor: Du reißt die Tüte auf, machst die Augen zu und schon kriegst du einen echten Schmatz von Pamela Anderson oder Julia Roberts oder Angela oder Paula … Sicher würden die Supermärkte solche Kusstüten gleich regalweise auf Lager nehmen!
Die würden nämlich garantiert überall reißenden Absatz finden, weil den Leuten auf diese Weise der ganze Beziehungsscheiß erspart bleibt.
Meine Beziehung zu Paula hat grad mal zwei Tage gedauert. Oder nur eine Viertelstunde, je nachdem, wie man es sieht.
Ich hab sie heute in der Pause getroffen.
»Hallo, Paula«, hab ich sie begrüßt. Es sollte cool wirken, aber leider bin ich knallrot geworden.
Sie hat mich nur schräg von der Seite angeblinzelt.
»Hi, Oskar«, hat sie gesagt. »Verpiss dich, zwischen uns läuft nichts mehr.«
Es war, als hätte mir jemand in die Kniekehlen getreten.
»Warum denn?«, stotterte ich. Es haute mich um. Ich begriff nichts.

Paula zuckte die Schultern.
»Warum?«, fragte ich noch einmal.
»Na gut, ich ruf dich heute Nachmittag an und sag's dir«, meinte Paula und kicherte dann wieder mit ihrer Freundin rum.
Den ganzen Nachmittag hab ich das Telefon umkreist und auf Paulas Anruf gewartet. Bis sechs Uhr. Dann suchte ich Paulas Nummer raus – den Nachnamen wusste ich von Daniel – und wählte. Sie war sofort dran. Wahrscheinlich hatte sie neben dem Telefon gestanden und gewartet.
»Ich bin's«, sagte ich mit heiserer Stimme. Vor meinen Augen tanzten schon wieder weiche Lippen.
»Uwe?«
»Nein.«
»Mick?«
»Falsch.«
»Sascha?«
»Godzilla«, bellte ich wütend und schmiss den Hörer auf die Gabel.
In meinem Zimmer grübelte ich darüber nach, was all die anderen Jungs hatten, bloß ich nicht. Nach einer halben Stunde fand ich die Lösung: Einen Internet-Anschluss!
Doch dann fiel mir ein, dass Paula ja auch was mit

Daniel gehabt hat. Der ist internetmäßig bestens ausgestattet, trotzdem hat sie mit ihm Schluss gemacht.
Ich bin also wieder genauso schlau wie vorher.
VERDAMMTE WEIBER!

• Oskars Geheimdatei • Oskars Geheimdatei • Oskars Geheimdatei

Computerstress!
Datum: *Sonntag, 26. Oktober*
Autor: *Nervenbündel Oskar*

Ich hab es wirklich satt, dass ich mich immer noch mit diesem uralten Computer abgeben muss!
Heute ist die Sommerzeit zu Ende und ich hab wertvolle Stunden damit verbracht, meine Uhr im Computer umzustellen. Die doofe Kiste ist mir wieder mal dauernd abgestürzt.
Ein moderner Rechner stellt sich selber auf Sommer- oder Winterzeit um. Und meiner? Nachdem ich endlich die Uhrzeit hingekriegt hatte, erzählte er mir, es sei März. Nachdem ich wieder den Oktober drin hatte, schrieben wir plötzlich das Jahr 1958!

Gegen eine richtige Zeitreise hätte ich ja gar nichts! Aber dieser bescheuerte Computer treibt mich in den Irrsinn!
Jetzt läuft der Kasten wieder, Gott sei Dank!
Ich muss demnächst mal Daniels Cousin um Rat fragen. Vielleicht ist der Akku langsam hinüber. Die Dinger halten schließlich auch nicht ewig.
Aber eigentlich wünsche ich mir keinen neuen Akku, sondern gleich einen neuen Computer. Am besten wäre ja ein Notebook. Damit könnte man von zu Hause ins Internet, aber man könnte es auch überall mit hin nehmen und im grünen Gras damit heiße Storys schreiben. (Und ich hätte Daniel übertrumpft!!!) Doch so ein Notebook ist sauteuer. Das kriege ich nie im Leben!
Das einzig Gute ist, dass morgen der Informatik-Kurs in der Schule anfängt.
INTERNET, ICH KOMME!
Aber leider muss ich vorher noch Mathehausaufgaben machen, würg!

Paulas geheime Hitliste

Datum: *Montag, 27. Oktober*

Autor: *O. Weiß, einem Riesenskandal auf der Spur, aber leider auch mitbeteiligt*

Ich fürchte, mit mir geht es bergab. Mein Charakter ist sauschlecht.

1. Ich habe betrogen. (Nämlich Angela. Aber das ist schon letzte Woche passiert.)
2. Ich habe gestohlen. (Heute. Eine Diskette.)
3. Ich habe gelogen. (Das ist zwar schon öfter vorgekommen, aber allmählich nimmt es gefährliche Ausmaße an.)

Ich weiß, ich bin unmöglich.

ABER ANDERE SIND NOCH VIEL UNMÖGLICHER!!!

Heute Nachmittag hatten wir zum ersten Mal Informatik. Ich hab mich riesig drauf gefreut. Vor uns war eine andere Gruppe dran, Schüler aus der Achten. Deshalb mussten wir vor dem Computerraum noch ein bisschen warten, bis die anderen ihre Sachen zusammengepackt hatten und rauskamen. Endlich ging die Tür auf und ich bin gleich reingestürmt, um einen guten Platz zu ergattern, wo man

nicht unbedingt gleich im Blickwinkel vom Lehrer sitzt. Nicht, dass ich mich vor Schlote fürchte, aber es muss ja nicht sein.
Ich peilte also einen Arbeitsplatz ganz hinten am Fenster an. Dort saß noch ein Mädchen. Offenbar konnte es sich nicht vom Internet trennen oder wusste nicht, wie man den Computer runterfährt. Erst als ich schon ganz dicht vor ihr stand, erkannte ich, dass es Paula war.
»Hi«, sagte ich wütend. »Warum hast du mich nicht angerufen?«
»Vergessen«, sagte sie gelangweilt.
»Und warum willst du nichts mehr von mir wissen?«, fragte ich wieder, weil ich, verdammte Hühnerkacke, endlich den Grund erfahren musste.
»Du bist mir zu blöd«, meinte Paula nur und ließ mich stehen. ZU BLÖD!
Vor lauter Wut hätte ich am liebsten den Computer zertrümmert, aber der konnte nun wirklich nichts dafür. Bedient war ich trotzdem. Volle Kanne, ehrlich! Um mich abzulenken, tippte ich ein bisschen auf der Tastatur rum. Mal sehen, welche Programme überhaupt auf dem Computer waren. Der Computer meldete, dass noch eine Diskette im Laufwerk A steckte. Ha, die musste Paula vergessen haben!

Ich sann sofort auf Rache. Vielleicht konnte ich ihr einen Virus draufkopieren oder zumindest ihre Dateien zerstören. BLÖDHEIT lässt man nicht so einfach auf sich sitzen!

Ich schaute mir also das Inhaltsverzeichnis ihrer Diskette an. Es gab verschiedene Dateien. Eine davon hieß JUNGS.

Mein erster Gedanke war, dass Paula sich versaute Bilder aus dem Internet besorgt hatte.

Weil in diesem Moment aber Schlote kam, nahm ich die Diskette schnell aus dem Laufwerk und ließ sie zwischen meinen Schulsachen verschwinden.

Schlote erklärte uns lang und breit, wie man Programme mit der Maus aufruft und wieder beendet – Befehle, die heute schon jedes Baby kennt. Daniel und ich gähnten laut. Dann hielt er uns einen Vortrag übers Internet und das World Wide Web – alles längst alte Hüte. In den letzten zehn Minuten durften wir endlich surfen. Doch kaum hatte ich die erste Suchmaschine auf dem Bildschirm, klopfte es und Paula stürmte rein.

»Ich hab was vergessen.«

Schlote sah genervt aus. »Na gut, aber mach schnell.«

Klar, sie vermisste ihre Diskette.

»Rück sie schon raus«, zischte Paula mich an.
»Was?«, fragte ich und machte absichtlich ein ganz blödes Gesicht.
»Meine Diskette.«
»Welche Diskette?«
Ich deutete auf ein paar bunte Dinger, die auf dem Tisch rumlagen. Natürlich wusste ich genau, dass keine davon Paula gehörte.
»Die Diskette, die im Laufwerk gesteckt hat.«
Ich tat ahnungslos. »Dann muss sie ja noch drinstecken.« Wenn ich will, kann ich ein ganz cooler Schauspieler sein.
Paula sah tatsächlich nach. Natürlich fand sie nichts. Ich machte ein noch blöderes Gesicht und zuckte mit den Achseln.
Zum Glück drehte sie dann um und ging.
Zu Hause schob ich die Diskette gleich in meinen Computer. Ich öffnete die Datei JUNGS und lehnte mich zurück, weil mein alter Computer irre lang braucht, wenn er Bilder laden soll.
Aber es kam kein einziges Bild. Nur Text. Es war eine Liste, lauter Jungennamen, und hinter jedem Namen stand ein Kommentar.
Ich brauchte bestimmt drei Minuten, um zu kapieren, dass ich Paulas ganz persönliche Kuss-Charts vor mir hatte.

Die Liste fing an mit *Florian, 9a*: *ABSOLUT ERSTE SAHNE IM KÜSSEN, UNVERGLEICHLICH*, ging weiter mit *Stefan, 8d*: *KÜSSE SCHARF WIE CHILI* und füllte die ganze Bildschirmseite. Die Küsse wurden von oben nach unten schlechter. Als Letztes auf der Seite stand: *Jens 8b*: *KLEBRIGE KAUGUMMI-KÜSSE.*

Mir wurde schwindelig, ehrlich. Das hier war eine Story, auf die jeder Enthüllungsreporter scharf wäre! Ich war nur froh, dass mein Name nirgends auftauchte. Doch dann drückte ich die Bild-Abwärts-Taste und stellte fest, dass die Liste auf der nächsten Bildschirmseite weiterging. Daniel war der Vierte von unten.

Paulas Kommentar: *Daniel,* 7c: *KÜSST WIE EIN SAUGNAPF*

Ich kam ganz zuletzt.

Oskar, 7c: *NASSER SABBERKÜSSER*

NASSER SABBERKÜSSER!

Voller Hoffnung drückte ich wieder die Bild-Abwärts-Taste. Doch diesmal tat sich nichts mehr. Die Liste war zu Ende. Ich war der Letzte.

Das Schlusslicht.

Der mieseste Küsser von allen.

So ein Urteil haut einen um.

Wäre ich mein Computer gewesen, wäre ich vor lauter Frust abgestürzt. So vergaß ich nur das Atmen. So lange, bis mein Computer den Bildschirmschoner anschaltete und mir lauter blöde Fratzen ins Gesicht grinsten.

Dieser Moment war der absolute Tiefpunkt in meinem Leben. Die Talsohle. Die Megaoberkrise: Ich hatte zwar einen Riesenskandal aufgedeckt, steckte diesmal aber bis zu den Ohren mit drin!

Irgendwann regten sich meine Lebensgeister wieder und ich fing an zu handeln. Zuerst löschte ich meinen Namen aus der Liste. Und dann rief ich Daniel an.

Wir schmieden Rachepläne

Datum: *Montag, 27. Oktober*

Autor: *Oskar, voll im Einsatz*

Daniel kam sofort, nachdem ich ihm erklärt hatte, es handele sich um einen dringenden Notfall.

»Was ist los?«, fragte er, kaum dass ich ihm die Tür aufgemacht hatte. »War die Polizei da und will dich wegen deinen Raubkopien verknacken?«

Auf solche Witze steh ich gar nicht!

»Blödmann«, schnauzte ich ihn an. »Es geht um dich.«

»Um mich?«, wunderte sich Daniel.

»Wart's ab«, sagte ich, während ich ihn in mein Zimmer lotste. Dort scheuchte ich die Fratzen von meinem Computerbildschirm und ließ Daniel die Kuss-Datei lesen.

Daniels Gesicht wurde rot-lila, als er seinen Namen entdeckte.

»Was soll der Scheiß?«, brüllte er mich an. »Bist du völlig durchgeknallt, dir so was auszudenken?«

»Ich hab mir gar nichts ausgedacht«, verteidigte ich mich. Und dann erzählte ich ihm, dass ich die Diskette heute im Computerraum entdeckt hätte

und dass sie Paula gehören würde, seiner Exfreundin.
(Ich verriet natürlich nicht, was ich selbst mit Paula getan hatte.)
Daniel musste dreimal heftig schlucken. »Und was soll das?«, fragte er dann mit heiserer Stimme.
»Ist doch klar«, sagte ich und deutete auf den Bildschirm. »Paula sammelt Jungs. Genau wie andere Leute Bierdeckel.«
Es gefiel Daniel gar nicht, eine Art Bierdeckel zu sein. Ich wusste, wie er sich fühlte. Ich war ja auch ein Bierdeckel.
»Und dann schreibt Paula auf, was sie wert sind«, fuhr ich fort.
Daniel starrte mich einen Moment fassungslos an. Dann öffnete er den Mund und grunzte: »Scheißweiber!«
»Müssen wir uns das bieten lassen?«, fragte ich. Gleich darauf berichtigte ich mich: »Musst du dir das bieten lassen?«
Daniel schüttelte den Kopf. »Frechheit«, sagte er.
»Sauerei«, meinte ich.
»Unverschämtheit.«
»Ein richtiger Skandal!«, rief ich aus. »Paula macht Jagd auf Jungs, knutscht mit ihnen rum und lästert dann ganz gemein über sie ab!«

»Genau, oberfies ist das!«, bestätigte Daniel und haute mir auf die Schulter. »Du bist ein echter Freund, Oskar.«

»Wir müssen es Paula heimzahlen«, ereiferte ich mich.

Daniel stutzte. »Wir?«

»Na klar, wir«, bekräftigte ich. »Glaubst du, ich lass dich mit so einer Kacke allein?«

Dann hockten wir uns auf mein Bett und grübelten nach, was wir tun könnten. Ich war dafür, das Ganze an die Öffentlichkeit zu bringen. So was musste einfach ans Licht!

»Wir schreiben darüber einen Skandalartikel«, kündigte ich an. »Und den hängen wir in der Schule ans schwarze Brett. Zusammen mit dem Beweis – der Kuss-Liste.« Als ich sah, wie Daniel zusammenzuckte, sagte ich schnell: »Deinen Namen löschen wir natürlich vorher raus, ganz klar!«

Die Schule ist ein Jagdrevier!

Datum: *Verfasst in der Nacht zum 28. Oktober*
Autor: *Zwei, die ihren Namen lieber nicht nennen wollen, es aber gut meinen*

Hallo, Jungs, aufgepasst! An der Astrid-Lindgren-Schule gibt es ein Mädchen, das hinter allen männlichen Wesen der Klassen 5–13 her ist. Wen sie erwischt, der wird gnadenlos geküsst. Das Ziel ist aber keine feste Beziehung. Nein, es geht Paula S. (13 J.) nur darum, Jungs zu sammeln und ihre Beute-Liste zu verlängern. Außerdem bewertet sie die Küsse – mit der oberfiesen Absicht, uns Jungs lächerlich zu machen.
Also Vorsicht! Ihr wollt euch doch nicht in einem Sonderheft der Stiftung Warentest abgedruckt sehen, oder?
PS: Wer's nicht glaubt, braucht nur auf Paulas Original-Kuss-Liste zu schauen. Die Reihe der bisherigen Opfer ist ultralang.
WIR FINDEN WIRKLICH, DASS ES GENÜGT! DIESES SKANDALÖSE VERHALTEN MUSS GESTOPPT WERDEN!

Enthüllungsaktion läuft!
Datum: *Dienstag, 28. Oktober*
Autor: *Oskar, bestimmt bald weltweit gefragt!*

Ich bin richtig stolz auf den Artikel. Die besten Ausdrücke sind natürlich von mir. Schade, dass ich die Story nicht an eine große Zeitung verkaufen kann, da könnte ich bestimmt tierisch viel Knete verdienen.
Aber es geht uns ja um Rache. Wir haben den Artikel ausgedruckt und heute Morgen zusammen mit der Kuss-Liste ans schwarze Brett gepinnt. Ich bin extra schon früher zur Schule gefahren und hab einen Augenblick abgepasst, in der die Aula fast leer war. Daniel hat Schmiere gestanden. Leider war das schwarze Brett ziemlich voll. Da hab ich meinen Zettel einfach über die Stundenplanänderungen gehängt.
Und es hat funktioniert! In den Pausen war vor dem schwarzen Brett jedes Mal ein großer Auflauf. Daniel und mir kam es so vor, als würde fast die ganze Schule unseren Aushang lesen. Klar, er war ja auch ziemlich auffällig, mit Fettdruck und großen Buchstaben.

PAULA IST BLAMIERT! Aber warum schreibt sie auch solche Sachen! *Oliver, 9c, küsst wie eine Qualle. Benno, 7c – matschiger Schwammschmatzer.*

(Das mit Benno tut mir richtig gut! Der war doch hinter Angela her!)
Leider waren die Zettel nach der sechsten Stunde weg. Ob Paula das getan hat? Oder ein Lehrer?

Egal. Ich glaube jedenfalls, dass genug Leute die Liste gelesen haben!
Daniel und ich haben heute Nachmittag unseren Sieg gefeiert. Bei ihm. Mit Limo und Käsekuchen. Und das Beste von allem: Er hat mich eine halbe Stunde ins Internet gelassen!!!

* * * * Oskars Obergeheimdatei * Oskars Obergeheimdatei * * *

Die Rache der Weiber

Datum: *Mittwoch, 29. Oktober*
Autor: *Ich nenne keine Namen mehr. Ist mir zu gefährlich!*

Meine Finger zittern. Ich mag gar nicht schreiben. Ich bin total am Ende.
Paula hat sich schrecklich an mir gerächt:
- dafür, dass ich ihr die Diskette gestohlen habe
- dafür, dass ich den Artikel über sie geschrieben habe
- und vor allem dafür, dass ich ihre Kuss-Liste ans schwarze Brett gehängt habe.

Weibliche Rache ist grässlich. Weiber sind viel gemeiner als Jungs. Sie lügen und betrügen und

haben oberfiese Ideen. Wenn Männer Krach haben, dann schlagen sie sich. Der Bessere gewinnt. Das ist offen und fair.
Gegen Paulas Weiberbande hatte ich nicht die geringste Chance.
Sie haben mir heute nach der Schule aufgelauert: Paula und ihre vier Freundinnen. Irgendwie müssen sie rausgekriegt haben, auf welchem Weg ich nach Hause fahre (obwohl das von Tag zu Tag wechselt).
Jedenfalls waren sie plötzlich vor mir und wichen keinen Schritt zur Seite. Ich musste absteigen. Alles ging sehr schnell. Zwei Weiber zerrten mein Rad weg und warfen es in den Straßengraben. Die

anderen hielten mich fest und drehten mir die Arme auf den Rücken.
Dann trat Paula auf mich zu.
»Hallo, Oskar«, sagte sie und lächelte. Mir fiel ihr violetter Lippenstift auf. Überhaupt waren alle Weiber fürchterlich geschminkt.
»Hallo«, antwortete ich. Ich ahnte nichts Gutes.
»Sorry, dass du der Letzte auf der Liste warst«, meinte Paula betont freundlich. »Ich hab beschlossen, dich zu entschädigen.«
Sie spitzte ihre Lippen mit dem violetten Lippenstift und kam näher. Sie sah aus wie ein Vampir. Ich drehte meinen Kopf schnell weg, aber es half nichts. Der Kuss kam! Es war ein widerlich klebriger Kuss.
Dann fielen die anderen über mich her und küssten mich wie die Wilden, ein schreckliches Geschmiere. Ihre Lippen rochen nach Karamell, Pfefferminz und Lakritze, es war feucht und eklig und ich bekam fast keine Luft.
Computer, ich sag dir nur, der blanke Horror! Ich weiß nicht, ob das Ganze überhaupt fünf Minuten lang gedauert hat, aber es war der schlimmste Alptraum meines Lebens!
Endlich ließen die Weiber von mir ab und verschwanden so schnell, wie sie gekommen waren.

Ich stand fassungslos da. Sie hatten Kaugummis auf meine Jacke geklebt und Bonbons in mein Haar gespuckt.
Ich werde nie mehr Kaugummi kauen und keine Bonbons mehr lutschen!
Aber das Schlimmste: Wahrscheinlich werde ich die nächsten fünfzig Jahre eine höllische Angst vor Küssen haben!
Sobald ich die Augen schließe, sehe ich diese violetten Lippen vor mir! Muss ich jetzt vielleicht zu einem Psychoklempner gehen?
Leider ist die Geschichte noch nicht zu Ende. Gerade als ich mein Fahrrad aus dem Graben gezerrt hatte, fuhr Angela an mir vorbei.
Sie warf nur einen einzigen Blick auf mein verschmiertes Gesicht, knurrte »Find ich unheimlich witzig!«, und trat dann in die Pedalen, als sei der Teufel hinter ihr her.
Ich konnte ihr gar nichts erklären!
Als ich nach Hause kam, lief ich prompt Papa über den Weg. Er starrte mich an und grinste dann anzüglich: »Übertreib's bloß nicht, Oskar!«
Ausgerechnet der musste was sagen!
Bevor noch mehr Leute aus meiner Familie blöde Bemerkungen machen konnten, rannte ich schnurstracks ins Bad, schloss hinter mir ab und schrubb-

te mir die widerliche Lippenstiftschmiere ab. Ich duschte sogar!

Beim Mittagessen redete ich kein Wort. Ich hatte beschlossen, keinem aus der Familie etwas von dem Weiber-Überfall zu erzählen. Die HZ hätte sich wahrscheinlich totgelacht!

»Was ist los mit dir, Oskar?«, fragte Mama besorgt. »Du bist so stumm.«

»Lass ihn in Ruhe, der ist völlig erschöpft«, antwortete Papa und zwinkerte mir zu.

Ich verkniff mir eine Antwort und spachtelte ohne Appetit die Spagetti in mich rein. Auf die Karamellcreme, die es zum Nachtisch gab, verzichtete ich.

Nachmittags rief ich Daniel an.

»Du musst dringend herkommen. Ein Notfall«, sagte ich.

»Schon wieder?«, fragte Daniel misstrauisch. »Verarschst du mich?«

Er kam trotzdem.

Ich erzählte ihm von dem Überfall, allerdings mit kleinen, harmlosen Änderungen. Ich behauptete, Paula hätte Rache an mir genommen, weil ich ihr die Diskette geklaut und den Artikel geschrieben hätte. (Dass ich selber auf Paulas Liste gestanden hatte, sagte ich Daniel noch immer nicht.)

Daniel bekam natürlich gleich Angst, dass sich Paula mit ihrer Verschwörerbande auch an ihm rächen würde.
»Glaub ich nicht«, tat ich seine Bedenken ab. »Ich hab Paula gesagt, dass ich den Aushang ganz allein gemacht hab. Die Weiber konnten mich foltern, wie sie wollten – dein Name ist nicht über meine Lippen gekommen.«
Ich ließ Daniel schwören, niemandem auch nur ein Sterbenswörtchen von der Sache zu verraten.
Feierlich hob Daniel die Hand zum Schwur. Dann haute er mir auf die Schulter.
»Echt nett, dass du das alles meinetwegen getan hast!«, sagte er. »Du bist ein toller Freund, Oskar!«
Da hab ich mich noch mieser als vorher gefühlt.

Was Kristin so an Geschenken einsackt

Datum: *Freitag, 31. Oktober*

Autor: *Jemand, der wieder mal völlig leer ausgeht!*

Heute ist der 31. Oktober. Ein denkwürdiges Datum. Die HZ hat Geburtstag. Sie wird fünfzehn!

Das war vielleicht ein Theater! Schon vor dem Frühstück gierte Kristin nach ihren Geschenken.

Flo hatte ihr ein Bild gemalt. (Ich beneide ihn. In seinem Alter kommt man noch billig weg, was Geschenke betrifft!) Man konnte auf dem Bild nicht sehr viel erkennen, aber das ist bei Flo oft so. Diesmal waren es lauter schwarze Kringel.

»Das bist du, Kristin«, erklärte Flo fröhlich.

»Er hat deine Pickel porträtiert«, ergänzte ich und warf meiner Schwester einen liebevollen Blick zu.

»Quatsch«, quakte Flo dazwischen. »Das ist Kristin in der Küche. Sie backt gerade einen Kuchen.«

»Mit dem neuen Herd komm ich einfach noch nicht zurecht«, regte sich die HZ gleich auf. »Der alte war viel besser.«

Wir hatten inzwischen eine neue Küche bekommen. Sie sah toll aus und Mama war riesig stolz darauf. Papa hatte ihr die Freude daran allerdings gleich wieder verderben müssen. Spüle und Herd stehen sich nämlich gegenüber. Angeblich ist das das Verkehrteste, was man Feng-Shui-mäßig anrichten kann, weil sich Feuer und Wasser beißen.
»Ich hab die Küche ausgesucht, bevor du deinen Feng-Shui-Knall gekriegt hast«, hatte Mama gewettert. »Und jetzt lass ich nicht mehr alles rausreißen, verdammt noch mal!«
Von der Oma bekam Kristin ein Springseil. Ich dachte zuerst, die HZ würde bei solchem Kinderkram ausrasten, doch dann sah ich, was es für ein tolles Teil war. In den Handgriffen steckte nämlich ein kleiner Computer, der mit Piepstönen das Springtempo vorgab. Man konnte den Computer sogar programmieren.
»Mein ganz persönlicher Trainer«, sagte Kristin entzückt und küsste Oma auf beide Backen. »Und der Kalorienverbrauch wird im Display auch gleich angezeigt. Danke, Omi, wirklich super.«
Ich wurde richtig neidisch. Bisher hatte ich immer geglaubt, Oma sei bei solchen Sachen ein bisschen altmodisch. Die meisten alten Leute haben ja was gegen Computer und predigen einem ständig, dass

man nicht so lange vor dem Bildschirm sitzen soll, weil man sich sonst die Augen verdirbt. Aber anscheinend denkt Oma moderner als Papa. Der hat das Springseil bloß angeschaut und geschnaubt: »So ein Blödsinn!« Und dann hat er uns wieder einen Vortrag über Energieverschwendung gehalten, insbesondere über die Verwendung von giftigen Knopfzellen. Kristin unterbrach ihn schließlich.

»Und was kriege ich von euch zum Geburtstag?«

Mama und Papa zeigten Kristin einen neuen Sparvertrag, den sie für sie abgeschlossen hatten.

»Damit kannst du dir in zwanzig Jahren eine Eigentumswohnung kaufen, wenn du ordentlich einzahlst«, erklärte Papa stolz.

Kristin machte ein langes Gesicht und erklärte: »Ich lebe jetzt!«

Aber Mama hatte zum Glück noch eine Überraschung: Einen neuen Pullover und superenge Hosen, ausnahmsweise mal genau nach Kristins Geschmack.

Die HZ war versöhnt. »Danke, Mami!«, rief sie und flog Mama an den Hals, während Papa die neuen Klamotten befühlte und die Nase rümpfte. Viel zu viele Chemiefasern!

»Und was hast du für mich, Oskar?«, fragte Kristin schließlich.

Weil ich knapp bei Kasse war, hatte ich gestern für sie ein Raumschiff gebastelt. Aus Pappe und Alufolie. Ich fand, dass mir das UFO super gelungen war. In der Mitte gab es eine Öffnung, da konnte Kristin ihre Dose Antifaltencreme reinstellen.
Aber Kristin schaute mich nur finster an. »Na, das ist wieder mal genial«, sagte sie dann. »Typisch Oskar!«
»Eigentlich wollte ich dir ja eine Schnarchbinde kaufen«, erinnerte ich mich. »Glück für dich, in der Apotheke hatten sie keine mehr!«
Als Kristin da natürlich gleich auf mich losging, hob ich die Arme.
»Vertragt euch!«, befahl Papa streng.
»Ja«, spottete Mama. »In diesem Haus herrscht nämlich Harmonie!«
Bevor die beiden anfangen konnten zu streiten, blies Kristin die fünfzehn Kerzen auf dem Tisch aus.
Danach scheuchte uns Mama ans Frühstück. Später radelten Kristin und ich in die Schule, während Papa Flo in den Kindergarten brachte. Mama musste erst zur dritten Stunde zum Unterricht.
Sorry, Computer, jetzt kann ich nicht weiterschreiben. Die HZ braucht mich. OBERDRINGEND! Zum Tischrücken und Schmücken!!! Bis später!

Eine Halloween-Party findet ohne mich statt

Datum: *Noch immer Freitag, 31. Oktober – Nacht der Geister, uahhhh!*

Autor: *Ein überflüssiges Familienmitglied*

Hier bin ich wieder, Compi.

Das war ein beknackter Freitag, echt! Wenn man schon beim Frühstück zugucken muss, wie andere Geschenke kriegen, ist der Tag fast gelaufen.

In der Schule war ich ziemlich deprimiert, vielleicht noch immer wegen Angela oder wegen der Lateinarbeit, die wir gleich in der ersten Stunde schrieben und die ich voll vergeigte. Ich starrte aus dem Fenster und sah zu, wie die letzten Blätter von den Bäumen segelten.

Mitten in meine Träumerei hinein landete ein Papierkügelchen auf meinem Tisch. Daniel war schneller und grapschte danach. Doch die Post war für mich.

Oskar, ich muss dringend mit dir reden. A.

Ich grübelte darüber nach, von wem der Zettel sein konnte. Meine Ex schied aus. Wer kam sonst noch infrage? Anna? Oder Alexander? Ich guckte in der Klasse herum, aber ich begegnete nur Angelas

Blick. Wie sie mich ansah! Mein ganzer Herzschmerz, den ich so gut verdrängt hatte, war im Nu wieder da. Natürlich schaute ich schnell weg. Eine innere Stimme sagte mir, dass Angelas Blick bloß ein Versehen war und ich mir keine Hoffnung zu machen brauchte. Und dieselbe innere Stimme flüsterte mir zu, dass der Zettel nur eine Verarschung sein konnte. Irgendjemand hatte was von meinem Streit mit Angela mitgekriegt und machte sich drüber lustig. Ich warf den Zettel in den Papierkorb und zwang mich, an etwas anderes zu denken. Aber die blöde Stimmung wurde ich die ganze Zeit nicht los.

Nachmittags half ich Kristin, das Wohnzimmer auszuräumen, denn da wollte sie ihre Party feiern. Der Raum war einer der letzten, die renoviert wurden, und deswegen auch schon fast leer. Kristin kam mit etlichen Postern an, die sie aufhängen wollte: Lauter merkwürdige Girlgroups, auf die sie und ihre Freundin Kim momentan standen. Was für ein grauenhafter Geschmack!

Leider erlaubte mir die HZ nicht, den ausgehöhlten Kürbis zu verschönern, den sie auf die Fensterbank gestellt hatte. Das Ding hätte ich viel besser hingekriegt! (Ich hätte einfach die HZ als Vorbild genommen!)

»Verpfeif dich, Oskar!«, sagte Kristin, nachdem wir auch das kalte Büffet aufgebaut hatten. »Wehe, wenn du dich nachher blicken lässt. Es ist *meine* Party!«

Typisch, erst beutete sie mich aus, dann schmiss sie mich raus! Ich streckte der HZ die Zunge heraus und klaute heimlich eine Tüte Kartoffelchips vom Tisch. Damit zog ich ab. Ich war so bedient, dass ich dringend den Rat einer reiferen Frau brauchte. Also ging ich zu Oma. Ich wollte mit ihr quatschen und vielleicht auch ein bisschen fernsehen.

Oma freute sich, mich zu sehen. »Hallo, Oskar«, sagte sie. »Komm rein und mach's dir bequem.«

Das war genau das, was ich brauchte!

Ich lümmelte mich auf Omas Couch, riss die Chipstüte auf und dann teilten wir uns brüderlich den Inhalt. Dazu tranken wir Limo und Oma auch ein Schlückchen Sekt. (Sie hat davon immer einen kleinen Vorrat – wegen ihrem Kreislauf.) Es war endlich mal wieder ein richtig gemütlicher Abend. Das war wahrscheinlich der Grund, warum ich Oma alles erzählte. Von meinem Streit mit Angela, von Paula und dem Skandalartikel und von ihrer gemeinen Racheaktion.

»Armer Oskar.« Oma strich mir sachte übers Haar,

das schon nicht mehr ganz so stoppelig ist wie noch vor ein paar Wochen. Und dann sagte sie, dass sich seit ihrer Jugend die Zeiten gar nicht so sehr geändert hätten. Trotz Computer und Privatfernsehen.

Es war einfach schön, so bei Oma zu sitzen und sich alles von der Seele zu quatschen. Das kann man nur, wenn man sich ganz nah ist und nicht in den Schwarzwald telefonieren muss. Das sagte ich ihr auch. Da rückte Oma mit der besten Nachricht des Tages heraus: Sie hatte sich gestern endlich wieder mit Papa und Mama vertragen. Sie haben zusammen Omas selbst gemachten Eierlikör getrunken und meine Eltern borgen sich nun doch ein bisschen Geld von Oma.

»Sogar mit Zinsen«, hat Oma gesagt und mir zugezwinkert. »Aber mit ganz niedrigen. Jetzt brauchen deine Eltern wenigstens nicht mehr so viel im Haus selber zu machen. Das schont die Nerven und es geht schneller.«

Mann, hab ich mich gefreut!

Dann meinte Oma, jetzt hätten wir genug Probleme gewälzt und es sei Zeit, sich zu amüsieren. Sie stand auf und schaltete den Fernseher ein. Zusammen guckten wir einen Krimi und machten uns über die blöden Werbespots lustig. Dann ka-

men die Nachrichten und die Oma wurde ganz kribbelig, als ein Sprecher über die Aktienkurse und den DAX quasselte.
»Sei mal ruhig, Oskar, das will ich jetzt ganz genau mitkriegen.«
Also hielt ich die Klappe, bis der Bericht vorbei war. Dann erzählte ich, dass sich Daniels Papa im Internet über die neusten Aktienkurse informierte und deshalb Leuten, die erst auf die Tageszeitung warten mussten, immer eine Nasenlänge voraus war.
»Hm«, machte Oma. »Was kostet denn so ein Internet-Anschluss?«
Ich sagte ihr, was ich darüber wusste. Papa hätte spätestens beim dritten Satz abgeschaltet und gemeint: »Brauchen wir nicht.« Aber Oma hörte ganz interessiert zu und fragte immer wieder nach, wenn sie was nicht kapierte.
»Ganz praktisch, das Internet«, war ihre Meinung. Ehrlich, ich hätte noch Stunden über dieses Thema quasseln können, doch leider fing in diesem Moment ein Film mit Heinz Rühmann an. Oma steht volle Kanne auf Heinz Rühmann und verpasst keinen Film, selbst wenn sie ihn schon zehnmal gesehen hat.
Ich guckte eine Weile mit, dann wurde mir die

Sache zu langweilig und ich überlegte, wie ich mich verdrücken konnte, ohne Oma zu beleidigen. Da hörte ich sie leise neben mir schnarchen. Vorsichtig bin ich auf Zehenspitzen raus.
Von unten wummerten die Bässe. Kristins Party war noch in vollem Gang, die Weiber kreischten und quietschten. Ich hielt mir angewidert die Ohren zu und verkroch mich in mein Zimmer.

Oskars Geheimdatei • Oskars Geheimdatei • Oskars Geheimdatei •

Zwei durchgeknallte Freundinnen
Datum: *Samstag, 1. November*
Autor: *Leider Kristins Bruder*

An Halloween gehen die bösen Geister um und anscheinend sind ein paar davon in Kristins Kopf gelandet. Papa hat ihre Partygäste irgendwann gegen Mitternacht nach Hause gefahren. Nur Kim, Kristins neue Busenfreundin, hat hier übernachtet. Sie schnarcht übrigens genauso laut wie Kristin, das hab ich gehört, als ich zwischendurch mal aufs Klo musste.
Heute Morgen ging dann schon wieder der Stress

los. Ich wollte ins Bad und es war abgesperrt, blockiert von Kim und Kristin, die hinter der Tür kicherten.
»Lasst mich endlich mal rein«, hab ich verlangt.
Aber die beiden hörten mir gar nicht zu. Dafür hörte ich sie umso deutlicher.
»Du hast so tolle Haare, Kim«, seufzte Kristin. »Ich bin richtig neidisch.«
»Dafür hast du eine bessere Figur«, seufzte Kim zurück. »Du bist viel schlanker.«
Voll beknackt, oder? Wahrscheinlich überprüften sie gleich, ob sie durch die Herumhopserei gestern fünfzehneinhalb Gramm abgenommen hatten. Vielleicht zupften sie sich auch gegenseitig die Schienbeine kahl. Nachdem ich zweimal gegen die Tür getrommelt hatte, hatte ich die Nase voll von dem Weiberkram und wanderte in mein Bett zurück. Ich bin bloß froh, dass ich keine zwei Schwestern habe! Kristin im Doppelpack – das wäre nicht zum Aushalten! Es ist schon so schlimm genug!
Ich war fast wieder weggedöst, als Kristin in mein Zimmer kam. Sie klopft grundsätzlich nie an – egal, ob ich mich grad umziehe oder meine Briefmarken ausgebreitet habe oder Hausaufgaben mache. Aber wenn ich nur ein einziges Mal bei ihr

reinplatze, kreischt sie so laut, dass das ganze Viertel zusammenläuft.

»Ey, Oskar, krieg ich mal deinen Fotoapparat?«

Sie hatte ihn sich schon geschnappt, bevor ich »ja« oder »nein« sagen konnte. So ist die HZ. Sie glaubt, dass sie auf alle Sachen, die mir gehören, ein Recht hat – nur weil sie zufällig zweieinhalb Jahre älter ist.

In der letzten Zeit schleicht sie auch dauernd um meinen Computer rum. Ich hab sie erwischt, wie sie darauf ihre Bewerbung zum »Girl des Jahres« getippt hat! Zum Glück ist die HZ ja bisher zu doof gewesen, um mein Passwort zu knacken. Aber jetzt hängt sie immer mit dieser Kim rum und den beiden traue ich alles zu! Eines Tages finden die beiden noch meine OBERGEHEIMDATEIEN! Dann kann ich mich gleich erschießen vor lauter Peinlichkeit!

Ich sprang jedenfalls aus dem Bett und lief Kristin nach.

»Gib sofort meinen Foto wieder her!«

Doch sie hatte sich schon mit Kim in ihrem Zimmer eingeschlossen. Sie gacksten und gickelten und ich hörte es klicken.

»Du kannst deinen eigenen benutzen«, grollte ich und polterte laut gegen die Tür. Es war mir in die-

sem Augenblick scheißegal, ob ich das restliche Haus aufweckte.
»Meiner macht keine so guten Bilder«, trällerte die HZ fröhlich zurück.
Da wurde ich richtig sauer. »Lass mich rein oder ich verrate Mama das mit der ›Girl des Jahres‹-Bewerbung!«, drohte ich.
Ich wusste genau, dass die HZ dann Ärger kriegen würde. Es klappte.
Ich hörte, wie Kristin die Tür aufschloss und trat einen Schritt näher.
»Überraschung!«, kreischte Kim, hob den Foto und es blitzte.
Verdammt! Ich hatte ganz vergessen, dass ich noch meinen Schlafanzug trug. Es war ausgerechnet der, der an den Armen und Beinen viel zu kurz war. Mein Nabel schaute auch raus und auf meiner Brust grinsten Donald Ducks ausgebleichte Neffen.
»Her mit dem Apparat«, brüllte ich. Empört eroberte ich mein Eigentum zurück.
Die beiden lachten sich tot.
WEIBER SIND SO WAS VON GEMEIN!!!

Kristins Coming-out?

Datum: *Samstag, 1. November*

Autor: *Oswald Weib (Skandalreporter vom Dienst)*

Bisher gab es keine Zweifel. Kristin W. (gerade 15!) hatte nur Jungs im Kopf. Ihr Motto: Je mehr, desto besser. Hat sie jetzt ihre Meinung geändert? Ist sie etwa in Kim verknallt?

Es gibt massenhaft Beweise:

Beim Frühstück heute saß Kristin tatsächlich auf Kims Schoß – mindestens eine halbe Minute lang!

Sie haben ihre Klamotten getauscht. Kim trägt jetzt Kristins Lieblingspulli, der bisher so heilig war, dass Mama ihn nur berühren durfte, um ihn zu waschen.

Sie fassen sich dauernd an und küssen sich bei Begrüßung und Abschied auf beide Backen!

Sie quatschen davon, sich später zusammen eine Wohnung zu nehmen.

Oswald W., Bruder, fragt sich: Ist das noch normal? Er würde jedenfalls nie mit seinem Freund die Klamotten tauschen!

Die Lovestory von K & K (Nachschlag) und ein gewisser Anruf

Datum: *Samstag, 1. November (ein Tag, an dem eine Menge passiert ist)*

Autor: *Ein Held mit Hörstörungen*

Hallo, Computer, ich schon wieder!
Sei bloß froh, dass du keine Schwester hast! Am Frühstückstisch ging nämlich heute das Geturtel und Gekichere zwischen Kim und Kristin weiter. Sie wetteiferten darum, wer den kleinsten Klacks Margarine aufs Brot strich. Und wer die winzigsten Häppchen aß. Und wer davon am meisten fett würde!
Mann, was nervten diese Weiber rum! Da guckte ich mir viel lieber das Marmeladengemansche von Flo an!
Dann fragte Kim meine Mutter, ob Kristin in den Weihnachtsferien mit ihr in die USA fliegen dürfe. Kim hätte in New York Verwandte. Mama sah nicht gerade begeistert aus.
»Wenn ich nicht darf, dann hau ich ab«, drohte Kristin gleich. Total ungeschickt!
»Wir reden noch drüber«, antwortete Mama da

natürlich. (Mamas »*Wir reden noch drüber*« heißt im Klartext knallhart *Nein*. Das weiß jeder, der das Pech hat, in dieser Familie leben zu müssen. Neulich hab ich noch mal das Thema neuer Computer angeschnitten. Ich fragte ganz höflich, ob ich vielleicht zu Weihnachten ein Notebook kriegen könnte. Ein tragbarer Computer mit allen Schikanen würde mich karrieremäßig unheimlich weit bringen und ich würde mir auch sonst nichts zu Weihnachten wünschen. Außer vielleicht einen klitzekleinen Internet-Anschluss. Ich hatte extra einen der seltenen Momente abgepasst, in denen Mama echt gut drauf war. Aber was hat sie prompt gesagt: »Darüber reden wir erst noch, Oskar!«)

Kristin machte also ihr allerhässlichstes Muffelgesicht. Aber auf die *Keiner-liebt-mich*-Tour fallen unsere *parents* schon lange nicht mehr rein.

»Hast du eine Ahnung, was so ein Flug überhaupt kostet?«, meldete sich Papa zu Wort.

Hatte Kristin natürlich nicht. Aber sie würde notfalls das Geld von ihrem Konto nehmen, wenn die Alten keine Kohle rausrückten.

»Du bist erst fünfzehn«, wandte Mama ein, worauf Kim erklärte, sie sei schon mit sieben allein über den Ozean geflogen. Die Stewardessen hätten erstklassig auf sie aufgepasst.

»Genau, ihr seid einfach oberspießig«, maulte Kristin.

»Wir reden noch drüber«, wiederholte Mama, diesmal mit Alarmstufe Rot in der Stimme. Da knallte Kristin heulend ihr Besteck hin und rannte aus der Küche.

Als auch Kim gegangen war, diskutierten Papa und Mama wieder mal darüber, wer von ihnen die meisten Fehler in der Erziehung machte.

Ich überlegte gerade, was ich mit dem tollen Samstagmorgen anfangen sollte, da läutete das Telefon. Flo hatte als einziger Lust ranzugehen. Kurz darauf kam er wieder rein und trompetete: »Es ist Angela.«

»Verarsch mich nicht«, schnauzte ich meinen kleinen Bruder an, denn blöde Scherze konnte ich jetzt überhaupt nicht vertragen.

Aber es war tatsächlich Angela.

»Ich muss mit dir reden«, sagte sie, während sich mein Herz von seiner normalen Stelle löste, durch die Schlafanzughose rutschte und neben meiner linken Wade rausfiel.

»Ja?«, antwortete ich. Ich war so aufgeregt, dass ich nur flüstern konnte.

Anscheinend war mein Flüstern ansteckend oder Angela war genauso aufgeregt wie ich.

»Du bist ein Held«, wisperte sie. »Ein richtiger Held!«
Zuerst dachte ich, ich hätte Hörstörungen, Computer. Aber sie hat es wirklich genauso gesagt! Und dann haben wir uns für morgen Nachmittag verabredet, um uns mal richtig auszuquatschen.

* * * Oskars Obergeheimdatei * Oskars Obergeheimdatei * * * *

Endlich versöhnt!
Datum: *Sonntag, 2. November*
Autor: *Ich, absolut megahappy*

Der November ist gar nicht so blöd, wie ich immer gedacht habe!
Ich habe mich mit Angela versöhnt. Endlich! Ich bin obermegasuperhappy!
Daniel ist ein altes Tratschmaul. Da nimmt man ihm ein Schweigegelübde ab und er hat nichts Besseres zu tun, als alles gleich rumzuerzählen. Aber ich bin ihm deswegen nicht böse, im Gegenteil. Ich bin ihm sogar sehr dankbar. Denn durch ihn hat Angela alles erfahren.
(Das heißt natürlich, nicht alles. Eine Kleinigkeit

fehlt. Von meinen Sabberküssen unter Met-Einfluss weiß Angela nichts. Und das soll auch so bleiben!)
Daniel hat ihr erzählt, wie ich mich für ihn eingesetzt habe. Dass ich Paulas Kuss-Liste entdeckt habe. Dass ich mich für seinen schlechten Listenplatz gerächt habe. Und wie mich Paulas Bande anschließend fertig gemacht hat.
»Und ich bin damals einfach an dir vorbei gefahren«, jammerte Angela. »Es tut mir echt Leid! Wenn ich gewusst hätte, was passiert ist! Aber ich hab nur den ganzen Lippenstift gesehen …«
Tja, und da war ich wohl bei ihr unten durch. So total durch, dass Angela zu Daniel marschiert ist und über mich ablästern wollte. Was für einen fiesen Charakter ich hätte, weil ich mich gleich mit Massen von anderen Weibern tröste, wenn unsere Beziehung mal einen kleinen Knacks hat.
Aber da hat Daniel sie zum Glück aufgeklärt.
Auf alle Fälle ist jetzt wieder alles in bester Ordnung zwischen Angela und mir. Wir sind vorhin zwei Stunden bei Nieselregen spazieren gegangen und haben über das Ganze geredet.
ICH BIN SO WAS VON FROH!
Komisch, wie sich die Welt gleich verändert hat. Die Schule juckt einen überhaupt nicht und über

den ganzen Stress mit der blöden Schwester kann man einfach lachen.
Eins hab ich mir aber fest vorgenommen: Ich werde nie mehr Met trinken!!!

Oskars Geheimdatei • Oskars Geheimdatei • Oskars Geheimdatei •

Oma – voll am Puls der Zeit
Datum: *Montag, 3. November*
Autor: *Der mit der rosa Brille*

Im Haus riecht es nach Kleister. Der Tapezierer ist gekommen und schuftet wie ein Geistesgestörter.

Unser Wohnzimmer wird wunderschön. (Sage ich das vielleicht nur, weil ich so verknallt bin?)
Weil ich in so guter Laune bin, hab ich mich heute auch freiwillig gemeldet, als der Hausmeister in die Klasse gekommen ist und für Mittwoch Nachmittag Helfer gesucht hat. Er muss den Keller umräumen.
Ich bin aufgestanden und hab gesagt, dass ich inzwischen Meister im Umräumen bin, da ich in den letzten Wochen fast nichts anderes getan habe. (Klingt zwar ein bisschen übertrieben, aber durch unsere Umbauaktion habe ich echt richtig viele Muckis gekriegt!) Daraufhin hat sich Angela auch gleich als freiwillige Helferin gemeldet!
Oma war heute wieder in der Stadt. Als sie heimkam, grinste sie so komisch. Ob das daran liegt, dass sie sich die neuste Ausgabe vom »Money-Express« gekauft hat? Als ich nachmittags zu ihr gegangen bin, hat sie mir ständig von Kursgewinnen und Spekulationsfristen erzählt, von *Crash* und *Bull Market*. Ich hab zwar kein Wort kapiert, aber Omas Augen haben dabei genauso geleuchtet wie beim Kartenspielen, wenn sie ein Bombenblatt auf der Hand hat.
Übrigens hätte ihr der Mann bei der Bank bestätigt, dass das Internet eine gute Sache sei, wenn man

sich über die Aktienkurse informieren wollte. Außerdem könnte man mit einem Online-Anschluss auch seine Bankgeschäfte von zu Hause aus tätigen; man müsse also nicht dauernd zur Bank rennen.

»Wie alt ist dein Computer?«, hat sie mich dann gefragt.

»Uralt«, hab ich gesagt.

»Dann gibt es inzwischen Computer, die schneller arbeiten als deiner?«

»Viel schneller«, hab ich geantwortet und überlegt, ob ich Oma erklären sollte, was ein Prozessor ist. Aber sie ließ mich gar nicht zu Wort kommen.

»Mit einem schnelleren Computer kann man auch fixer die Sachen aus dem Internet kriegen?«

Ich nickte.

»Und was kostet ein neuer Computer?«, fragte Oma weiter. Sie konnte heute offenbar nicht genug Zahlen hören.

»Das ist ganz unterschiedlich«, sagte ich vorsichtig. Ich seufzte, denn ich musste an meinen Weihnachtswunsch denken. »Notebooks sind teurer als normale Computer, dafür kann man sie überall mit hin nehmen.«

Oma ließ nicht locker. »Wie viel hat der Computer von Daniels Papa gekostet?«

Das wusste ich auch nicht so genau, aber ich versprach, mich danach zu erkundigen.
Und dann fragte ich endlich, was mir die ganze Zeit schon auf der Seele brannte: »Oma, willst du dir etwa einen Computer kaufen?«
»Ich?«, wehrte Oma sofort ab. »Ich doch nicht! Wie kommst du denn darauf! Ich weiß ja nicht einmal, wie man so ein Ding einschaltet!«
Und da hab ich immer gedacht, dass ich wenigstens die Oma verstehe! Aber Weiber sind eben doch ein großes Rätsel!

Oskars Skandaldatei – einfach nicht zu fassen!

Schwindler entlarvt!
Datum: *Mittwoch, 5. November*
Autor: *Doch ein Genie!*

Nach zwanzig Jahren kam es ans Licht: Martin Kliffe, Deutschlehrer der 7c, hatte in seinem eigenen Abituraufsatz eine Vier! Er hat den Sinn des vorgegebenen Textes nicht richtig begriffen und deshalb nur Müll geschrieben!
Die verhauene Arbeit hat Kliffe jedoch nicht gehin-

dert, Deutschlehrer zu werden und seine armen Schüler seit Jahren mit Aufsätzen zu quälen. Wahrscheinlich übt er auf diese Weise Rache. Er bewertet superstreng, obwohl er in Wahrheit keinen blassen Schimmer hat, wie die Sache mit dem Abituraufsatz beweist.
Der Schüler Oswald Weib (*Name geändert, die Redaktion*) war es, der seinen Lehrer nun entlarvte. Das war längst fällig!
Oswald ist selbst das Opfer von ungerechter Bewertung: »Wegen Kliffe hätte ich fast meine Berufspläne geändert!« Der begabte Schüler will nämlich Reporter werden, am liebsten Skandalreporter. Er hofft, damit jede Menge Knete zu verdienen!
Seine Freundin A., die bei der Enthüllung dabei war, steht inzwischen voll hinter ihm: »Hauptsache, Oswald wird kein Deutschlehrer! Das wäre schrecklich!«

Eine Entdeckung, die mich fast umgehauen hat
Datum: *Mittwoch, 5. November*
Autor: *Hausmeistergehilfe Oskar*

Gleich nach dem Mittagessen bin ich heute mit Angela wieder in die Schule geradelt. Der Schulkeller musste umgeräumt werden. Im Archiv wird nämlich der Platz knapp und deswegen wollte der Hausmeister die älteren Abiturarbeiten in einem anderen Raum unterbringen.

Der ganze Papierkram muss ewig lang aufgehoben werden, mindestens zwanzig Jahre oder so. Wer will, kann sich nach dieser Frist seine alten Aufsätze, Mathearbeiten und sonstigen Mist abholen und zu Hause an die Wand hängen. Oder sich totärgern, dass er vor Jahren so einen Scheiß gebaut hat.

Es ist purer Wahnsinn, was sich im Lauf der Zeit so ansammelt. (Das merke ich ja schon in meinem Zimmer!) Angela und ich mussten etliche Kisten den Gang entlang schleppen. Papier ist tierisch schwer und bald kriegte ich wieder Verlängerungsarme – genau wie neulich bei Irmi. Irgendwann kam Angela auf die Idee, wir könnten doch mal

Pause machen und dabei ein bisschen in die Kisten reinschauen.

»Ist dein Vater nicht hier zur Schule gegangen? Wär doch lustig, wenn wir seine Arbeiten entdecken würden, oder?«

»Oder die von Irmi«, witzelte ich. »Wer weiß, was sie damals in Bio hatte. Kann doch sein, dass sie Kröten und Frösche nicht unterscheiden konnte!«

In einer Kiste fanden wir tatsächlich noch Arbeiten aus Papas Abiturjahrgang. Seine Sachen waren leider nicht dabei. Aber beim nächsten Jahrgang entdeckte ich zufällig eine Mappe, auf der stand: *Kliffe, Martin*. Angela und ich schauten uns an. Es konnte gar nicht sein, dass es noch einen anderen Martin Kliffe gab.

»Mach schnell, bevor der Hausmeister kommt«, flüsterte Angela mir zu.

Ich öffnete die Pappmappe. Kliffes Abituraufsatz lag ganz oben und dick und fett prangte darauf eine Vier.

»Wahnsinn!«, sagte ich. »Ich glaub, ich spinne!«

Angela gab mir vor lauter Aufregung einen Kuss. Nur einen ganz kurzen, schnellen, denn wir mussten unbedingt lesen, was der Lehrer unter Kliffes Aufsatz geschrieben hatte.

Sechs Zeilen Kommentar in roter Tinte. Leider in einer Sauklaue. Wir hatten Mühe, den Text zu lesen.
»Unkonzentriert«, entzifferte Angela. »Sinn nicht erfasst ... abwegige Deutung, zu langatmig ... Noch ausreichend!« Wir stießen uns gegenseitig in die Rippen und kicherten los. Dann riss mir Angela das Heft aus der Hand.
»Pass auf, der Hausmeister kommt!«
Keine Sekunde zu früh legten wir die Mappe in die Kiste zurück und wuchteten sie ins Regal zu den anderen.
Der Hausmeister brachte die letzten Kisten. Als wir sie verstaut hatten, durften wir uns unseren Helferlohn beim Hausmeisterkiosk abholen. Angela suchte sich zehn Reiswaffeln aus und ich entschied mich für zwei Rollen Schokokekse.
Auf dem Heimweg hatten wir natürlich nur ein Thema: Kliffe.
»Und so einer ist ausgerechnet Deutschlehrer geworden«, meinte Angela.
»Es ist gemein, wie er meine Aufsätze immer runtermacht«, beschwerte ich mich. Und dann erzählte ich ihr, wie mir Kliffe damals geraten hatte, Tagebuch zu führen.
»Ich hab ihm nämlich gesagt, dass ich Reporter

werden will, und Kliffe hat gemeint, dass ich erst mal meinen Schreibstil verbessern müsse, sonst könnte ich die Sache gleich vergessen.«

»Schreibst du tatsächlich Tagebuch?«, fragte Angela.

Ich nickte. »So ähnlich. Ich tippe alles in meinen Computer.«

»Das würde ich gerne mal lesen«, sagte Angela sofort.

Wie gut, dass ich meine Dateien mit Passwörtern schütze! Ich bin zwar total verknallt in Angela, aber ich werde eher Bauchtänzerin, bevor ich sie an meine geheimen Texte lasse!

»Hast du auch was über mich reingeschrieben?«, bohrte Angela weiter.

Ich nickte. »Ab und zu mal.«

»Was Schlechtes?«, verdächtigte sie mich gleich.

»Quatsch«, beruhigte ich sie. »So was würde ich NIEMALS tun.«

In Zukunft werde ich aufpassen müssen, dass sie sich nicht von Daniel oder von Schlote beraten lässt, wie man Passwörter knackt. Weiber sind von Natur aus wahnsinnig neugierig!

Eine Gemeinheit – typisch für die HZ!

Datum: *Donnerstag, 6. November*

Autor: *Jemand, der es wieder mal bereut, dass er eine Schwester hat*

Habe ich gestern noch triumphiert? Meinen Sieg über Kliffe gefeiert? Prompt hat mich das Schicksal wieder bestraft!

Kristin hat heute in der Pause die Fotos abgeholt (obwohl es gegen die Schulordnung verstößt, ohne zwingenden Grund in der Pause das Schulgelände zu verlassen!). Und jetzt wissen alle in ihrer Klasse, wie ich im Schlafanzug aussehe. Au Mann!

Dafür hasse ich die HZ! Mögen die Antipickel-Pads, die sie jeden Abend auf ihr Gesicht klebt, nie mehr abgehen, damit auch jeder sieht, was meine Schwester in Wirklichkeit ist: ein grünfleckiges, gemeines Monster!!!!!!!!!!!!!!!!

Ich werde ihr nie mehr meinen Fotoapparat leihen. Ich werde ihr nie mehr Geld borgen. Ich werde ihr überhaupt nie mehr aus der allerkleinsten Patsche helfen!

Ich muss unbedingt das Negativ erwischen, sonst

kommt die HZ noch auf die Idee, mich zu erpressen.
Schwestern sind das Allerletzte! Und Schwestern, die so blöde Freundinnen haben wie diese affige Kim, sind das Oberallerletzte!
Ich weiß gar nicht, was Mama gegen den Plan hat, dass Kristin mit Kim über Weihnachten in die USA fliegt. Zwei herrliche Wochen ohne die HZ. Schöner könnte es doch gar nicht sein. Meinetwegen brauchte sie gar nicht wiederzukommen!
Noch besser wäre es, die beiden lassen sich in Cape Canaveral gleich zum Mond schießen!!!

~~~~~ *Oskars ganz persönliche Glücksdatei – unübertroffen!* ~~~~~~

Ein Wunder!
Datum: *Freitag, 7. November, also heute, aber ich fass es nicht, dass dieser Tag tatsächlich gekommen ist*
Autor: *Oskar, Megaglückspilz*

Hallo, Computer! Oder soll ich besser sagen: Goodbye, alte Kiste?
Halt, stürz vor Schreck nicht gleich ab!
~~~~~

Bis der neue Computer geliefert wird, dauert es noch ein paar Tage!
Du hast die Neuigkeit richtig abgespeichert: ICH BEKOMME EINEN NEUEN COMPUTER! Sogar ein Notebook! Jetzt bist du platt, was?
Aber das ist noch nicht alles.
ICH BEKOMME AUCH EINEN INTERNET-ANSCHLUSS!
Meine Oma hat nämlich auf einmal die Spendierhosen an.
»Wohl im Lotto gewonnen?«, hab ich gefragt, weil ich mir nicht erklären konnte, woher sie auf einmal so viel Geld hat.
»Nein, Aktiengewinn«, hat sie gesagt und gestrahlt. »Ich hab ein bisschen an der Börse spekuliert. Ich glaube, ich hab einen guten Riecher!«
Und den Gewinn will sie jetzt mit uns teilen – das heißt, mit mir und Kristin.
Ich liebe Oma! Sie ist die Beste von allen!
Heute Mittag war ich zuerst sauer auf sie. Weil sie zu Mama runter in die Küche kam und sagte, Mama solle Kristin ruhig nach Amerika fliegen lassen, das Flugticket würde sie ihr bezahlen.
»Ich finde es gar nicht gut, dass Kristin immer zu dir geht, wenn ich NEIN gesagt habe«, hat Mama zornig gesagt.

»Eine Amerikareise ist positiv für die Entwicklung«, behauptete Oma.
Da war Mama anderer Meinung. »Misch dich nicht immer in die Erziehung ein.«
»Ich mische mich nicht ein, ich schenke Kristin bloß den Flug«, hat Oma ganz ruhig gesagt. »Natürlich nur, wenn du einverstanden bist. Ich hab gehört, dass Kims Eltern mitfliegen. Lad sie doch mal ein.«
In mir stieg der Neid hoch. So ein Flug war sauteuer! Und den kriegte Kristin plötzlich mir nichts, dir nichts geschenkt!
»Schau nicht so finster, Oskar«, hat da Oma zu mir gesagt. »Für dich hab ich auch was. Ich glaube, dass es dir besser gefällt als eine Flugreise.«
»Was denn?«, hab ich mürrisch gefragt. Vielleicht wollte sie mir Fußballschuhe kaufen (Fußball, igitt!). Oder einen neuen Sportdress!
»Einen Gutschein«, kündigte Oma an.
Haha, sie machte es wieder mal superspannend!
»Und wofür?«, hab ich wissen wollen.
»Für einen neuen Computer und zukünftige Internet-Benutzung.« Oma grinste.
Ich flog ihr an den Hals und knutschte sie ab. So leidenschaftlich ist sie bestimmt nicht mehr geküsst worden, seit Opa tot ist.

»Aber Anna«, sagte Mama schwach. »Das geht doch nicht.«
»Das geht wohl«, widersprach Oma. »Vorausgesetzt, dass Oskar mir hilft. Ich habe keine Ahnung, wo man einen guten Computer kauft oder wie man einen Internet-Anschluss bekommt.«
»Alles kein Problem«, sagte ich und wollte loslegen, aber Oma unterbrach mich.
»Ich bin noch nicht fertig, Oskar. Du kriegst einen neuen Computer – unter einer Bedingung.«
Ich hielt die Luft an und sah den schönen Traum schon zerplatzen. Vielleicht verlangte sie in Zukunft, dass ich in der Schule lauter Einser schrieb.
»Du zeigst mir, wie alles funktioniert«, forderte Oma. »Und du erklärst mir, wie man an die Aktienkurse im Internet rankommt. Denn in Zukunft will ich die Nase ganz vorn haben.«
»Könnte es auch ein Notebook sein?«, hab ich da vorsichtig gefragt, damit die Oma nicht denkt, ich sei unverschämt. »Bei Daniels Cousin gibt's gerade welche im Sonderangebot.«
»Meinetwegen auch ein Notebook«, hat die Oma zugestimmt.
Tja, Computer, sie ist schon gigantisch, meine Oma!

Ein bisschen tut es mir Leid, dass ich mich bald von dir verabschieden werde, du treue alte Kiste. Du warst ein guter Freund. Wie oft hast du als Mülleimer für meinen Seelenschrott herhalten müssen!

Aber wir trennen uns ja nicht richtig. Du bleibst im Haus und wirst der Familiencomputer. Da dürfen dann alle dran. Ich wette, bald tippt Flo seine Geheimdateien in dich rein. Er kann jetzt schon ein paar Worte schreiben: HAUS, BAUM und ARSCHLOCH (er schreibt allerdings meistens ARCHLOSCH).

Oder Kristin erzählt dir ihre Amerika-Abenteuer mit Kim. Vielleicht setzt sich auch Papa mal an dich dran, vorausgesetzt, er kann seinen blöden Computerhass überwinden.

Auf alle Fälle wirst du nicht allein sein, Compi! Auch wenn ich Glückspilz in Zukunft auf meinem Notebook rumhacke! Stell dir vor, da kann ich auf dem Dachboden schreiben oder auf dem Nussbaum oder überall! Ich brauch nicht mal mehr eine Steckdose.

Nur wenn ich ins Internet will, klaro.

Jetzt muss ich Schluss machen, weil ich unbedingt Angela diese Wahnsinnsnachricht erzählen will.

Also, mach's mal gut, alter Kumpel!

PS: In Zukunft hab ich dann auch eine E-Mail-Adresse und kann Post von überallher kriegen! WOWWWWW!!!

* * * Oskars ganz persönliche Glücksdatei * * * * * * * * * *

* *

HALLO, OSKAR!
DU HAST HEUTE LEIDER KEINE POST …
… aber dafür einen neuen Computer,
und zwar ein Notebook!
Jetzt bin ich mobil!
Ich kann schreiben, wo ich will!
Aufgepasst, Leute!
Jetzt kommt Oskar,
der rasende Reporter,
erst richtig in Fahrt!
Alle Sensationsberichte
werden gleich an Ort und Stelle getippt,
egal, ob im Hühnerstall,
auf dem Schulhof
oder auf dem Klo …
(Vielleicht auch in der Badewanne ohne Wasser …)

Eine gute Fee namens Oma

Datum: *Dienstag, 11. November, Martinstag*

Autor: *Oskar, dessen sehnlichster Wunsch in Erfüllung gegangen ist*

Jiiiiiippiiiiiiiiii! (Eigentlich müsste ich an dieser Stelle das Mikro am Computer benutzen, um meine Freudenschreie für die Nachwelt aufzunehmen!)

Oma und ich waren heute im Computerladen. Ziemlich lange. Als wir rausgegangen sind, war ich irrsinnig glücklich und Oma eine Ecke ärmer. (Aber sie hat es selbst so gewollt. Ich hab sie nicht gezwungen!)

Vielleicht bin ich jetzt der glücklichste Mensch auf der Welt (Bestimmt aber von diesem Kaff. Es hat immerhin 3600 Einwohner und davon bin ich im Moment garantiert der glücklichste. Die andern är-

gern sich wahrscheinlich gerade über das Fernsehprogramm oder über abgebrannte Martinslaternen oder über Mieterhöhungen.). Ich dagegen schwebe. Meine Augen leuchten wie Laserstrahlen. Mein Mund reicht von einem Ohr bis zum anderen.
Und wem habe ich all dies zu verdanken?
Meiner heiß geliebten Oma, dem besten Menschen im ganzen Universum.
Wer hat schon eine Oma, die einem ein Notebook und einen Internet-Anschluss spendiert?
Richtig, so was kommt nur im Märchen vor. Obwohl es damals noch gar keine Computer gab, sondern nur jede Menge frustrierte Hexen und abgewrackte Zauberer. (Mein kleiner Bruder Flo wäre bestimmt begeistert, wenn Hänsel und Gretel nicht beim Hexenhäuschen landen würden, sondern bei einem Riesencomputer. Der würde dann knurren: »Knusper, knusper, knäuschen, was knistert auf meiner Festplatte?« Oder wenn die alte Hexe zu Gretel sagen würde: »He, du faule Vettel, schau endlich mal nach, ob eine E-Mail angekommen ist!« – Ich muss Flo nachher unbedingt davon erzählen. Das muntert ihn bestimmt auf.)
Der arme Kerl hat so geheult, weil er vorhin beim Laternenumzug seinen Lampion abgefackelt hat. Ich hab ihn getröstet und gesagt, dass er ja jetzt

meinen alten Computer benutzen darf. Die Kiste soll jetzt nämlich der Familiencomputer werden, das haben wir so abgesprochen. Also darf Flo drauf spielen, Kristin kann nach Herzenslust ihr Haarstyling-Programm ausprobieren und Mama kann ihr Notenbuch elektronisch führen und genau ausrechnen, wie ihre Lieblingsklasse beim Handstandüberschlag mit Hilfestellung abgeschnitten hat (Wahrscheinlich liegt der Durchschnitt bei 5,98321 – haha!). Papa wird den Computer wahrscheinlich meiden wie die Pest; er glaubt noch immer, der Teufel persönlich hätte ihn erfunden (dabei war es nicht einmal Bill Gates, der hat die Computer nur richtig vermarktet!).

An meinen neuen Computer darf außer mir nur Oma dran (ab und zu, und unter meiner Aufsicht!). Ich hab versprochen, ihr alles zu zeigen, was sie wissen will. Sie will nämlich im Internet die Aktienkurse verfolgen, damit sie börsenmäßig die Nase vorn hat. Und geldbörsenmäßig! Sie ist schon super, meine Oma!

Hach, ich bin einfach ein Glückspilz und wenn ich mir das ganze Glück nicht von der Seele schreiben würde, müsste ich platzen.

Dabei wäre diese Glücksdatei um ein Haar eine Unglücksdatei geworden. Vorhin hab ich den neuen Computer aufgeklappt und meine Programme installiert. Zuerst ging gar nichts, obwohl ich alles nach Anweisung gemacht hatte. Ich dachte schon, ich müsste dieses wunderbare Notebook in den Laden zurückbringen, weil die Kiste es nicht tut!!! Das wär echt knüppelhart gewesen. Das Ziel so nah vor Augen und dann – SEUFZ!

Echtes Glück muss man sich auch ein bisschen erkämpfen, das hab ich dann kapiert. Ich hab die Gebrauchsanweisung noch mal genau durchgelesen und von vorne angefangen. Ganz langsam. Ich hab ziemlich viel Schweiß beim Installieren vergossen (Das ist schlecht für die Tastatur, wie überhaupt jede Art von Feuchtigkeit, zum Beispiel Heulausbrüche, Limo oder Katzenpisse!).

Aber jetzt läuft das Notebook und ich kann mit ihm schreiben, wo ich will, solange der Akku Saft hat!

H-E-R-R-L-I-C-H!!

Wenn ich ins Internet will, brauche ich natürlich eine Telefonsteckdose, logo.

Papa hat schon gesagt, er ist gespannt, wie hoch unsere Telefonrechnung in Zukunft sein wird. Oma hat geantwortet, dass sie ja versprochen hat, sich an den Kosten zu beteiligen, vorausgesetzt:

– ich würde es nicht mit dem Surfen übertreiben

(Kann mir jemand genau sagen, *wann* Internet-Surfen übertrieben ist?)
– ich würde nicht die Schule vernachlässigen
– ich würde meine sonstigen Pflichten erfüllen, beispielsweise die Hühner füttern, Matildas Katzenklo säubern, für Oma rechtzeitig Gebissreiniger aus der Apotheke besorgen, mich im Haushalt nützlich machen, mein Zimmer aufräumen, mich ordentlich waschen und vor dem Schlafengehen immer die Zähne putzen, jeden Morgen mein Bett aufschütteln, meine Schuhe selber putzen und meine Unterhosen öfter als bisher wechseln, nett zu meinem Bruder Florian sein, mich nicht mehr so oft mit meiner Schwester Kristin streiten und sie auf keinen Fall öffentlich als HZ (= hirnamputierte Zimtzicke) betiteln. (Das war nur ungefähr die Hälfte, den Rest hab ich vergessen!)

Ich hab gar nicht gewusst, dass ich auf einmal so viele Pflichten habe. Wahrscheinlich komme ich erst um Mitternacht ins Internet. Fast wäre der Glückspilz ein Giftpilz geworden, aber dann habe ich mich schwer zusammengenommen und freundlich zu allem »Ja« gesagt. Gegrinst hab ich auch noch dabei. So was nennt man Taktik. (*Taktik = listig heucheln, damit der Gegner denkt, man*

sei mit allem locker einverstanden. Aber in Wirklichkeit hat man längst ganz andere Pläne.)
Wenn Oma allerdings auch noch verlangt hätte, dass ich zum Fußballfan werde, hätte ich das Notebook sofort in den Laden zurückgebracht!!!

Oskars Geheimdatei • Oskars Geheimdatei • Oskars Geheimdatei •

Flugausfall führt zu Wutanfall
Datum: *Mittwoch, 12. November*
Autor: *Ich, schon wieder zimtzickengenervt*

Gestern habe ich noch auf Wolke Siebeneinhalb geschwebt, aber heute bin ich schon wieder brutal runtergekracht und krieche im Alltagsallerlei rum. Komisch, dass selbst ein großes Glück nicht lange anhält. Dabei sitze ich doch vor meinem tollen Computer (Er riecht noch ganz neu und die Tasten klappern so leise und der Bildschirm ist gestochen scharf. WOW!). Warum fühle ich mich dann nicht ebenso megahappy wie gestern?
Weil Kristin mir meine Glückssuppe gründlich versalzen hat!
Sie kam vorhin in mein Zimmer, mit Neid und

Eifersucht im Gesicht, wie sonst mit Lidschatten und Lippenstift.

»Gemeinheit«, hat sie geschnaubt und mein Notebook so wütend angestarrt, als wollte sie mit ihren finsteren Gedanken die Elektronik zu einem Klumpen Schrott zusammenschmelzen. Ich klappte schnell den Bildschirm runter, bevor es einen blauen Blitz geben konnte wie in manchen Fantasyfilmen.

»Was ist los?«, hab ich gefragt.

Einen Augenblick lang hab ich gedacht, die Jungs aus ihrer Klasse hätten Kristin zum Anti-Girl des Jahres erklärt.

Endlich ist Kristin mit der Sprache rausgerückt. Eigentlich wollte sie über Weihnachten mit ihrer Busenfreundin Kim in die USA fliegen. (Für Kristin ist Amerika *der* Traum. Sie glaubt, dass sie dort die tollsten Jungs trifft oder für den Film entdeckt wird oder wenigstens einen Millionär aufreißt.) Oma wollte ihr von ihren Aktiengewinnen großzügigerweise das Flugticket spendieren. (Kristin und ich haben leider obergeizige Eltern, die ständig predigen, dass Geld allein nicht glücklich macht. – Aber kein Geld macht allein und unglücklich!!!)

Jedenfalls wird jetzt erst mal nichts aus dem Flug,

weil sich Kim und ihre Eltern entschlossen haben, die Amerikareise auf den nächsten Sommer zu verschieben. Dann würde sich der sauteure Flug nämlich viel mehr lohnen, weil sie länger bleiben können.
Hab ich schon mal erzählt, dass Geduld nicht gerade zu Kristins Charaktereigenschaften gehört? Ihr Grundsatz ist: ICH WILL ALLES, UND ZWAR SOFORT!
Klar, dass die HZ jetzt stinktiermäßig sauer ist, weil ich meinen Computer schon gekriegt habe und sie auf ihre USA-Reise noch warten muss. Am liebsten wäre es ihr gewesen, Oma hätte mich gezwungen, mein Notebook in den Laden zurückzubringen. (Dabei kann ich ja gar nichts dafür, wenn Kims Eltern ihre Pläne ändern! Ich bin völlig unschuldig!)
Zum Glück ist Oma nicht so gemein. Sie ist eine gute Seele und obendrein megaclever. (Sie hat zum Beispiel auf Anhieb kapiert, was eine Suchmaschine ist. So was könnte sie auch brauchen, wenn sie wieder mal ihre Brille verlegt hat.) Sie hat immer Zeit und man kann mit jedem Kummer zu ihr kommen (Liebeskummer, Schulnotenkummer, Schwesternkummer, Elternkummer). Irgendwie schafft sie es dann, einen zu überzeugen, dass

alles nicht so schlimm ist, wie es auf den ersten Blick aussieht.
Kristin ist also mit ihrem Flug-Ausfall-Kummer zu ihr gerannt und hat ein Rotz-und-Wasser-Heul-Programm abgezogen. Dann hat sie Oma fast auf Knien angebettelt, doch mit ihr in die USA zu fliegen, weil es sich die untreue Tomate namens Kim anders überlegt hätte.
Aber Oma hat abgelehnt: Amerika sei nicht ihr Fall. Kristin solle halt doch bis zum Sommer warten. (Haha – Kristin und Warten!)
Am Ende ist Oma mit Kristin losgezogen und zusammen haben sie ein Reisevideo von Amerika gekauft, mit tollen Aufnahmen vom Grand Canyon und den Rocky Mountains und den Nationalparks. Doch davon ist Kristins Amerika-Sehnsucht nur noch größer geworden.
Sie hat rumgetönt, dass sie ausflippt, wenn sie nicht bald einen Grizzly küssen darf. Das ist sogar Mama zu viel geworden, obwohl sie sonst für Kristins Launen vollstes Verständnis hat.
»Jetzt nimm dich bitte mal zusammen, Kristin!« (Zehn Punkte für Mama!) »Die Welt geht nicht unter, wenn du ein halbes Jahr warten musst.«
Für Kristin aber doch.
Immerhin hat sie kapiert, dass ihre laute Jammer-

tour nichts nützt. Deswegen hat sie jetzt auf ein anderes Programm umgeschaltet und versucht es mit der bewährten Eisiges-Schweigen-frostige-Blicke-Methode.

Ich hab gar kein Verständnis dafür, wenn Kristin so rumzickt und uns alle nervt.

Mama kann noch so oft behaupten, dass das ganz NORMAL ist. Diese normale Geisteskrankheit heißt Pubertät und bedeutet, dass Kristin dabei ist, sich von einem Mädchen in eine Frau zu verwandeln – genau wie eine Raupe in einen Schmetterling.

Ich glaub nicht, dass sich Kristin verwandelt.

BIEST BLEIBT BIEST!

Vor allem gönnt sie mir mein Notebook nicht. Jetzt hab ich echt Angst, dass sie vielleicht meinen Computer sabotiert (zum Beispiel könnte sie ver-

suchen, meine Festplatte zu löschen oder wenigstens eine Reiswaffel ins CD-Rom-Laufwerk zu schieben).
Ihr Blut ist nagellackverseucht, ihr Hirn wasserstoffperoxyd-vergiftet und ihr Herz neidzerfressen.
Und so was hab ich als Schwester!
Die Hölle muss dagegen das reinste Vier-Sterne-Hotel sein!

• Oskars Geheimdatei • Oskars Geheimdatei • Oskars Geheimdatei

Warum ich in meiner Familie manchmal starke Nerven brauche

Datum: *Donnerstag, 13. November*
Autor: *O. Weiß, treuer Nobody-Building-Anhänger*

Ich sag's ja: Das Glück ist eine höchst zweifelhafte Angelegenheit. Es verpisst sich in Sekundenschnelle.
Eben saß ich noch quietschvergnügt an meinem neuen Computer und wollte mich grad einwählen, um ein bisschen im Internet zu surfen. Da kam Mama ins Zimmer und befühlte prüfend meinen

Oberarm, wie sie es immer bei den Lammkeulen im Supermarkt tut.
»Autsch«, hab ich gesagt. »Du zwickst.«
»Wo sind eigentlich deine Muckis?«, hat Mama gefragt.
Seit dem letzten Wochenende guckt sie uns alle mit besonders kritischem Blick an. Da war Mama nämlich in Frankfurt und hat ihre Freundin Anja besucht. Die wurde vierzig und hat ihren Geburtstag groß gefeiert, Riesenparty und so. Ich hab zufällig mitangehört, wie Mama Papa erzählt hat, dass Anja jetzt einen Lover hätte, der erst fünfundzwanzig ist. Und wie toll Anja überhaupt aussehen würde. Bestenfalls wie Anfang dreißig. Außerdem wäre sie total fit, kein Gramm Fett zu viel und immer gut drauf. Irgendwie werde ich das Gefühl nicht los, dass Mama ein bisschen neidisch auf diese Anja ist, die ihr Leben so super im Griff hat. Aber deswegen braucht mich Mama nicht so brutal zu zwicken!
»Hier sind meine Muskeln«, hab ich gesagt und meine Arme angewinkelt. Mama muss blind sein, wenn sie meinen gestählten Körper übersieht, der sich schon bei Hühnerrettungsaktionen und Fuchsjagden bewährt hat. Außerdem war ich vor einiger Zeit Möbelpacker, als Papas Ökofreundin

Irmi umgezogen ist und Irmi hat kein Wort über meine fehlenden Muskeln verloren.
»Du hockst zu viel vor dem Computer«, hat Mama behauptet. Und dann hat sie mir gleich einen horrormäßigen Vortrag gehalten: über Haltungsschäden, Wirbelsäulenverkrümmung, Bandscheibenvorfall, Muskelschwund und, und, und.
»Ganz zu schweigen davon, welche Schäden die dauernde Bildschirmglotzerei am Zentralnervensystem anrichtet«, hat sie dann ihre Rede beendet.
Ich war bereits zentralgenervt, und zwar von ihr! Und Vortragshaltungsschäden hatte ich auch!
Sie hatte so lange gesabbelt, dass über meinen Bildschirm bereits Spinnen krabbelten. (Mein neuer Bildschirmschoner! Hab ich mir extra wegen Kristin zugelegt, die schon bei der allerkleinsten Spinne Schreikrämpfe kriegt! Hoffentlich lässt sie meinen Computer in Ruhe, auch wenn es nur elektronische Spinnen sind!)
Irgendwann – ich hörte schon lange nicht mehr zu – verließ Mama mein Zimmer. Puuuuhhh!
Ich verscheuchte die Spinnen und konnte endlich ins Internet. Ich guckte ein bisschen hier und surfte ein wenig da und ehe ich mich versah, waren zweieinhalb Stunden um und Mama rief zum Abendessen.

Bevor ich meinen Computer zuklappte, schaute ich nach, ob ich inzwischen nicht doch Post bekommen hatte. Mein Kumpel Daniel hatte nämlich fest versprochen, mir eine E-Mail zu schicken.

EINE NACHRICHT FÜR DICH, OSKAR!

Betreff: Latein-Hausaufgabe
Datum: Do, 13. Nov., 20:17
Von: Daniel
An: Oskar

Hallo, Oskar! Na, läuft deine neue Kiste? So eine Super-Oma möchte ich auch haben. Leihst du mir deine mal (samt Kreditkarte)?
Kannst du mir gleich die Latein-Hausaufgabe für morgen mailen? Ich hab nämlich keine Lust mehr, den blödsinnigen Text zu übersetzen, mir fallen schon die Augen zu. Außerdem geht jetzt »Poltergeist« im Fernsehen los.
Gruselgrüße von Daniel

Betreff: Leih-Oma und Hausaufgabe
Datum: Do, 13. Nov., 20:48
Von: Oskar
An: Daniel

Hi, Daniel, das hast du dir schlau ausgedacht. Meine Oma kriegst du nicht! Erstens brauch ich sie selber und zweitens ist sie unverleihbar! Die Hausaufgabe kannst du morgen vor der Schule abschreiben, ich hab nämlich auch keine Lust, den lateinischen Text jetzt noch mal mit dem Computer abzutippen, um ihn dir zu mailen! Wär doch witzig, wenn so ein alter Römer E-Mails schicken würde, oder? Zum Beispiel: Hey, Oskar, weißt du schon, dass Nero heute Nacht die Stadt abgefackelt hat? Oder: Hallo, Daniel, kommst du mit, ich hab noch zwei Eintrittskarten für die Gladiatorenkämpfe ergattert!!
AVE! Dein Oskar

• Oskars Geheimdatei • Oskars Geheimdatei • Oskars Geheimdatei •

Ab sofort Verbot für alles, was lecker schmeckt!
Datum: *Freitag, 14. November*
Autor: *Oskar, genannt die Couch-Kartoffel, bekennender Lebkuchen-Fan*

Schokoladen-Weihnachtsmänner, ihr könnt auswandern!

Walnussplätzchen, keiner vernascht euch!
Leckere Lebkuchen – kaum reingebissen, schon entrissen!

Mama spinnt. Sie behauptet, bei uns sei der Schlendrian eingekehrt (Wer, bitte, soll dieser Herr sein?). Seit wir mit dem elenden Hausumbau fertig sind, würden wir uns nur noch auf der Couch rumlümmeln und Kalorienbomben in uns reinstopfen. (Couch-*Potatoes* hat sie uns genannt! *Potatoe* ist Englisch und heißt Kartoffel – das haben wir schon im Unterricht gehabt!)

Heute Mittag hat uns Mama einen schlauen Zeitungsartikel unter die Nase gehalten – angeblich nur zu unserem Besten. In dem Artikel standen schreckliche Dinge.

Hammer Nummer 1:

Wer keinen Sport treibt, hat prima Chancen zu verkalken und Alzheimer zu kriegen.

Hammer Nummer 2:

Sport macht schlau, weil er den Blutkreislauf anregt und die Denkzellen im Hirn in Schwung bringt. Also verblöden die Nichtsportler.

Mit solchen Sprüchen hat uns Mama aufgemuntert. Dann hat sie uns in leuchtenden Farben ausgemalt, welchen Schaden Plätzchen, Lebkuchen und all die anderen leckeren Sachen an unserem

Körper anrichten. Beim Auto ist es der Rost, beim Menschen das Fett.
Solche Kalorienmathematik kommt bei Kristin bestens an. Sie hat mich angegrinst und »Oskartoffel« zu mir gesagt. Dann ist sie rausgeflitzt, hat aus ihrem Zimmer eine Zeitschrift geholt und sie aufgeschlagen. Auf einer Doppelseite waren lauter durchtrainierte Männer zu sehen. Die Überschrift dazu lautete: »UND WO IST IHR WASCHBRETTBAUCH?«
Mama hat geseufzt.
»Pah«, hat Papa gesagt und auf einen der Kerle getippt, die außer einem perfekten Oberkörper nichts anhatten. »Der glänzt ja wie eine Speckschwarte.«

»Aber er hat eine Superfigur«, hat die HZ gemeint. »Waschbrettbäuche sind absolut sexy.«
»So kann *jeder* Mann aussehen, wenn er will«, hat Mama behauptet. »Mit der

richtigen Ernährung, dem richtigen Training und einer Portion Disziplin.«

Papa nahm sich lieber noch eine Portion Kartoffelsalat, aber ich glaube, es hat ihm nicht mehr besonders geschmeckt.

Inzwischen weiß ich, dass ein Waschbrettbauch etwas mit den waagerechten Bauchmuskeln zu tun hat. Die bilden dann kleine, knubbelige Hügel, auf die Weiber offenbar ganz wild sind.

Vorhin im Bad hab ich auch mein Hemd hochgezogen und in den Spiegel geschaut. Ich hab ziemlich viele Knubbel gefühlt, aber das waren leider bloß die Rippen. Ich hab versucht, mir vorzustellen, wie ich mit einem Waschbrettbauch aussehe. Aber dann hab ich mir überlegt, dass ich in Zukunft auf alle Lebkuchen und leckeren Plätzchen verzichten müsste. Stattdessen müsste ich anfangen, Gewichte zu stemmen und Liegestütze zu machen, kurz, ICH MÜSSTE SPORT TREIBEN! NIEMALS!

Ob Angela auch so verrückt auf Waschbrettbäuche ist? Bisher dachte ich immer, Salzbrezeln und Reiswaffeln wären für sie das Größte. Ob ich Angela am Montag in der Schule fragen soll? Aber vielleicht bringe ich sie bloß auf blöde Ideen. Am Ende streicht Angela über meinen Bauch und sagt: »Du hast da höchstens 'ne Gemüsereibe, Oskar.« Und dann mag sie mich nicht mehr, sondern krallt sich lieber Benno, der mehr Muckis hat als ich und nur auf eine Chance bei Angela wartet.

HACH!

So ein Waschbrett treibt mich noch in den Wahnsinn!

OSKAR, DEIN BRIEFKASTEN HAT GEKLAPPERT!

Betreff: Wahre Freundschaft
Datum: Fr, 14. Nov., 19:38
Von: Daniel
An: Oskar

Hallo, Oskar, du treulose Tomate!!! Es war oberfies von dir, dass du dich gestern geweigert hast, mir die Lateinhausaufgabe zu mailen! Deinetwegen habe ich heute Morgen in der Schule den Lateintest versiebt! Bist du eigentlich noch mein Freund? Oder bist du ein Streber und Egoist geworden? Daniel.

Betreff: Lateinische Rechtschreibprobleme
Datum: Fr, 14. Nov., 20:14
Von: Oskar
An: Daniel

Mensch, Daniel! Was ich inzwischen alles bin: Couch-Kartoffel, treulose Tomate, Oskartoffel und jetzt auch noch Egoist und Streber! Danke schön, ich bin voll bedient!!!
Ich hab dir gestern Latein nicht gemailt, weil es lausig schwer ist, Latein in den Computer zu tippen. Hast du das schon mal versucht? Meine automatische Rechtschreibkorrektur verändert außerdem eigenmächtig Wörter – aus »ego« wird dann zum Beispiel Egon, aus »sum« Summe und aus »stupidus« Tupperdose. Da hätte sich Cäsar Langweiler (sorry, Herr Gutweiler!) vielleicht über deine Hausaufgabe gewundert!
Übrigens habe ich den Test auch vergeigt, weil ich gestern keine Vokabeln mehr gelernt habe. (Da kann ich mich wieder auf was gefasst machen. Mama erfährt meine schlechten Noten immer früher als ich, weil im Lehrerzimmer enorm viel geschwatzt wird. Ich bin für die Einführung des Notengeheimnisses. Es müsste genauso streng eingehalten werden wie das Beichtgeheimnis!)

Mama wird sagen, meine schlechte Note kommt nur davon, weil ich so lange im Internet gesurft bin, anstatt Vokabeln zu lernen. (Womit sie leider Recht hat. Aber konnte ich ahnen, dass Cäsar Langweiler heute schon wieder einen Test schreibt?)
Ich bin nicht nur Oskartoffel, ich bin ein armes Schwein!
Oink, oink! Dein Oskar

SCHON WIEDER POST FÜR OSKAR!

Betreff: Neue Computerspiele
Datum: Fr, 14. Nov., 20:33
Von: Daniel
An: Oskar
Hallo, armes Schwein, ich hab dir verziehen! Hast du Lust, morgen mit mir zu meinem Cousin zu gehen? Er hat eine Ladung neue Computerspiele gekriegt und für uns macht er Sonderpreise. Emailiere mir gleich deine Antwort. Die Mathelösung kannst du auch dranhängen.
Daniel, Master of Mathe-nix-capito

Betreff: Bestätige Treffen
Datum: Fr, 14. Nov., 21:04
Von: Oskar
An: Daniel

Morgen um 10 Uhr im Computershop deines Cousins? Mathe hab ich noch nicht rausgekriegt, vielleicht kommt mir übers Wochenende die Erleuchtung. Leider muss ich jetzt Schluss machen. Meine Oma ist grad ins Zimmer gekommen. Sie will die Börsenkurse sehen und wissen, wie der DAX steht, sonst kann sie nicht schlafen.
Bis morgen, Oskar

• Oskars Geheimdatei • Oskars Geheimdatei • Oskars Geheimdatei •

Mama im Fitness-Wahn

Datum: *Sonntag, 16. November*
Autor: *Ich, neuerdings Fachmann für Spiegeleier*

Heute Morgen gab es kein Frühstück. Schuld daran ist ein Fitness-Buch, das sich Mama gestern zusammen mit einem Paar Hanteln (jede

Hantel wiegt 1,5 Kilogramm!) gekauft hat. Das Buch rät, dass man mit dem Training beginnen soll, bevor man richtig wach ist. Im Halbschlaf würde man nämlich nicht checken, auf welche Quälerei man sich da eingelassen hat. Also sprang Mama gleich vom Bett aus in ihre Laufschuhe und joggte mit nüchternem Magen durch den Novemberwald, während wir anderen noch gemütlich in den Federn lagen. Flo, der unheimlich gerne in fremde Betten schlüpft, tappte wenig später ins Schlafzimmer meiner Eltern und wollte ein bisschen mit Mama kuscheln. Aber die war leider schon fort. Deswegen kroch Flo zu Papa. Gleich darauf ertönte ein furchtbarer Schrei, weil Flo seine zombiekalten Füße auf Papas Schienbeine gelegt hatte. Flo ist Weltmeister der kalten Füße und er hatte schon eine halbe Stunde barfuß mit Legosteinen gespielt, bevor ihm einfiel, dass er eigentlich Mama im Schlafzimmer besuchen könnte.

Jedenfalls saß Papa senkrecht im Bett und ich war durch den Schrei so aufgeschreckt, dass ich nicht weiterschlafen konnte. Außerdem knurrte mir der Magen. Also bin ich runter in die Küche, aber die war ganz dunkel und Kakao und Müsli standen auch noch nicht auf dem Tisch. Ich holte mir eine Tüte Salzbrezeln und ein Glas Wasser und eine Tafel Schokolade und wollte mit meinen Schätzen wieder nach oben abziehen, als plötzlich Flo vor mir stand. Er schaute mich mit großen Augen an und sah aus, als wollte er gleich heulen. »Ich hab Hunger«, jammerte er.

Er tat mir Leid.

»Willst du auch Salzbrezeln?«, fragte ich und hielt Flo meine Tüte hin.

Normalerweise futtert er mit Begeisterung alles, was aus Tüten kommt und ordentlich zwischen den Zähnen kracht.

Aber Flo bestand auf Spiegeleier. Sonst will er nie Spiegeleier zum Frühstück. Doch jetzt guckte er mich mit seinem Bitte-bitte-Dackelblick an und murmelte inbrünstig: »Ich will Spiegeleier.«

»Na gut«, sagte ich milde. »Dann mach ich dir halt welche.«

Spiegeleier braten kann ich und ein Unmensch bin ich auch nicht. Ich schaute in den Kühlschrank. Leider war das Eierfach leer bis auf ein angeschlagenes Ei und das sah innen schon grünlich aus. Spiegeleier ohne Eier zu machen ist eine schwere Kunst, man merkt sofort den Betrug. Zwiebelsuppe ohne Zwiebeln ist viel einfacher.

»Ich könnte dir vielleicht eine Zwiebelsuppe machen«, schlug ich vor.

»Spiegeleier«, sagte Flo wie ein Papagei, der nur ein Wort kennt.

Es war noch finster, als ich raus in den Hühnerstall bin. Im Schlafanzug und mit Hausschuhen. Die Hühner blinzelten mich verschlafen an, als ich das funzelige Deckenlicht einschaltete. Ich schaute ins Nest. Hoffentlich hatten ein paar Frühaufsteherinnen schon gelegt. (Ob das so ist wie in Mamas Buch? Im Halbschlaf geht Eierlegen am besten, da merkt man gar nicht, wie man sein Pflichtprogramm erledigt. Aber ob die Hennen da nicht durcheinander kommen? Wenn eine Henne total vergessen hat, dass sie schon gelegt hat, quält sie sich vielleicht den ganzen Tag. Möglicherweise hockt sie sich immer wieder aufs Nest und plagt sich, bis ihr fast die Augen rausfallen – ohne das klitzekleinste Ergebnis. Und am Abend hat sie dann den totalen Frust. – Nee, ich glaub nicht, dass Mamas Buch gut für unsere Hühner ist!)

Ich fand vier Eier! Eins davon, das größte, war allerdings aus Gips. Es soll die Hennen daran erinnern, dass eine Kollegin schon gelegt hat, und zwar ein größeres und schöneres Ei. Die Hühner sollen sich beim Eierlegen gefälligst mehr anstrengen. Der Trick mit der Konkurrenz funktioniert überall! Im Hühnerstall sind es die Gipseier, bei den Zeitschriften die Models. (Ha! Ich bin richtig genial. Da hat die HZ was zum Nachdenken! Was hat ein Gipsei mit einem Model zu tun? Ich wette, Kristin kommt nie auf die richtige Lösung!)

Von den Hühnern kann man eine Menge lernen!!!

Ich raffte die drei Eier an mich und rannte zum Haus zurück. Es war bitterkalt und ich überlegte, ob ich mir wohl eine Lungenentzündung holen würde (Rätsel Nummer zwei: Was hat ein Spiegelei mit einer Lungenentzündung zu tun?).

Unterwegs rutschte mir jedoch ein Ei aus der Hand und knallte aufs Pflaster. Wie peinlich, denn Mama joggte gerade zum Hof rein. Sie fauchte mich auch

gleich drachengiftzwergmäßig an, was ich im Schlafanzug mit den Eiern wollte.
Ich: »Für Flo Frühstück machen.«
Sie: »Dann mach mal weiter«, streifte ihre Joggingschuhe von den Füßen und verschwand in Richtung Dusche.
Spiegeleier mit Ruß sind meine besondere Spezialität. Flo störte sich nicht daran, dass die Eier unten ein bisschen schwarz waren. Er schlang alles mit einem Wahnsinnsappetit in sich hinein und fand, dass ich ein toller Koch sei.
Das ist wenigstens mal was POSITIVES!!!

• Oskars Geheimdatei • Oskars Geheimdatei • Oskars Geheimdatei •

Philosophen sind Waschbrettbäuche egal!
Datum: *Montag, 17. November*
Autor: *Oskar, hoffentlich schlau genug!*

Angela steht nicht auf Waschbrettbäuche. Das hat sie heute deutlich gesagt.
In der Pause hab ich mich nämlich mit ihr in der Fahrradhalle getroffen, um ein bisschen zu quatschen. Angela hat dauernd ihre Nase in ein komi-

sches Buch gesteckt. Ich hab sie gefragt, was es denn da so Interessantes zu lesen gibt.

»Da stehen lauter Wahnsinnssachen drin«, hat Angela gesagt. Es ging im Buch um Philosophie. Die Philosophen zerbrechen sich seit Jahrtausenden den Kopf darüber, ob es die Welt tatsächlich gibt oder ob sie nur so eine Art Fotonegativ ist. Oder ob jeder Mensch die Welt als Video im Gehirn hat und wenn ja, ob dann überall tatsächlich derselbe Film läuft. Solche Sachen eben, bei denen es einem schon richtig schwindelig wird, wenn man länger drüber nachdenkt.

Angela hat erzählt, dass sie das Buch von einer Tante hat.

»Damit ich weiß, was der Sinn des Lebens ist.«

»Hm«, hab ich gemacht. »Und was ist der Sinn des Lebens?«

»Keine Ahnung, ich hab das Buch ja noch nicht zu Ende gelesen«, hat Angela gesagt. »Jedenfalls ist das Wichtigste im Leben nicht Geld oder Ruhm, sondern Glück und Zufriedenheit.«

In der zweiten Pause hab ich es endlich geschafft, Angela nach dem Waschbrettbauch zu fragen. Sie wusste gar nicht, was das ist. Ich war ziemlich erleichtert und erkundigte mich, worauf sie bei Jungs am meisten Wert legt.

»Dass sie mich intellektuell beeindrucken«, hat Angela gesagt und dabei ein kluges Gesicht gemacht.
Das mit dem Beeindrucken hab ich gleich verstanden. (*Intellektuell* musste ich erst nachschlagen. *Intellektuell = gripsmäßig*)
Jetzt mach ich mir Sorgen, ob ich schlau genug für Angela bin. Ich muss unbedingt etwas finden, womit ich sie mächtig beeindrucken kann. Mit meiner Vier minus in Latein bestimmt nicht!
Ich hasse den Gutweiler!

• Oskars Geheimdatei • Oskars Geheimdatei • Oskars Geheimdatei •

Was haben Socken mit Glück zu tun?

Datum: *Dienstag, 18. November*
Autor: *Der Glücksforscher*

Ich weiß jetzt, wie ich Angela intellektuell beeindrucke: Ich werde Glücksforscher. Aber das ist vorläufig noch geheim. Ich freu mich schon auf den Tag, an dem ich den Nobelpreis kriege. Dann sage ich zu Angela: »Komm, wir fahren nach Schweden.« Angela wird fragen: »Was sollen wir denn in

Schweden?« »Och«, werde ich ganz cool antworten, »bloß den Nobelpreis abholen.« Und Angela wird mir, dem weltbesten Glücksforscher, vor Stolz und Rührung um den Hals fallen …

Aber das, was ich mir vorgenommen habe, ist gar nicht so einfach. Es ist jedenfalls viel leichter, Erdbeereisforscher zu sein als Glücksforscher. Jeder, der nicht völlig bekloppt ist, weiß, was Erdbeereis ist. Es kann gut schmecken oder schlecht, es kann gefroren sein oder matschig, aber es ist eindeutig Erdbeereis.

Mit dem Glück ist es anders. Glück ist nämlich nicht gleich Glück. Es bedeutet für jeden Menschen etwas anderes und außerdem ändert es sich von Tag zu Tag.

Ich habe mich mal ein bisschen umgehört und verschiedenen Leuten mein Mikro unter die Nase gehalten.

Hier sind die neuesten Antworten auf die Frage: »Was ist Glück?«

»Wenn ich keine Fünf in Latein kriege.« (Ich, gestern in der Schule, bevor Cäsar Langweiler die korrigierten Arbeiten zurückgegeben hat.)

»Wenn Angela mir voller Stolz um den Hals fällt.« (Ich, heute mit Nobelpreisplänen)

»Wenn ich zu diesem grünen Socken endlich den

zweiten finde.« (Mama beim Ausräumen der Waschmaschine)
»Wenn meine Haare endlich mal richtig sitzen!« (Kristin vor dem Spiegel)

Heute nach der Schule bin ich außerdem in Hundekacke getreten. Mama ist fast ausgeflippt. Ich weiß jetzt, dass das Glück unter anderem auch davon abhängt, ob und was gerade unter den Schuhsohlen klebt. Wer in frische Hundekacke, auf einen Kaugummi oder in Dreckpampe gelatscht ist, ist garantiert kein glücklicher Mensch mehr, selbst wenn er vorher noch ziemlich happy war.

Ich habe Papa beim Computerspielen erwischt!

Datum: *Mittwoch, 19. November, Buß- und Bettag.*

Autor: *Der Sohn eines Maulwurf-Killers!*

Einfach nicht zu fassen! Papa hat die totale Kehrtwendung gemacht. Ich raff es nicht!

Lieber neuer Computer, ich erzähl es dir wirklich äußerst ungern, aber mein Vater war einer der größten Computergegner, die es gibt. Wenn es nach ihm gegangen wäre, hätte ich dich niemals gekriegt. Wegen meiner ollen Kiste hat er auch schon dauernd rumgemeckert. Und jetzt?

Er hockt seit mindestens zwei Stunden vor meinem ausrangierten Gerät, lässt ein DOS-Programm Marke Uralt laufen und fängt Maulwürfe! Und schreit vor Freude, sobald er einen gekriegt hat und zehn Punkte einheimsen kann!

SO SCHNELL KANN SICH EIN MENSCH ÄNDERN!

Papa, der niemals den Unterschied zwischen Bits und Bytes kapieren wird, macht auf einmal Computerspiele! Er, der geschworen hat, dass er sich niemals freiwillig vor einen PC setzen wird, ist

vom Jagdfieber gepackt worden und killt mit Begeisterung elektronische Blattläuse, freche Schnecken, Wühlmäuse und anderes Getier, das in seinen Computer-Garten einfällt.
Der Garten hat eine echt lausige Graphik. So ein Programm kauft heutzutage kein Mensch mehr. Deswegen hab ich die Diskette von Daniels Cousin auch ganz umsonst gekriegt. Das Programm heißt »Grüner Daumen – Der Weg zum perfekten Gärtner«. Eigentlich ist es eine Art Lernprogramm. Man kann auf dem Bildschirm einen Mustergarten anlegen und erfährt, dass Zwiebeln und Möhren gut zusammenpassen und dass man Kartoffeln und Tomaten auseinander pflanzen soll und so weiter. Zur Auflockerung sind noch ein paar Spielchen dabei. Man kann beispielsweise testen, ob man schneller ist als eine Horde Maulwürfe, die den ganzen Garten untertunneln wollen. Dann gibt es noch die große Salatparty, bei der die Schnecken gleich scharenweise über die Beete herfallen.
Flo findet solche Sachen toll, deswegen habe ich das Programm für ihn auf dem alten Computer installiert. Doch jetzt hockt Papa davor und verhindert mit Feuereifer, dass die Maulwürfe in seinem Mustergarten heimisch werden!
Dass ich ihn ertappt habe, war ihm ziemlich pein-

lich. Er hat natürlich gleich versucht, sich rauszureden. So nach dem Motto, er, der Petersilien-Experte, müsste doch nachprüfen, ob das Gartenbau-Programm was taugt. Dabei hatte er eindeutig das Spiel aufgerufen!
Ich hab nur gegrinst. Dann hab ich gefragt, wie viele Maulwürfe er schon erledigt hat.
»109«, hat Papa geantwortet.
»WOW«, hab ich gemacht. »Tolle Leistung.«
Da hat Papa gestrahlt, richtig stolz!
Ehrlich, Computer, wenn ich es nicht mit eigenen Augen gesehen hätte – ich würde mir meine Geschichte selber nicht glauben!

Betreff: Neuer Maulwurf-Rekord
Datum: Mi, 19. Nov., 19:53
Von: Oskar
An: Daniel
Hallo, hier das Neueste: Mein Papa hat inzwischen viereckige Augen. Er hat heute Nachmittag 198 Maulwürfe erwischt, aber Nummer 199 brachte ihn zu Fall. Gebrochener Knöchel, Krankenhausaufenthalt und 300 Punkte Abzug! Hast du noch andere alte DOS-Spiele? Papa ist auf den Geschmack gekommen. Ich glaube, die Maulwürfe werden ihm auf Dauer

nicht mehr genügen. Er hat schon das Schneckenspiel gemacht, aber das findet er ziemlich blöd.
Oskar.

HIPPHIPPHURRA, EINE E-MAIL IST DA!

Betreff: Dein reparaturbedürftiges Gedächtnis
Datum: Mi, 19. Nov., 20:11
Von: Daniel
An: Oskar
Hi, du Mistkäfer, willst du mich verscheißern? Woher soll ich alte DOS-Spiele haben? DU hattest doch mal so viele, bevor du einen Knall gekriegt hast und Reporter werden wolltest. Du Idiot hast

alle Spiele runtergelöscht, aber ich wette, du hast dir vorher Sicherheitskopien gemacht! (Leidest du etwa an Gedächtnisverlust, weil du zu viel an Weiber denkst?) Schau in deinem Schrank nach, vielleicht findest du noch die Schachtel mit den alten Disketten. Die kannst du dann deinem Vater zu Weihnachten schenken! Dass dein Alter jetzt auf einmal Maulwurfspiele am Computer macht, ist sehr merkwürdig. Vielleicht sollte er mal zum Arzt gehen. Vielleicht fühlt er sich auch unausgelastet, weil er jetzt im Winter nicht so viel im Garten schuften kann wie sonst. Aus und Ende. Daniel
(Ratgeber in allen Fällen!)

Oskars Geheimdatei • Oskars Geheimdatei • Oskars Geheimdatei •

Tausche Schwester gegen – ?
Datum: *Donnerstag, 20. November*
Autor: *Leider kein Austauschbruder*

Heute ist wieder das totale Chaos ausgebrochen! Jedes Mal, wenn es bei uns zwei Tage ruhiger zugeht, bilde ich mir ein, ich würde in einer ganz nor-

malen Familie leben. Irrtum! Ich bin von einer Horde Verrückter umgeben und das wird sich wohl nie ändern, außer jemand erbarmt sich und holt den armen Oskar aus diesem Irrenhaus raus!
Komisch, wenn es einem so richtig mies geht, dann sehnt man sich danach, dass alles wieder so ist wie vorher. Aber wenn kein Katastrophenzustand ist, sondern Normalzustand, empfindet man das auch nicht als das große Glück.
Glück ist also nicht das Gegenteil von Unglück. Das Gegenteil von Unglück ist, wenn alles paletti und normal läuft. Leider wird das ziemlich schnell langweilig, genau wie Graubrotschnitten mit Butter. Die isst man jeden Tag ohne großes Nachdenken. Interessant wird es erst, wenn was super Leckeres auf der Brotschnitte liegt, vielleicht Leberpastete oder Shrimps oder wenn man einen Rosinenkuchen geschenkt kriegt. Genauso ist es mit dem Glück. Es gibt Leberpasteten- und Rosinentage, aber leider ziemlich selten. Und selbst dann kann es passieren, dass man ausgerechnet Appetit auf Marmelade hat.
Heute war aber kein Rosinentag, sondern ein Stinkekäsekrachtag. (Diese Sorte ist bei uns ziemlich häufig, aber diesmal war es besonders schlimm.)
Schuld daran war ein Aushang am schwarzen Brett.

Seit ein paar Wochen sucht unsere Astrid-Lindgren-Schule nach Gastfamilien für französische Austauschschüler. Unser Direx nahm an, dass sich alle um die Franzosen und Französinnen reißen würden, aber die Aktion ist ziemlich lahm angelaufen. Jetzt hat unser Direx Angst gekriegt, dass die Austauschschüler vielleicht in der Turnhalle schlafen müssen. Deswegen hat er alle Lehrer und Lehrerinnen persönlich angehauen, ob sie nicht einen Gast aus Frankreich bei sich aufnehmen würden. Mama hat sich prompt bequatschen lassen und damit wieder mal eine Familienoberkrise ausgelöst.
»Wie?«, hat Kristin gleich rumgezickt. »Eine französische Austauschschülerin? Die soll wohl bei mir im Zimmer schlafen?«
»Bei Oskar geht es ja nicht«, hat Mama mit einem Blick auf mich gemeint.
Kristin grinste nur blöde. »Warum nicht? Der findet es bestimmt gut.«
Da hätte ich ihr am liebsten eine gescheuert. Ehrlich, Computer!
»In mein Zimmer kommt sie jedenfalls nicht«, hat die HZ dann noch einmal gesagt.
Mama ist langsam böse geworden. »Wenn Kim bei dir übernachtet, findest du es ja auch ganz toll.«

»Das ist was ganz anderes«, behauptete Kristin. »Kim ist meine beste Freundin und diese Französin kenne ich ja gar nicht.«
»Dann wirst du sie eben kennen lernen«, hat Mama gesagt.
»Bestimmt schnarcht sie auch«, hab ich gemeint. »Natürlich auf Französisch. Dann kannst du dir noch was abgucken.«
Die HZ hat mir die Zunge rausgestreckt. »Sie kann doch bei Flo schlafen«, hat sie noch einen letzten Versuch gemacht.
Aber da ist Mama total sauer geworden. Sie hat losgewettert, dass sie von uns mehr Unterstützung erwartet hätte, besonders von Kristin. Eigentlich würden wir alle wie die Maden im Speck leben, uns ginge es viel zu gut und sie selbst, Mama, sei die Einzige, die sich dauernd abrackern müsse.
»Na gut«, lenkte Kristin ein, »meinetwegen kann die blöde Tussi in meinem Zimmer schlafen. Aber nur, wenn ich ein Handy kriege.«
In Kristins Klasse sind Handys momentan total in. Seit letzter Woche hat Kim eins und Kristin liegt Mama dauernd in den Ohren, damit sie ihr auch ein Handy kauft. Dann können sich Kim und Kristin nämlich den ganzen Tag über so alberne Kurznachrichten schicken wie »Liebst du mich noch?«

oder »Wie viel Gramm hast du seit gestern abgenommen?« Grässlich!
»Oskar hat schon einen Internetanschluss«, meckerte Kristin. »Und ich muss auf meine USA-Reise noch warten. Dann ist es nur gerecht, dass ich zum Ausgleich wenigstens ein Handy kriege.« Sie hat eine bitterböse Miene, Marke Handgranate, aufgesetzt.
Mama seufzte. »Willst du uns arm telefonieren?«
»Natürlich nicht«, hat Kristin entrüstet getan. Und dann hat sie Mama listig angeboten, ihr immer das Handy beim Jogging zu leihen. »Stell dir vor, du verknackst dir mitten im Wald den Fuß und weit und breit ist keiner da, der dir helfen kann. So ein Handy in der Pampa ist ungemein praktisch.«
Mit dem billigen Trick hat sie Mama tatsächlich weich geklopft. Die hat prompt versprochen, dass sie mit Papa drüber reden will.
»Aber nur, wenn du dich anstrengst und die ganze Zeit nett zu unserem französischen Gast bist«, verlangte Mama.
Das hat Kristin hoch und heilig geschworen.
Ich hab so meine Zweifel.
Aber vielleicht ist Kristin ja auch total happy, wenn sie endlich erfährt, was »sich die Beine rasieren« auf Französisch heißt!

Betreff: Nachhilfe
Datum: Do, 20. Nov., 20:21
Von: Oskar
An: Daniel

Ave, Daniel! Hast du die Standpauke von Cäsar Langweiler schon verkraftet? Mann, wenn man zwei Arbeiten innerhalb von wenigen Wochen verhaut, dann liegt es doch meistens am Lehrer, oder? Der soll den Schülern schließlich was beibringen! Meinst du, der angekündigte Ausflug zur Saalburg am nächsten Montag ist Belohnung oder Strafe? Ich bereue immer mehr, dass ich Latein genommen habe und nicht Französisch. Übrigens kriegen wir hier über Weihnachten private Nachhilfe in Französisch! Selbst ich, der bisher nur »Oui« und »Non« und »Voulez-vous coucher avec moi?«, sagen kann! Warum? Weil Mama eine französische Austauschschülerin eingeladen hat. (Austausch ist gut! Wenn mir die Französin gefällt, dann kann Kristin anschließend auf Nimmerwiedersehen nach Frankreich abrauschen.) Ich bin schon gespannt, was für ein Weib uns da ins Haus schneit! Mach's gut, alter Saftsack.
Gruß von Oskar.

PS: Sind französische Mädchen eigentlich anders als deutsche?

EINE MAIL, EINE MAIL, EINE MAIL!!!

Betreff: Französische Mädchen
Datum: Do, 20. Nov., 21:03
Von: Daniel
An: Oskar

Hi, du geplagter Weiberjäger, machst du dir etwa Hoffnung? (Wenn ich das Angela erzähle!)
»Voulez-vous coucher avec moi?«, würde ich übrigens nicht zu der Austauschschülerin sagen, jedenfalls nicht gleich an der Haustür. Das ist ein gut gemeinter Rat von einem, der's wissen muss.
Französische Mädchen versteht man noch weniger als deutsche. Sie fürchten sich vor französischen Spinnen, französischen Mäusen und französischem Glibbermonsterkram. Aber sie schreien nicht »Huch!«, sondern nur »Uch!«, weil sie kein »H« aussprechen können.
Mit dem Ausflug nächste Woche zur Saalburg will uns Cäsar Langweiler bestrafen, ganz eindeutig. Richtige Klassenausflüge macht man zu Erlebnisparks (Es gibt nichts Besseres als Wildwasserfahrten!) oder zu McDonalds. Vielleicht melde ich

mich nächste Woche krank, dann muss ich nicht mit. Obwohl meine Mutter dann wieder einen Aufstand macht. Hast du deine Lateinvokabeln gelernt? Ob der Gutweiler morgen wieder einen Test schreiben lässt? So langsam traue ich ihm alles zu. Dieser Mensch ist der pure Horror!
Gruß und Schluss – dein Daniel mit Latein-Kopfschmerzen.

• Oskars Geheimdatei • Oskars Geheimdatei • Oskars Geheimdatei •

Was man mit einem Wasserglas alles machen kann

Datum: *Samstag, 22. November*
Autor: *Oskar, der den Sturm besiegt*

Heute Nacht war ein Wahnsinnssturm. Ich hab wegen WINNIE kein Auge zugetan. So heißt nämlich der Sturm.
Im Wetterbericht hatten sie Winnie schon angekündigt. Sie tobte bereits durch Frankreich und brachte irgendwelche kalte Polarluft. Insgeheim hab ich gehofft, dass sie noch abdreht. Aber leider kam Winnie tatsächlich.

Mann, hatte ich eine Angst! Ich hab echt gedacht, dass zuerst das Dach wegfliegt und anschließend mein Bett und ich! Zwischen den einzelnen Böen war es immer ein paar Minuten still. Jedes Mal hab ich gehofft, dass sich Winnie ausgetobt hat und weitergezogen ist. Doch dann kam die nächste Bö, ich konnte sie immer schon von weitem hören. Erst war es nur ein Heulen in der Ferne, ein lang gezogener Ton. Dann wurde der Ton immer lauter und der Sturm rüttelte überall am Haus, an den Rollläden, an der Haustür, an den Dachziegeln. Ich hörte genau, wie manche angehoben wurden und dann wieder klappernd an ihren Platz zurück fielen. Der Nussbaum ächzte und stöhnte und ich hatte Schiss, dass er aufs Haus fallen würde.

Ich war nicht der Einzige, der nicht schlafen konnte. Um zwei Uhr kam Flo in mein Bett geklettert und kuschelte sich voller Angst an mich.

»Wenn jetzt das Haus wegfliegt, Oskar, was dann?«

Genau das fragte ich mich schon die ganze Zeit.

»Passiert schon nicht, Flo«, sagte ich und streichelte meinem kleinen Bruder übers Wuschelhaar. Dabei war ich mir ganz und gar nicht sicher. Ich hörte schon wieder das Geheul in der Ferne. Es klang noch unheimlicher als vorher.

Flo neben mir zitterte.

»Oskar, kannst du nicht machen, dass der Sturm weggeht?«, hat er dann gefragt und sich ganz fest an mich geklammert, weil es draußen lauter und lauter geworden ist.
»Na klar«, hab ich gesagt. »Pass auf, wenn der Sturm richtig da ist, dann schnappe ich ihn mir und sperre ihn ein.«
Flo hielt die Luft an. Die Dachziegel klapperten. Ich setzte mich im Bett auf, streckte die Hand aus, als wollte ich eine Mücke fangen, und rief laut »Schnapp!«
Draußen wurde es still.
Flo starrte auf meine Faust.
»Hast du ihn?«
»Ja«, sagte ich. »Hier in meiner Hand.«

»Echt?«
»Glaubst du etwa, ich schwindele?«
»Lass mal fühlen«, bettelte Flo.
»Geht nicht«, sagte ich. »Dann entwischt er vielleicht wieder.«
»Lass ihn bloß nicht raus«, flüsterte Flo. Es war toll, wie er mich bewunderte, weil ich so stark war und den Sturm festhalten konnte.
Leider kriegte ich langsam einen Krampf in meiner Faust.
»Flo«, sagte ich, »geh runter in die Küche und hol ein Glas Wasser. Und bring ein Taschentuch und ein Gummiband mit. Wir müssen den Sturm ertränken. Ich kann ihn nicht ewig festhalten.«
Flo kletterte aus dem Bett und verschwand. Kurz darauf kam er zurück. Er hielt mir das Glas hin. Vorsichtig schob ich meine Hand darüber und öffnete sie.
»So«, flüsterte ich. »Jetzt schnell das Taschentuch.«
Flo breitete mit wichtiger Miene das Taschentuch über meine Hand. Behutsam zog ich meine Finger darunter weg. Dann befestigten wir das Tuch mit dem Gummiband.
»Jetzt haben wir den Sturm ins Wasserglas gesperrt«, wisperte ich.

Flo lauschte mit angehaltenem Atem. Ich schüttelte das Glas sachte. Zuerst blubberte es noch ein bisschen, dann wurde es still.

»Ich hör nichts mehr«, sagte Flo nach einer Weile.

Ich nickte und machte ein ernstes Gesicht.

»Ist der Sturm jetzt ertrunken?«

Ich nickte wieder und machte ein noch ernsteres Gesicht.

Flo schluckte.

»Wir begraben ihn neben dem Hühnerstall«, versprach ich ihm.

Er stellte das Wasserglas mit dem toten Sturm aufs Regal, dann kroch er zu mir ins Bett zurück.

Draußen war es tatsächlich mucksmäuschenstill geworden. Flo war sehr beeindruckt. Ich auch.

Beim Frühstück erzählte der Nachrichtensprecher im Radio, welche Verwüstung Winnie in Deutschland angerichtet hatte: Umgestürzte Bäume, eingedellte Autos, abgedeckte Dächer. Furchtbar.

»Da haben wir ja noch einmal Glück gehabt«, meinte Papa. »Vom Hühnerstall ist ein Stück Dachpappe abgegangen, aber sonst ist nichts passiert.«

»Weil Oskar und ich den Sturm gefangen haben«, krähte Flo voller Stolz gleich los.

»Wir haben ihn –«

Ich trat ihm schnell auf den Fuß und legte den Zeigefinger auf die Lippen.
»Was habt ihr?«, fragte Mama.
»Flo war in meinem Bett«, antwortete ich nur.
Später begruben Flo und ich das Glas mitsamt dem Taschentuch neben dem Hühnerstall. Es regnete und die Hühner sahen uns gelangweilt zu. Sie machten ziemlich dämliche Gesichter. Wahrscheinlich hatten sie noch nie gesehen, wie jemand ein Glas Wasser vergräbt!!!

Kristin wartet auf ihre große Chance – und Oma hat sie leider verpasst!

Datum: *Sonntag, 23. November (Totensonntag)*
Autor: *Ich, diesmal handygenervt*

Kristin läuft mit einem funkelnagelneuen Handy durch die Gegend und tut so, als würde jeden Moment Hollywood anrufen, um sie für eine Filmrolle zu engagieren, für die sie dann sieben *Oscars* kriegt (Ein Oskar als Bruder reicht ihr nicht, haha!).

Hätte ich was zu melden, dann würde ich ihr für folgende Punkte einen Preis verleihen:

a) als zickigstes Familienmitglied

b) als mieseste Köchin (gestern sollte sie mittags unser Essen aufwärmen, natürlich ist es angebrannt!)

c) für die falschesten Songs, die sie im Badezimmer trällert. (Wenn Kristin singt, ergreift sogar unsere Katze Matilda die Flucht.)

d) für das lauteste Türenschmettern

e) für das ständige ungefragte Ausleihen von Mamas Klamotten, was immer zu einem Riesenkrach führt.

Kristin ist mit ihrem Handy selig. So ein schwarzes Ding in der Hand ist ihr größtes Glück! (Papas Rasierapparat hätte es auch getan. Warum gibt es eigentlich noch kein Handy, mit dem man sich rasieren kann?)
PS: Oma hat miese Laune, weil der DAX ein paar Punkte verloren hat. Sie macht ein Gesicht, als hätte ihr jemand das Sparbuch geklaut. Ich werde diesen Aktienkram nie kapieren. Oma kennt sich übrigens schon ganz gut mit dem Computer aus. Mein Passwort hat sie allerdings noch nicht rausgekriegt, obwohl sie mir immer wie ein Luchs auf die Finger schaut, wenn ich es eintippe. Ich glaube, wenn meine Oma ein paar Jahre jünger wäre, dann würde sie vielleicht eine Hackerin werden – so neugierig wie sie ist. Sie würde die Geheimnisse der NASA ausspähen und in den Computern der internationalen Geheimdienste rumschnüffeln. Als Agentin hätte es meine Oma bestimmt weit gebracht. Sie jammert heute noch rum, dass sie nur einen Realschulabschluss hat machen dürfen, weil sie ein Mädchen war. »Das Mädel« heiratet ja doch, haben sie zu ihr gesagt. So hat man früher gedacht. Mama meint, Oma hätte sich das nicht bieten lassen sollen, sondern mal ordentlich auf den Tisch hauen müssen!

Ich glaube, als Geheimdienstchefin hätte ich meine Oma doppelt so lieb, obwohl sie ja superfeine Kuchen backen kann und die auch nicht zu verachten sind. Leider ist es jetzt zu spät für Omas Karriere. Wirklich jammerschade!

• Oskars Geheimdatei • Oskars Geheimdatei • Oskars Geheimdatei •

Livebericht vom Tatort der alten Römer oder:
Eine Klassenfahrt zur Saalburg

Datum: *Montag, 24. November (nur noch 30 Tage bis Weihnachten!)*
Autor: *O. Weiß, Notebookschreiber*

Achtung, Achtung, diesmal berichtet Oskar von unterwegs!
Gerade im Augenblick sitze ich im Bus und habe mein Notebook auf den Knien. Die anderen aus meiner Klasse schielen neidisch zu mir rüber und fragen, ob das Ding auch echt ist oder nur eine Attrappe aus Schokolade.

»Natürlich ist mein Notebook echt«, sage ich.
Sofort hagelt es Fragen.
»Wie lange hält der Akku?« (Drei Stunden!)
»Gehört der Computer wirklich dir?« (Klaro, dank Oma!)
»Wo ist denn da die Maus?« (Der kleine grüne Punkt in der Mitte!)
»Wieso schleppst du das Teil mir dir rum?« (Weil ich alles aufschreiben will, was passiert. Könnte ja sein, dass uns ein echter Römer begegnet, der durch ein Zeitloch gefallen ist. Ich könnte ihn gleich interviewen und Cäsar Langweiler müsste mir dafür eine Eins geben.)
Ich höre, wie ein paar Mädchen flüstern, dass ich bloß mit meinem Notebook angeben will. Will ich gar nicht! Ich bin eben ein Reporter, der seine Ausrüstung dabei hat.
Jetzt schaut mir sogar der Gutweiler über die Schulter. HILFE! Eine Sekunde, ich rufe gerade mal mein Latein-Lernprogramm auf.

So, da bin ich wieder. Cäsar Langweiler hat die erste Latein-Lektion durchgespielt und dabei acht Fehler gemacht! Er als Lateinlehrer, haha! Ich sag's ja immer. Lehrer sind auch nicht perfekt. Huch, wie der Bus rumpelt. Fast wäre mir mein Notebook von den Knien gerutscht! Wir sind gleich da. Ich melde mich demnächst wieder!

Hier bin ich wieder! Ich sitze mit meinem dicken Anorak auf einer Mauer, meine Ohren sind schon tiefgefroren, weil so ein kalter Wind weht und Daniel guckt zu, wie ich rumtippe. Wehe, wenn der seine Kekse über meiner Tastatur zerbröselt!!!
Die alten Römer waren süchtig nach Körperpflege. Sie verbrachten den ganzen Nachmittag im Bad (das wird die HZ bestimmt interessieren!), haben geschwitzt wie die Schweine und sich massieren und einölen lassen. Damit sie keine Schweißfüße kriegen, haben sie Schuhe mit einem prima Lüftungssystem erfunden. Beim feierlichen Festessen durften sich die Männer auf dem Sofa rumlümmeln, aber die Frauen mussten anständig auf Sesseln sitzen. (Find ich gut! Wenn ich dran denke, dass Mama schon meckert, wenn ich mal die Ellbogen auf den Tisch stütze!)
Meine Finger sind inzwischen elend steif – aber mit Handschuhen kann ich nicht schreiben. Bei den kleinen Tasten erwische ich sonst immer zwei auf einmal.
Daniel sagt, es ist ihm hier draußen zu kalt. Außerdem muss er mal pinkeln. Ich komme mit.

Wieder im Bus. Was bin ich froh, dass ich kein alter Römer bin. Wenn ich sehe, mit welchem Werkzeug sie damals die Zähne gezogen haben! Von der riesigen Zahnzange kriege ich bestimmt Albträume! Und bei vielen Krankheiten haben die römischen Ärzte den Patienten erst mal das Blut abgezapft. Wie gut, dass ich heute lebe! Obwohl – wenn ich als Römer geboren wäre, müsste ich kein Latein lernen, sondern könnte es schon!
Mein Akku ist gleich leer. Ich speichere lieber mal meinen Text ab und schalte den Computer aus. Tschüs bis später!

Oskars Geheimdatei • Oskars Geheimdatei • Oskars Geheimdatei •

Wieder mal ein kompletter Misttag (Schade, dass man so einen Tag nicht einfach löschen kann!)

Datum: *Dienstag, 25. November (nur noch 29 Tage bis Weihnachten)*
Autor: *Ich, voll gefrustet*

Heute in der Schule hat mich der Gutweiler über die Saalburg abgefragt. Dabei hat er gemein gegrinst und gesagt, ich würde doch sicherlich alles bestens wissen – dank meines Notebooks (Computer, ich schwöre dir, es war der pure Neid! Bestimmt wünscht sich Cäsar Langweiler auch so ein tolles Gerät, aber seine Frau erlaubt ihm keins. Falls er überhaupt verheiratet ist!). Dann hat er mir total komplizierte Fragen gestellt. Zum Beispiel, welche zwei verschiedenen Heizungssysteme die Römer gekannt haben. Ich hatte keinen blassen Schimmer.

»Öl und Erdgas?«, hab ich geraten.

»Falsch.«

»Solar-Energie?«, hab ich getippt. »Oder Biogas?«

Der Gutweiler hat von einem Ohr bis zum anderen gegrinst. »Pfeiler- und Kanalheizung«, hat er dann gesagt und mir eine dicke, runde Sechs in sein Notenbuch (Notenbuch, nicht Notebook!) eingetragen.

Da war ich voll bedient. Natürlich wusste ich auch nicht, wie so eine Pfeiler- oder Kanalheizung funktioniert. Wahrscheinlich war ich gerade mit Daniel auf dem Klo, als jemand diese beiden dämlichen Heizungstypen erklärt hat. Wozu muss ich so etwas überhaupt wissen? Papa behauptet immer, in der Solarenergie läge die Zukunft. Ob ich meinen Vater mal in Cäsar Langweilers Sprechstunde schicken soll? Aber wahrscheinlich ändert das auch nichts an meiner mündlichen Sechs. Das war bestimmt Gutweilers Rache, weil er gestern mit seinem Computerlatein so schnell am Ende war. Dass er sich derart jämmerlich vor mir blamiert hat, konnte er nicht verkraften!

Mama ist auch mies drauf. Sie hat sich beim Hanteltraining den Rücken gezerrt und der Arzt hat ihr Massagen verordnet. Gestern hat Mama die erste bekommen. Hier bei uns im Ort gibt es eine neue Krankengymnastin, die alle Leute kräftig durchknetet. Mama war hinterher völlig fertig. So was Brutales hätte sie noch nie erlebt, behauptet sie. Papa meint, sie hätte eben nicht so viel joggen sollen, sie sei selbst schuld. In ihrem Alter bräuchte der Körper eben doch mehr Ruhe. Das hat Mama prompt auf die Palme gebracht. Sie sagte, mit 42 sei man nicht alt und kein Wunder, wenn sie verkrampft sei, wir würden sie ja furchtbar nerven. Sie wüsste jedenfalls nicht, wie lange sie die Doppelbelastung Beruf–Familie noch aushalten könnte. Papa erwiderte, kein Mensch hätte sie gezwungen wieder arbeiten zu gehen, sondern es sei ihr freiwilliger Entschluss gewesen. Da ist Mama ausgerastet.

Es wurde eine von den endlosen Diskussionen, bei denen gar nichts rauskommt. Am Ende ist Mama

wieder zum Joggen losgesaust – trotz Muskelkater und Schmerzen im Rücken.
Ich hab mich echt gefragt, was sie damit beweisen will.
Kristin meint, Mama käme jetzt allmählich in die Wechseljahre. Manche Frauen würden da total durchdrehen. Einige kämen auf die Idee, einen Himalaja-Trip zu machen. Das sei noch harmlos. Andere Frauen bekämen einen Kaufrausch oder würden in die Spielbank gehen oder wildfremden Schornsteinfegern um den Hals fallen.
Ich hoffe, dass Kristin übertreibt und mir nur Angst machen will. Im Moment nervt sie mich dauernd. Ich soll ihr unbedingt Mails auf ihr Handy schicken. Ich muss mal rauskriegen, wie das geht. Es wäre aber viel einfacher, ihr die Mails einfach auf einen Zettel zu schreiben und unter der Tür durchzuschieben.
In meinem E-Mail-Briefkasten war heute lauter Werbung, wie ich mein Geld anlegen soll. (Welches Geld? Etwa Taschengeld? Dazu brauche ich keine Beratung. Das Taschengeld legt sich von selbst an – in Computerspielen oder andere Sachen, die man eben so braucht.)
Als ich vorhin ein bisschen im Internet rumgesurft bin, habe ich entdeckt, dass unsere Schule eine

Homepage hat. Ja, unsere Astrid-Lindgren-Schule ist im Internet! Samt Bild von unserem Direx. Außerdem sind die wichtigsten Lehrer aufgeführt und welche Fächer sie geben. (Mama war nicht dabei. Das wird sie bestimmt ärgern, aber ich werde mich hüten, es ihr zu erzählen.) Jeder Mensch auf der Welt mit Internet-Anschluss kann erfahren, wie viele Schüler an unserer Schule sind (einer davon bin ich!!), wie viele Klassen es gibt und so weiter. Ein paar Klassen haben sogar eine eigene Homepage.

Ich muss darüber mit Daniel reden. Unsere 7c braucht unbedingt auch eine Homepage. Wir könnten sicher eine Menge erzählen, was die ganze Welt interessiert. Ich könnte gute Tipps für Hühnerhaltung geben. Daniel könnte verraten, wie man mit einer ganz normalen Zahnspange Signale von Aliens aus dem All empfangen kann. (Das behauptet er noch immer, obwohl ich ihm kein Wort glaube!)

Die 7c kommt ins Internet

Datum: *Mittwoch, 26. November (noch 28 Tage bis Weihnachten)*

Autor: *O. Weiß, World-Wide-Web-Writer*

Daniel fand auch, dass unsere Klasse unbedingt eine Homepage braucht. Es ist eine Schande, dass wir noch keine haben. Also sind wir heute in der Pause zu einem Schüler aus der 11. Klasse gegangen, der so was einrichten kann. Der Typ heißt Andreas und ist eigentlich ganz nett. Er hat gemeint, er würde eine Homepage für uns machen, aber wir wären dann für den Inhalt verantwortlich. Und wir sollten immer bedenken, dass unsere Homepage von überall in der ganzen Welt angeguckt werden kann. Wir sollten uns nicht blamieren, also keinen Quatsch machen, beispielsweise Lehrerfotos scannen und dann mit dem Computer die Köpfe vertauschen.

Ich fand die Idee gar nicht schlecht und hab mir natürlich gleich vorgestellt, wie der Gutweiler mit dem Superkörper von der Brezel-Stellbacher rumläuft. Daniel hat nur gegrinst. Bestimmt hat er etwas Ähnliches gedacht!

Wir haben hoch und heilig geschworen, dass wir keinen solchen Blödsinn machen.

Auf dem Heimweg haben wir überlegt, was wir auf unsere Homepage schreiben könnten. Es ist schon eine tolle Vorstellung, dass unsere Sachen dann auch in Japan oder Australien gelesen werden können. Ich war ja schon riesig stolz, als im Sommer mein Hühnerartikel in einer Ökozeitschrift abgedruckt worden ist. (Das habe ich Irmi zu verdanken. Je mehr ich darüber nachdenke, desto mehr komme ich zu dem Schluss, dass sie es wahrscheinlich Papa zuliebe getan hat.) Aber in der ganzen Welt gelesen zu werden, ist ein noch krasseres Gefühl!

Ich hatte dann die Idee, dass ich meine Glücksforschung auch per Internet betreiben könnte. Leute von überallher könnten mir schreiben, was Glück für sie bedeutet.

Aber Daniel fand meinen Vorschlag ziemlich langweilig. Ich hab ihn gefragt, was er überhaupt unter Glück versteht.

»Ist doch logo«, hat Daniel gesagt. »Sex ist Glück, was sonst?«

»Und Himbeereis?«, hab ich gesagt. »Ein Internet-Anschluss? Eine neue Festplatte?«

Daniel meinte, solche Sachen seien Verbesserun-

gen des Lebens. Er blieb ganz stur dabei, echtes und wahres Glück bestünde ausschließlich in Sex, und in dieser Hinsicht seien wir beide absolute Pechvögel.
Wir kamen wieder auf die Homepage zurück.
»Wir brauchen unbedingt was Originelles«, hat Daniel gemeint. »Wie wär's, wenn wir eine Art Lehrer-Hitliste aufstellen würden? Jeder, der will, kann den Lehrern Plus- oder Minuspunkte verpassen.«
Ich zögerte. Seit einiger Zeit habe ich nämlich eine tiefe Abneigung gegen Hitlisten aller Art. (Paulas Kuss-Hitliste steckt mir noch in den Knochen. Daran will ich besser nicht erinnert werden.)
»In England hat eine Schule ihren beliebtesten Lehrern *Oscars* verliehen«, hat Daniel weitererzählt und mich dabei dämlich angegrinst. *Oscar* und Oskar – über den Witz kann ich echt nicht mehr lachen.
»Uns wird schon noch was einfallen«, hab ich geantwortet und versprochen, zu Hause scharf nachzudenken. Bis jetzt habe ich noch keinen großen Knaller gefunden.
Du hast richtig gehört, Computer! Bei Oskar, der weltbekannten Ideenmaschine, steckt Sand im Getriebe und blockiert das Hirn!!!

Echte Liebe, Einbildung, Betrug, Täuschung … oder was?

Datum: *Donnerstag, 27. November (noch 27 Tage bis Weihnachten)*

Autor: *Jemand auf der Gefühls-Achterbahn*

Mir geht's saumäßig. Bin echt schlecht drauf. So ein Scheiß-Beziehungsstress! Ich kapier's ehrlich nicht. Was ist bloß mit Angela los? Ihr blödes Philosophie-Buch könnte ich zum Mond schießen!

Heute in der Pause (es ist saukalt in der Fahrradhalle und Angelas Lippen waren eisig!) hat Angela zu mir gesagt, dass sie nicht weiß, ob sie mich wirklich liebt.

So richtig, für immer.

»Wieso denn?«, hab ich verblüfft gefragt.

Angela hat die Augen verdreht und mir einen Vortrag gehalten. Wenn die Welt gar nicht richtig existiert, sondern nur Einbildung ist, dann kann auch Liebe nicht existieren und ist nur Einbildung. Und Angela will nicht, dass ich mir falsche Hoffnungen mache.

Den Anfang hab ich nicht kapiert. Das mit der falschen Hoffnung schon. Ich glaube, ich hab ziem-

lich dämlich aus der Wäsche geguckt. »Willst du denn Schluss machen?«, wollte ich dann wissen. Angela hat nur gemeint, immerhin wären wir seit dem Frühjahr befreundet und das sei schon ziemlich lang.
»Steckt Benno dahinter?«, hab ich gefragt.
Angela hat es abgestritten. Dann hat sie behauptet, mir wäre mein Computer doch sowieso wichtiger als sie.

»Stimmt gar nicht«, hab ich gesagt.
Angela ist eifersüchtig auf meinen Computer! Wie kann sie auf eine Maschine eifersüchtig sein?
»Du verbringst viel mehr Zeit mit deiner Kiste als mit mir«, behauptete sie dann.
»Liegt das etwa an mir?«, hab ich erwidert.
Sie ist es doch, die nie Zeit hat. Dauernd hat sie nachmittags was vor: Musikschule, Sport, Nachhilfe, Freundinnen treffen, ihren Goldfisch füttern. DARAN BIN ICH WIRKLICH NICHT SCHULD!
Aber typisch, kaum hatte ich ihr all die Sachen gesagt, war Angela eingeschnappt. Das hat mir dann auch wieder Leid getan.
»Es stimmt gar nicht, dass ich meinen Computer mehr mag als dich«, hab ich versöhnlich gesagt. »Mein Herz ist wie eine große Festplatte und da sind noch mindestens drei Gigabyte für dich frei.«
Das hat Angela leider überhaupt nicht beeindruckt, sondern sie hat nur weiter beleidigt in die Luft gestarrt.
Ich hab überlegt, ob ich ihr verraten soll, dass ich inzwischen ein Glücksforscher bin. Aber dann wäre der Nobelpreis ja keine so große Überraschung mehr. Deswegen habe ich ihr lieber die Sache mit der geplanten Homepage im Internet erzählt. Aber kaum hatte ich ein paar Worte gesagt,

fauchte Angela mich an: »Guck mal, du redest ja schon wieder über Computer!«
Und dann hat sie mich einfach stehen gelassen und ist zu ihren anderen Freundinnen abgedampft.
OBERBLÖDE HÜHNERKACKE!!! Ich bin so was von UNGLÜCKLICH!!!

• Oskars Geheimdatei • Oskars Geheimdatei • Oskars Geheimdatei

Natalies Foto, am Ende gefälscht?
Datum: *Noch immer Donnerstag, 27. November*
Autor: *Ich schon wieder*

Hallo, Computer, ich noch mal. Hab mich wieder einigermaßen gefasst. Daniel hat vorhin am Telefon gemeint, ich soll Angelas Launen nicht so ernst nehmen. Mädchen seien eben von Natur aus zickig. Ich solle Angela einfach mal ein paar Tage links liegen lassen. Dann würde sie schon kapieren, wo's langgeht.
Am Schluss hat Daniel noch gesagt: »Es gibt schließlich noch andere Weiber.«
Da hätte ich ihm am liebsten von dem Foto erzählt, doch er hatte schon aufgelegt.

Heute ist nämlich Post von der französischen Austauschschülerin gekommen, die uns besuchen soll. Sie heißt Natalie de Candelare (Ob sie adelig ist? »De« bedeutet soviel wie »von« – das behauptet wenigstens Kristin!). Natalie hat ein Foto von sich beigelegt. Sie ist sechzehn, aber sie sieht aus wie achtzehn. Sie hat lange schwarze Haare und braune Augen. Auf dem Foto trägt sie einen engen schwarzen Pulli und wenn sie nicht mit einem Wonderbra nachgeholfen hat, hat sie eine tolle Figur. Ihre Eltern sind irgendwie in der Modebranche. Kristin meint, wer so aussieht, der könnte zum Film gehen. Und sie findet es auf einmal ganz aufregend, dass uns so ein Superstar besucht.

Natalie will, dass wir sie am zweiten Weihnachtsfeiertag vom Flughafen abholen. Bis zum Flughafen ist es eine Stunde mit dem Auto. Papa hasst es wie die Pest, zum Flughafen zu fahren, aber für Natalie wird er eine Ausnahme machen müssen. Mama hat ihn schon bearbeitet. Sie hat ihn gut im Griff. Wenn sie genügend Druck macht, tut er fast alles.

Ich bin gespannt, ob Natalie tatsächlich so aussieht wie auf dem Foto. Es ist ja schon oft vorgekommen, dass falsche Fotos geschickt worden sind, nur damit man sich den anderen toll vorstellt. Vielleicht ist Natalie in Wirklichkeit klein und hässlich. Sie hat Angst, dass keiner sie vom Flughafen abholen wird und hat deswegen das Bild von ihrer Freundin (Cousine, Tante, Nachbarin …) beigelegt. Wer weiß?
Stopp! Wenn Natalie gar nicht wie Super-Natalie aussieht, wie sollen wir sie dann am Flughafen erkennen?
He, Computer, aber wenn sie tatsächlich so aussieht, dann werden es ziemlich aufregende Weihnachtsferien!!!!

OSKAR, DU HAST EINE UNGELESENE MAIL IM BRIEFKASTEN!

Betreff: Deine Lügenmail
Datum: Do, 27. Nov., 20:12
Von: Daniel
An: Oskar

Hallo, Oskar! Was soll der Schwachsinn? Warum schickst du mir eine Bilddatei und behauptest, das sei das Foto von unserer neuen Lateinlehrerin? Die Tussi ist doch allerhöchstens achtzehn! Klär mich sofort auf!! Daniel.

Betreff: Aufklärung
Datum: Do, 27. Nov., 21:03
Von: Oskar
An: Daniel
Hi Daniel, du willst, dass ich dich aufkläre? Tut mir Leid. Dafür ist deine Mutter zuständig. Ich glaube aber nicht, dass sie dir noch viel erzählen kann, du weißt doch alles längst besser …
Du hast leider Recht. Ich hab ein bisschen geschwindelt. Die Tussi wird uns bedauerlicherweise nicht unterrichten (jedenfalls nicht in Latein! Schade, nicht wahr?). Das ist unsere französische Austauschschülerin – Natalie de Candelare (16). Bist du neidisch? (NATÜRLICH BIST DU ES, GIB ES ZU!)
Ich wünschte, Lateinlehrer wären nicht immer alte hässliche Säcke, sondern weiblich, jung und hübsch. Da würde das Lernen viel mehr Spaß machen. Wenn ich bestimmen könnte, würde es nur Lehrerinnen wie Natalie geben! Aber weil ich leider kein Minister bin, müssen wir uns weiter

mit Cäsar Langweiler rumärgern. (Sobald der Typ gähnt, kommt eine Ladung Staub aus seinem Mund!) Ave, Oskar.

Betreff: Geniale Idee
Datum: Fr, 28. Nov., 4:19
An: Oskar
Von: Daniel
Hi, Oskar! Während du rumgeschnarcht hast und in deinen süßen Träumen bestimmt Weiber rumspukten (ich denke da an ein bestimmtes französisches!), habe ich Pläne für unsere Klassen-Homepage gemacht! Ich hab eine geniale Idee. Wir stellen einen Adventskalender ins Internet! DIE WAHRE GESCHICHTE UNSERER SCHULE – in 24 Folgen! Das wird voll lustig! In der Geschichte werden nämlich unsere Lehrer entlarvt ...
Was hältst du von meiner ersten Folge? (hängt als Datei an!) Ich habe die ganze Nacht daran gearbeitet und bin jetzt fix und fertig. Wenn mich Mama nachher für die Schule wecken will, hat sie Pech. Ich bin heute krank ... Bis zur nächsten Mail. Daniel.

Der besondere Adventskalender

DIE WAHRE GESCHICHTE UNSERER SCHULE

Folge 1

Lateinlehrer Gutweiler, von allen nur Cäsar Langweiler genannt, hockte eines Abends auf dem Bett und pulte ärgerlich zwischen den Zehen. Er musste oberdringend seine Schüler aus der 7c quälen, sonst kamen die faulen Säcke nur auf blöde Ideen. Während er sich das Hirn zermarterte, lachte jemand plötzlich neben ihm. Cäsar Langweiler zuckte zusammen. Was war das? Er hatte doch sein Schlafzimmer abgeschlossen! Da erkannte er an der Wand eine finstere Gestalt. Es stank nach Pech und Schwefel und faulen Eiern. »Wer bist du?«, fragte der Gutweiler zitternd.

»Ich bin Nero«, ertönte eine dumpfe Stimme. Der Lateinlehrer bibberte noch mehr. »Der, der Rom abgefackelt hat?« »Genau!«, antwortete Nero. »Ich finde keine Ruhe in meinem Grab.« Gutweiler hatte tierisches Herzklopfen. »Was willst du von mir?« »Oh, ich will nur, dass wir zusammen ein bisschen Spaß haben.« Nero kicherte. »Du bist nämlich wie ich: Grausam bis ins Mark.« »Wwwwas sssoll ich tun?«, stotterte Gutweiler, der vor

Angst fast ohnmächtig war. »Entführe die Schüler der 7c«, verlangte Nero. »Wir machen eine kleine Zeitreise ins alte Rom. Dann lassen wir sie in der Arena als Gladiatoren gegeneinander kämpfen. Und zum Schluss werfen wir sie den Löwen vor. Das hast du dir doch schon immer gewünscht, oder?«

Wird Gutweiler Neros gemeinen Plan in die Tat umsetzen? – Fortsetzung folgt!!

Warum ich mir selber nicht geheuer bin

Datum: *Freitag, 28. November (noch 26 Tage bis Weihnachten)*

Autor: *Was heißt hier Autor? Internet-Autor!*

Daniel hat vielleicht ein Glück! (Anmerkung von Oskar, dem Glücksforscher: Glück ist, an den richtigen Tagen die Schule zu schwänzen.) Der Gutweiler hat heute wieder eine Arbeit geschrieben. Ich hab in den letzten Tagen wie blöd Vokabeln gepaukt, weil ich nicht wegen Latein durchrasseln will. Hoffentlich wird es wenigstens eine Drei! Die ganze Klasse war stinksauer. Cäsar Langweiler hat sie doch nicht mehr alle! So viele Tests hintereinander!!! So was schreit förmlich nach RACHE!!! Müssen wir uns eigentlich alles bieten lassen?

Daniels Idee mit der Adventsgeschichte ist super!!! Als ich heimgekommen bin, hab ich meinen Computer eingeschaltet und seine Mail gefunden. Natürlich mache ich bei der »Wahren Geschichte unserer Schule« mit, keine Frage! Am liebsten hätte ich sofort die Mail beantwortet und die zweite Folge geschrieben, aber Mama hat mich leider daran gehindert.

»Hockst du schon wieder vor dem Computer?«, hat sie mich angeschnauzt.
Blöde Frage! Das hat sie ja gesehen!
Sie ist wieder voll ausgerastet.
»Wenn du schon so viel Zeit hast, dann kannst du endlich mal deinen Schrank aufräumen«, verlangte sie. Und dann gab sie mir Anweisungen: Ich sollte meine ausrangierten Klamotten gleich sortieren. Alle zerrissenen und unbrauchbaren Teile sollten in den Altkleidersack wandern. Und das, was mir nicht mehr passt, aber noch gut ist, sollte ich aufheben für Flo.
»Die Unterhosen auch?«, hab ich gefragt.
»Wenn sie noch in Ordnung sind«, hat Mama geantwortet und ist abgerauscht.
Ich machte mich an die Arbeit und kroch gehorsam in den Schrank. Ich glaube, ungefähr drei Viertel von den Sachen, die mir im letzten Monat noch gepasst haben, sind inzwischen zu klein geworden. Die Ärmel von meinem Lieblingspulli reichen nur noch bis zum Ellbogen. Mein Wachstum wird mir richtig unheimlich!
Ich bin mehrere Male ins Bad gerannt und hab in den Spiegel geguckt. Jedes Mal war ich ungefähr um fünf Zentimeter größer. Vorsichtshalber hab ich den Kopf eingezogen, sobald ich durch eine Tür

ging. Als Mama wieder ins Zimmer kam, sagte ich, ich bräuchte ein größeres Bett.
»Quatsch.«
»Aber ich stoße mit den Zehen schon unten an«, hab ich behauptet und mich aufs Bett gelegt, um es ihr zu beweisen.
Mama ließ sich jedoch nicht aus der Ruhe bringen und meinte, der Kopf gehöre ja auch nicht auf die Bettmitte.
Dann wollte sie wissen, wie weit ich wäre.
Ich hab ihr gezeigt, wie toll ich inzwischen mit fünf Paar zusammengerollten Socken jonglieren kann. Aber Mama war davon überhaupt nicht begeistert.
»Bis zum Abendessen bist du fertig«, hat sie gesagt. »Sonst nehm ich dir dein Notebook weg und schließe es im Schrank ein.«
Solche Drohungen sind hundsgemein!!!!!!!
Ich brauchte genau siebeneinhalb Minuten, danach waren meine Klamotten endlich sortiert.
Der Altkleidersack war prallvoll, neben mir türmte sich ein riesiger Kleiderstapel für Flo und mein Schrank war fast leer. Jetzt besitze ich noch:
– 2 Hemden
– 1 ausgeleierten Pulli (den ich immer anziehe, wenn ich den Hühnerstall ausmiste)

- 3 Unterhosen, 1 Unterhemd
- 1 Jeans
- 1 Badehose
- 2 Dutzend Socken

Ganz hinten im Schrank, hinter uralten Stiefeln, stand eine halb kaputte Schuhschachtel. Weißt du, was drin war, Computer? Meine Disketten mit den alten DOS-Spielen! Papa wird sich freuen!! Jetzt kann er endlich *Robot* spielen und muss seine Wut nicht mehr an den armen, elektronischen Maulwürfen auslassen!

Beim Abendessen hab ich Mama gesagt, dass ich dringend neue Klamotten brauche. Aber sie hat mir gar nicht zugehört, sondern nur mit Kristin rumdiskutiert. Mama ist ziemlich unzufrieden, weil das Joggen und Hantel-Training bei ihr noch nicht zum Erfolg geführt haben. Alles sei noch total schwabbelig, hat sich Mama beschwert, keine Spur von Muskeln! (Jetzt weiß ich, woher die HZ ihre Ticks hat! Alles vererbt!) Kristin meinte, in Mamas hohem Alter ginge Abnehmen eben langsamer. Da ist Mama fast wieder wild geworden. Die HZ hat vorgeschlagen, dass sich Mama in einem Fitness-Studio anmelden soll.

»Das ist aber schweineteuer«, hat Papa gleich eingewandt.

»Wenn Mama ins Fitness-Studio geht, dann gehe ich auch«, hat Kristin gesagt und gleich wieder ihre Oberschenkel geknetet. »Ich bin sowieso viel zu dick.«

»Du bist gar nicht dick«, hat Mama widersprochen. »Ich weiß gar nicht, was du hast. Ich wünschte mir, ich hätte deine Figur.«

Mir wurde das Ganze zu blöd. Nach dem Abendessen habe ich Papa die Schachtel mit den Disketten in die Hand gedrückt. »Und wie soll ich das Zeug draufmachen?«, hat er gefragt. Er hat noch immer keine Ahnung, wie man Programme installiert.

»Ganz einfach«, hab ich gesagt. »Aber ich hab jetzt keine Zeit. Am besten, du lässt es dir von Flo zeigen.«

Mein kleiner Bruder ist in dieser Hinsicht ganz schön fix.

Als ich wieder in meinem Zimmer war, überlegte ich, ob ich Natalies Foto, das ich in meinen Computer eingescannt habe, als Hintergrundbild für meinen Desktop-Bildschirm verwenden soll. Aber ich hab es dann gelassen. Es wäre nicht besonders klug. Angela könnte ja doch einmal einen Blick darauf werfen und dann hätten wir bestimmt wieder einen Riesenkrach.

Übrigens weiß ich nicht, ob ich Daniels Rat beher-

zige und Angela ein paar Tage links liegen lasse. Solche Tricks kommen mir gemein vor, auch wenn sie wirksam sind.
Aber jetzt will ich endlich die zweite Folge von unserer Schulstory schreiben und an Daniel mailen!

Betreff: Unsere Homepage
Datum: Fr, 28. Nov., 20:34
Von: Oskar
An: Daniel
Hey, du Oberschwänzer! Wir haben heute schon wieder einen Lateintest geschrieben. Ich hoffe, ich kriege diesmal wenigstens eine Drei, sonst wird mich Mama vermutlich zu Schnitzel verarbeiten. (Das kann Nero dann gleich seinen Löwen vorwerfen!) Deine Idee mit der Schulgeschichte ist so gut, dass sie fast von mir sein könnte! Hier kommt meine Fortsetzung! Viele Grüße von Oskar-dem-fast-Nackten (ich brauche nämlich oberdringend neue Klamotten.)

Die wahre Geschichte unserer Schule / Folge 2

Cäsar Langweiler machte die ganze Nacht kein Auge zu. Der alte Nero hatte ihm mächtig Angst eingejagt und der feige Lateinlehrer tat jetzt alles, was Nero wollte. Er grübelte und grübelte, wie er seine Klasse am besten von der Schule weglocken konnte. In seinem Hirn entstand schon ein fieser Plan …

Die 7c hatte keine Ahnung, welches Schicksal auf sie wartete. Schlecht gelaunt wie immer betrat Cäsar Langweiler am nächsten Morgen das Klassenzimmer und knurrte: »Wir machen heute einen Ausflug!« »Schon wieder?«, wunderte sich die 7c. »Wir waren doch erst neulich auf der Saalburg.« »Klappe«, schrie Cäsar. »Was gemacht wird, entscheide ich! In Zweierreihen raus auf den Schulhof!« Es regnete in Strömen und alle waren schon nach ein paar Schritten bis auf die Haut nass. Frau Brezel-Stellbacher kam gerade vorbei. »Wo wollen Sie denn mit Ihren Schülern hin?«, fragte sie. »Ach, nur ein kleiner Ausflug«, murmelte Cäsar. »Darf ich wissen, wohin?«, fragte die Brezel-Stellbacher. »Dürfen Sie nicht!«, schrie Cäsar gleich los und verschwand mit seiner Klasse hinter der Turnhalle. Dort wartete schon ein schwarzer Bus. Am Steuer saß aber kein anderer als Nero …

Hat Nero überhaupt einen Führerschein? Wird Frau Brezel-Stellbacher die 7c retten? – Fortsetzung folgt!

• Oskars Geheimdatei • Oskars Geheimdatei • Oskars Geheimdatei •

Einkaufstour bringt mich zur Verzweiflung

Datum: *Samstag, 29. November (noch 25 Tage bis Weihnachten!)*

Autor: *Oskar, ein typisches Shopping-Opfer*

Wenn die Menschen noch ihr Fell hätten, dann bräuchten wir keine Klamotten kaufen und ich hätte mit dem heutigen Tag was Besseres anfangen können.

In der Stadt war die Hölle los. Klar, erster Adventssamstag. Der Countdown bis Weihnachten läuft. Das war vielleicht ein Gewühl!
Mama hat kurz entschlossen eine Einkaufstour angesetzt, nachdem sie gesehen hatte, was in meinem Schrank noch übrig war. Flo blieb zum Glück zu Hause bei Oma, denn Einkaufstouren mit ihm sind die reinste Qual. Dauernd muss er Pipi, hat Hunger und Durst oder quengelt rum, weil ihm langweilig ist.
Aber es war auch ohne ihn katastrophal. Angeblich soll es Leute geben, denen Anprobieren Spaß macht. Die sind doch gestört! Ich habe jedenfalls keine Freude dran. Keine Ahnung, wie viele Jeans ich heute getestet habe. Mal waren sie zu weit, mal zu eng, mal zu kurz, mal zu lang.
Kristin stand daneben und hat dauernd blöde Bemerkungen gemacht. Ich hätte nicht nur ein Hohlkreuz, sondern auch einen hohlen Po. Ich wäre überhaupt völlig hohl und das sei das Allerschlimmste.
Dann hat ihr Handy geklingelt. Es war Kim. Kristin hat ihr lang und breit erzählt, wie doof ich in jeder Hose aussehe. Während sie telefoniert hat, haben Mama und ich tatsächlich zwei Jeans gefunden, die passten. Mama ging schnell zur Kasse und be-

zahlte, bevor die HZ Gelegenheit hatte zu behaupten, die Jeans hätten Scheiß-Farben oder die Marken stimmten nicht.

Ich mach den Marken-Stress sowieso nicht mit!

Mit den T-Shirts und Pullis war es genauso ein Theater. Ärmel zu kurz, zu lang, Schultern zu breit, mit Kapuze, ohne Kapuze ... Ich war fix und fertig. Die Unterwäsche brauchte ich zum Glück nicht anzuprobieren, die kaufte Mama gleich im Fünfer-Pack. Dann kriegte ich noch Schuhe.

Als Kristin die vielen Tüten gesehen hat, ist sie doch neidisch geworden. Sie hat rumgeplärrt, ich, Oskar, würde immer bevorzugt. Und es sei gemein, dass ich so viele Sachen bekommen hätte und man solle sie mir gefälligst unter den Weihnachtsbaum legen statt anderer Geschenke.

MEINER SCHWESTER WÄRE ES VÖLLIG EGAL, WENN ICH NACKT IN DIE SCHULE GEHEN MÜSSTE!

Mama versuchte, Kristin zu erklären, dass ich keineswegs bevorzugt würde. Sie und Papa hätten alle Kinder gleich lieb. Kristin schnaubte nur verächtlich durch die Nase und fragte: »Warum kriege ich dann keine neuen Klamotten?«

Aber Mama meinte, bei ihren 27 Pullis und 19 Hosen würde es nicht so sehr eilen.

Kristin hat natürlich behauptet, all die Teile seien hoffnungslos out und sie hätte gar nichts mehr anzuziehen. Mama hat ihr kein Wort geglaubt. Die HZ zickte aber dauernd weiter rum. Da hatte Mama endlich einen genialen Einfall.
»Geh doch in ein paar Wochen mit Natalie einkaufen, die kann dich sicher gut beraten.«
Darüber musste Kristin zumindest einmal nachdenken und hat ein paar Sekunden lang die Klappe gehalten. Ich hatte allmählich Hunger und wollte eine Pizza essen, aber wir landeten in einem neuen chinesischen Imbiss-Restaurant, wo es Frühlingsrollen, Entenbrust und Krabbenchips gab. Und weißt du, wen wir dort getroffen haben? Ausgerechnet Angela mit ihrer Mutter. Die waren auch auf Einkaufstour. Bestimmt hat Angela ebenfalls neue Klamotten bekommen, so genervt, wie sie ausgesehen hat. Es war mir nicht möglich, sie links liegen zu lassen, weil sie rechts von mir saß (ich weiß noch immer nicht, ob Daniels Rat wirklich gut ist). Angela guckte mich die ganze Zeit so komisch an. Ich hätte zu gerne gewusst, was in diesem Moment in ihrem Kopf vorgegangen ist. Machte sie sich Gedanken darüber, ob ich sie noch mochte? Oder dachte sie nur wieder mal darüber nach, ob die Welt (also auch das chinesische

Restaurant samt Entenbrust) nur ein Trugbild war?
Angelas Mutter packte ein paar Tüten aus und zeigte meiner Mutter, welche Schnäppchen sie gemacht hatte. Ich fürchtete einen Moment lang, Mama würde jetzt meine neuen Unterhosen hochhalten und sagen: »Sie müssen sich erst das mal ansehen: Fünf Stück, supergünstig!« Aber sie hat es nicht getan. Das rechne ich ihr wirklich hoch an.
Nach der Mittagspause konnte ich endlich in den großen Computershop. Papa kam mit und tat so, als würde er sich auskennen. Ich hab mir ein längeres Telefonkabel für meinen Computer geholt, denn Oma findet es gar nicht gut, wenn sie auf dem Boden hocken muss, um im Internet die Aktienkurse nachzusehen. Papa klebte sofort bei den Spielen fest.
»Die meisten Programme laufen auf dem alten Computer sowieso nicht mehr«, sagte ich.
»Warum nicht?«, wollte er wissen.
Ich erklärte ihm, dass die alte Kiste technisch hoffnungslos überholt ist. Mein Notebook hat ein moderneres Betriebssystem, ist viel schneller, hat mehr Arbeitsspeicher und eine viel größere Festplatte.

»Schön für dich, Oskar«, sagte Papa und nahm eine Schachtel aus dem Regal. »Aber du sollst nicht angeben, sondern mir nur erklären, warum das Programm hier nicht geht.«

Da trat Mama zu uns. »Komm endlich, Martin«, drängte sie. »Seit wann interessierst du dich denn für Computer?«

Papa redete sich raus, er habe nur mal bei den Steuererklärungsprogrammen und den CD-Roms für Haushaltsführung geguckt. (Die Ballerprogramme hat er glatt unterschlagen!)

Kristin war ganz glücklich, weil sie in der Zwischenzeit goldfarbenen Nagellack ergattert hatte, außerdem irgendwelches Glitzerspray für die Haare und winzige Engelchen als Ohrstecker. Mama schlug ihr vor, sie könnte sich ja dieses Jahr als Weihnachtsbaum hinstellen. Da hat sich die HZ natürlich gleich wieder aufgeregt.

Vorhin sind wir endlich nach Hause gekommen. Jetzt merke ich erst, wie sehr mir die Füße wehtun. Wir sind sechs Stunden in den Kaufhäusern rumgestiefelt! Mama ist zuletzt noch eingefallen, dass ich sicher auch neue Sportsachen brauche.

Ich hab versucht, das Unheil abzuwenden. (Wer keine Sportsachen dabei hat, braucht nämlich nicht mitzuturnen.)

Aber Mama ist in diesem Punkt leider hartnäckig geblieben, Mist!

DA IST WIEDER WAS FÜR DICH IM BRIEFKASTEN, OSKAR!

Betreff: Alles im Internet!
Datum: Sa, 29. Nov., 18:32
Von: Daniel
An: Oskar
Hallo, du Knilch! Ich versuche schon den ganzen Tag, dich anzurufen. Hab aber nur deine Oma erwischt und die hat mir gesagt, dass ihr zum Einkaufen in die Stadt gefahren seid. Selber schuld! Hier die Neuigkeit des Tages: WIR SIND IM INTERNET! Andreas hat unsere Homepage eingerichtet, ich hab ihm die Vorlagen geliefert und ihm die beiden Folgen von »Die wahre Geschichte unserer Schule« gegeben. Andreas hat sich vor Lachen fast angepinkelt, er hat den Gutweiler nämlich auch in Latein. Allerdings meinte er, wir sollten die Story besser mit einem Passwort schützen. Das Passwort heißt LÖWENFUTTER.
Andreas hat mir versprochen, den ersten Teil

übers Wochenende reinzustellen. Ab Montag können ihn alle, die eingeweiht sind, lesen!!! WOW! Jeden Tag soll dann eine neue Folge kommen. Wir müssen also sofort weiterschreiben.
Anbei Folge 3.
Ciao, dein Daniel (Internet-Dichter).

Die wahre Geschichte unserer Schule / Folge 3

Nero hatte zwar keinen Führerschein, aber er hatte im alten Rom Pferdewagen gelenkt. Der Motor soff erst einmal ab. »Hühnerkacke!«, schrie Nero und startete noch mal. Mit quietschenden Reifen düste der Bus los. Oskar stieß seinen Freund Daniel in die Rippen. »Wer ist denn der Fahrer?«, fragte er. »Sieht aus wie Kaiser Nero aus unserem Lateinbuch«, flüsterte Daniel. »Mann, ich glaub, wir werden entführt.« »Richtig gedacht«, grunzte ihr Lateinlehrer, der Ohren wie ein Luchs hatte. »Wir machen nämlich eine kleine Zeitreise.« Der Bus fuhr inzwischen mindestens 200 km/h. Hinter ihnen waren schon Polizeisirenen zu hören, doch Nero scherte sich einen Dreck darum. Er bog scharf nach links, der Bus hob ab und befand sich plötzlich im alten Rom, wo alle Leute mit komischen Klamotten rumliefen. Vor dem Kolosseum hielt Nero an. »Alle Mann aussteigen!«, befahl der alte Gutweiler. »Und dann nix wie rein in die Arena.« Die 7c musste durch einen dunklen Gang. Links und rechts waren Verliese. Hinter den Gittern lümmelten sich Löwen und andere Raubtiere, die sich gierig das Maul leckten, als die 7c an ihnen vorbeimarschierte.

Kann die 7c ihren durchgeknallten Lehrer austricksen? – Fortsetzung folgt!

Schlossbesichtigung mit Nervenkitzel

Datum: *Sonntag, 30. November, 1. Advent*

Autor: *Der große Bruder einer kleinen Nervensäge*

Heute ist der erste Advent. Oma hat gestern Zweige von unserer Tanne abgeschnitten und zu einem Adventskranz zusammengebunden. Sie kriegt so einen Kranz immer toll hin, richtig schön rund, nicht wie ein Ei.

Mama hat beim Frühstück eine Kerze auf dem Adventskranz angezündet. Flo wollte wissen, warum sie nur eine Kerze anzündet und nicht alle vier. Das fragt er jedes Jahr. Und jedes Jahr versucht Mama ihm zu erklären, dass man mit dem Kerzenanzünden warten muss, weil man ja auch auf Weihnachten warten muss. Flo macht auch immer im Voraus alle Türen vom Adventskalender auf, besonders, wenn Schokolade dahinter ist.

Beim Brötchenaufschneiden ist mir unsere Internet-Adventsgeschichte eingefallen und ich musste grinsen. Mama wollte wissen, was los sei.

»Nix«, hab ich gesagt. »Ich hab nur an die Schule gedacht.«

»Am Sonntag? Und dann machst du ein so fröhliches Gesicht?«, fragte Mama misstrauisch.

»Oskar hat noch gut lachen«, behauptete Kristin. »Er ist ja erst in der siebten Klasse.« In der neunten sei es viel schwerer, meuterte sie. Vom vielen Lernen bekomme sie vorzeitig Falten und am liebsten würde sie im Sommer von der Schule abgehen, der ganze Stress bringe ja sowieso nichts.

Doch Mama und Papa sind dagegen. Sie wollen, dass Kristin Abitur macht.

»Als Model braucht man kein Abitur«, hat Kristin gleich gequäkt.

»Aber es schadet auch nicht«, sagte Mama spitz.

Kristin hat was von Leistungsdruck und Elternterror vor sich hin gebrummelt. Mama hat nur die Augen verdreht. Und fast wäre es wieder eine von den blöden Diskussionen geworden, bei denen sich alle gegenseitig Liebeserklärungen wie »Ich zieh gleich aus!« und »Das Theater mach ich nicht mehr lange mit!« an den Kopf werfen.

Aber komischerweise war es heute Papa, der schnell eingelenkt und für Frieden gesorgt hat. Er schlug vor, wir sollten doch wieder einmal einen richtigen Familienausflug machen, das hätten wir schon lange nicht mehr getan. Mama war gleich begeistert. Kristin hat eine Grimasse gezogen und

gefragt, ob das unbedingt sein müsse. Eigentlich wollte sie heute mit Kim ins Kino.
Aber damit ist sie nicht durchgekommen. Mama und Papa einigten sich darauf, ein Schloss zu besichtigen. Das ist frisch renoviert worden und man kann erst seit vier Wochen wieder rein.
Eigentlich steh ich nicht so besonders auf Schlösser, aber Flo war ganz begeistert. Wahrscheinlich hat er sich eingebildet, er würde dort eine Prinzessin oder einen kopflosen Ritter treffen.
Also haben wir uns nach dem Frühstück in die Familienkutsche gezwängt und sind losgefahren. Ich bin auf dem Rücksitz halb ohnmächtig geworden, denn Kristin stank wieder mal wie die Pest nach irgendeinem Parfüm, Marke Erstickungstod. Leider war Mama nicht zu bewegen, das Fenster zu öffnen, denn die Luft draußen war eisig. In der Nacht hatte es sogar gereift. Ich musste mir also die Nase zuhalten und durch den Mund atmen, anders hätte ich die Fahrt nicht überlebt.
»Du bist affig, Oskar«, hat Kristin gemeckert und mich in die Rippen geboxt. Dann hat sie ihr Handy rausgeholt und eine Mail an ihre Busenfreundin Kim getippt, sie würde leider brutal zu einem Familienausflug gezwungen und es sei fraglich, ob es mit dem Kino klappte.

Dann waren wir auch schon da. Der Parkplatz vor dem Schloss war ziemlich voll. Ich versteh überhaupt nicht, warum die Leute so wild auf Schlösser sind. Ich fand es ziemlich langweilig, zumindest anfangs. Zuerst haben wir Schränke mit wertvollem Porzellan angeschaut. Mama hat dabei sehnsüchtig geseufzt.
»Das Zeug ist bestimmt nicht spülmaschinenfest«, hat Kristin so laut gesagt, dass es auch alle anderen Leute gehört haben.
Im nächsten Raum hingen lauter Tierköpfe an den Wänden: Hirsche mit großen Geweihen, Wildschweine und sogar ein Elch. Das war schon interessanter, obwohl ich ausgestopfte Tiere nicht mag. Lebendig sind sie mir viel lieber. Den Raum mit den Ritterrüstungen fand Flo am schönsten. Ich hab mich gewundert, warum die Rüstungen so klein sind. Ich glaube, mir hätte keine einzige mehr gepasst. »Die Menschen waren früher viel kleiner«, hat Mama erzählt.
Komisch, sich das vorzustellen. Die alten Römer waren bestimmt auch klein. Deswegen haben sie sich so wichtig gemacht, dass sie heute noch in unseren Lateinbüchern eine Rolle spielen.
Während Mama mit Kristin die Schlosskapelle anschaute (gähn!), machten Flo und ich in der Ein-

gangshalle ein Computerspiel, in dem es um Ritter ging und womit man sein Wissen testen konnte. Leider haben wir nichts gewonnen.

Eigentlich hatte ich jetzt genug von dem Schloss, aber uns stand noch die Gemäldegalerie bevor. Die meisten Bilder waren ziemlich öde und manche auch schlecht gemalt. Es gab haufenweise Damen mit ganz komischen Frisuren und tiefen Ausschnitten und merkwürdigen Brüsten. Die Macker dazu sahen auch nicht viel besser aus. Auf anderen Bildern sah man lecker gedeckte Tische und daneben hockten fette Möpse, die nur darauf lauerten, dass ein Happen für sie abfiel.

Also alles ziemlich scheußlich und deswegen standen auch in jedem Raum Wächter rum, die aufpassten, dass keiner mit dem Messer auf die Gemälde losgeht oder Säure drüberschüttet oder sonst was macht.

Da entdeckte Flo plötzlich ein kleines Bild, auf dem ein Spiegelei zu sehen war. Es wirkte total echt, fast wie ein Foto. Flo war begeistert.

»Guck mal, ein Spiegelei«, sagte er und tippte mit dem Zeigefinger mitten auf das Bild. »Genau wie Oskar sie macht.«

Mir blieb vor Schreck fast das Herz stehen, denn überall hingen Schilder herum, dass man die Bilder nicht berühren soll. Aber Flo kann ja noch nicht lesen. Alle Bilder waren außerdem mit einer Alarmanlage gesichert, ich hatte die langen dünnen Schnüre gesehen. Ich erwartete also, dass gleich eine Sirene losging.

Aber es tat sich nichts – zum Glück. Ein Stein fiel mir vom Herzen.

»Flo, die Bilder darf man nicht anfassen«, sagte ich und blickte hoch zur Decke, wo die Alarmschnüre befestigt waren. Ungefähr zehn Sekunden später fing dort oben ein rotes Lämpchen an zu blinken; es blinkte und hörte nicht mehr auf. Kurz darauf hörte ich in einem der Nebenräume das Warnsignal.

»O Flo«, stöhnte ich und zog ihn schnell von dem Spiegelei-Bild weg zu Mama und Papa. Die standen ein Stück weiter vor einer fetten Dame im Goldrahmen und hatten gar nichts von Flos Schandtat mitgekriegt. Ich hatte furchtbar Angst, dass man uns jetzt gleich verhaften würde.

Schon kamen Schritte näher. Dann stand ein Wächter vor uns. »Habt ihr etwas angefasst?«, fragte er.

Wir machten die unschuldigsten Gesichter. WIR NIX WISSEN. Kristin tat so, als sei sie nicht mit uns verwandt.

Der Wächter überprüfte das Bild, stellte fest, dass es noch in Ordnung war und schaltete den Alarm aus. Dann zischte er wieder ab, ohne sich weiter um uns zu kümmern.

»Warum hast du so einen knallroten Kopf, Oskar?«, hat Mama gefragt.

»Weil es hier drinnen total heiß ist«, hab ich gesagt.

Wir sind dann zum Glück ziemlich schnell gegangen. Auf der Heimfahrt haben wir noch auf einem Weihnachtsmarkt Halt gemacht und Lebkuchen gekauft. Mama war milde gestimmt und hat ihr strenges Naschverbot etwas gelockert. Dann hat sie zu Papa gesagt, dass sie sich zu Weihnachten ein Trimmrad wünscht. So ein Fahrrad, mit dem man auf der Stelle fahren kann, hat den Vorteil, dass man auch bei schlechtem Wetter sein Trainingsprogramm nicht unterbrechen muss.

»Mit oder ohne elektronischen Pulsmesser?«, hat Papa gefragt und zärtlich den Arm um Mama gelegt. Kristin grinste anzüglich. Ihrer Meinung nach ist Küssen ab vierzig abartig. Aber ich find's gut, wenn Mama und Papa sich ausnahmsweise mal mögen.

Zu Hause hatte Oma für alle heißen Apfelstrudel gemacht, über den sind wir dann auch noch ausge-

hungert hergefallen. Sogar Kristin hat mal ihre Kalorienzählerei vergessen. Ich war ratzfatz satt und weil ein voller Magen das Hirn lahm legt, hab ich beim Memory spielen mit Flo dauernd verloren. Eigentlich ist so ein kleiner Bruder ganz niedlich. Nur, wenn er Alarmanlagen auslöst, könnte ich ihn zum Mond schießen!
PS: (von Oskar, dem Glücksforscher)
– Glück ist, wenn man nicht verhaftet wird!
– Glück schmeckt manchmal nach Apfelstrudel!

EINE NEUE E-MAIL FÜR DICH, OSKAR!

Betreff: Ich warte auf Post!
Datum: So, 30.Nov., 18:08
Von: Daniel
An: Oskar
He Alter, warum antwortest du nicht? Den ganzen Tag habe ich auf deine Mail gewartet und auf die Fortsetzung unserer Geschichte. Hast du schon keinen Bock mehr? Oder warst du von meiner genialen Folge 3 so beeindruckt, dass dir dazu nichts eingefallen ist? Das könnte ich vielleicht noch als Entschuldigung gelten lassen. Hier kommt Folge 4, ein weiteres Meisterwerk

von Daniel Bollinger. PS: Melde dich gefälligst, du Schnarchsack!

Betreff: Antwort auf deine Mail
Datum: So, 30. Nov., 20:59
Von: Oskar
An: Daniel

Hallo, Daniel! Du bist mein bester Freund, aber manchmal auch ein ziemlicher Blödmann! (Ich konnte nicht früher mailen, weil mich meine family eingespannt hat. Du weißt schon: Ausflug und so. Flo hätte uns übrigens fast ins Gefängnis gebracht.) Zu unserer Schulgeschichte: Folge 3 ist o. k., aber Folge 4 ist Mist! Ich hab eine neue Folge 4 geschrieben. Sie ist viel besser als deine, basta! Ciao bis morgen in der Schule, Oskar.

Die wahre Geschichte unserer Schule/
Folge 4 (Oskar-Fassung)

Die Brezel-Stellbacher ist nicht nur von der Figur her ein Superweib, sondern sie hat auch mächtig viel Grips. Deswegen rannte sie hinter dem Gutweiler her und sah gerade noch, wie die Klasse in einen schwarzen Bus stieg, der dann mit Höllentempo losbrauste. »Das geht nicht mit rechten Dingen zu«, dachte sich die clevere Französischlehrerin. Sie berichtete dem Direx von ihrer Beobachtung. Dieser rief daraufhin das Lehrerkollegium zu sich. »Hm, hm, schon komisch«, bemerkte Mathelehrer Schlote, der größte Chaot unter den Lehrern. Er kratzte seine spärlichen physikalischen Kenntnisse zusammen und sich gleichzeitig am Kopf. »Vielleicht ist ein Zeitloch entstanden. Die gibt's jetzt immer öfter – genau wie Ozonlöcher. Ich könnte mir vorstellen, dass der Gutweiler sich das alte Rom anschauen will.« »Hoffentlich bleibt er gleich dort«, sagten Kliffe und Dörthe Grund wie aus einem Mund. Der Gutweiler war nämlich als Lehrer total unbeliebt –

auch bei seinen Kollegen. »Aber, aber!«, mahnte der Direx. Plötzlich klingelte das Telefon. Der Direx nahm ab, lauschte und wurde totenbleich.
Wer ist der geheimnisvolle Anrufer? – Fortsetzung folgt!

Oskars Geheimdatei • Oskars Geheimdatei • Oskars Geheimdatei •

Unsere Story wird ein voller Erfolg!
Datum: *Montag, 1. Dezember*
Autor: *Ein Passwort-Verräter*

Kristin, die gierige Ziege, hat sich heute früh beschwert, warum wir keinen Adventskalender haben. So einen mit vielen Säckchen, die man mit Überraschungen füllen kann.
Mama hat nur den Kopf geschüttelt. Wenn Flo gemeckert hätte, dann hätte sie es verstanden. Aber Kristin ist schon fünfzehn. »Du tust doch sonst immer so erwachsen«, hat Mama gesagt.
Kristin erwiderte, für Überraschungen sei man nie zu alt. (Das finde ich im Prinzip auch.)
Mama meinte, sie hätte aber keine Lust, sich den Kopf zu zerbrechen, was in jedes der 24 Säckchen rein sollte und gerechterweise müssten ich und Flo

dann auch einen Adventskalender kriegen. 24x3 Überraschungen ergeben 72 Überraschungen und damit fühlte sich Mama eindeutig überfordert.

Meine Tipps für Mama:

- Bei der HZ: gelber Nagellack, roter Nagellack usw., alle Farben durch, gelber Lidschatten, roter Lidschatten ... Das käme allerdings ziemlich teuer. An Mamas Stelle würde ich in jedes Säckchen nur einen Wattebausch zum Abschminken stecken.
- Flo und ich ziehen Schokolade vor. Bei Flo kann es auch Lakritze sein, aber ich konnte das schwarze Zeug noch nie so richtig leiden. (Außerdem hab ich neulich in der Zeitung gelesen, dass Lakritze impotent macht.)

Mama wollte von meinen Tipps allerdings nichts wissen. Die HZ hat auch nur abgewinkt.

Als Kristin und ich zur Schule wollten, ist dann Oma in die Küche gekommen und hat drei prall gefüllte Säckchen-Ketten aufgehängt. Ich hab die Oma gleich auf beiden Backen abgeschmatzt. Flo auch. Danach hatte Oma Kakao im Gesicht.

(Anmerkung von Oskar, Glücksforscher und hoffentlich bald Nobelpreisträger: Glück ist, so eine Oma zu haben!)

Kristin fand im ersten Säckchen ein Minibuch, ich

einen pinkfarbenen Radiergummi und Flo einen winzigen Blumentopfzwerg.
Der Tag fing gar nicht so schlecht an – dank Oma!
Eigentlich ging er auch nicht schlecht weiter. Gutweiler hat die Arbeiten zurückgegeben.
»Na, Oskar, da hast du dich ja gewaltig angestrengt«, hat er zu mir gesagt und dabei hämisch gegrinst. Ich hatte eine Zwei minus. (Wetten, dass er sich insgeheim schon darauf gefreut hatte, mir wieder eine schlechte Zensur ins Notenbuch reinzuknallen?)
Nachmittags hatten wir Informatik. Es war langweilig wie immer. Schlote hat wirklich keine Ahnung. Dabei ist er der EDV-Experte der Astrid-Lindgren-Schule. (Die anderen Lehrer haben nämlich noch weniger Ahnung!) Andreas (der Schüler aus der Elften, der uns die Homepage einrichtet) hat erzählt, wie Schlote die Computer aufgerüstet hat: Er hat außerhalb der Gehäuse neue Festplatten im 45°-Winkel angehängt! Andreas konnte den Schlote total verblüffen, weil er auch immer sein Passwort wusste. »Kannst du Gedanken lesen?«, hat Schlote schließlich einmal gefragt. Andreas hat nur gegrinst und »Klar!«, gesagt. In Wirklichkeit hat Andreas dem Schlote mal eine Tastatur verehrt, angeblich, weil die alte schon so klapprig war.

Auf der Unterseite der neuen hatte Andreas aber einen kleinen Sender angebracht. Der funktioniert auf eine Reichweite von 15 m und wenn Andreas im Computerraum ist, kann er mühelos erkennen, welches Passwort Schlote gerade in seinen Lehrercomputer eingegeben hat.
Andreas kennt sich echt total gut aus. Da kann man richtig neidisch werden!!!
Als wir ins Internet durften, haben Daniel und ich natürlich gleich die Homepage von der 7c aufgerufen. Die meisten aus unserer Klasse wussten noch gar nicht, dass wir jetzt eine eigene Homepage haben. Als der Schlote mal rausging, haben wir das Passwort eingegeben. Die erste Folge von der wahren Geschichte unserer Schule erschien auf dem Bildschirm. ALLE WAREN VOLL BEGEISTERT!!!!
Daniel hat gesagt, dass man jeden Tag eine neue Folge lesen kann, wenn man das Passwort kennt. Jeder wollte das Wort wissen, logo. Daniel ließ alle schwören, das Passwort keinem Lehrer zu verraten. Dann ist Schlote wieder reingekommen und fragte, warum wir so kichern. Natürlich hat keiner den richtigen Grund genannt. Unsere Story ist echt riesig! Ich freu mich schon auf die nächsten Folgen! Lehrer zu verarschen ist noch viel schöner als auf-

regende Sensationsberichte zu verfassen. Oder zumindest genauso schön!!!

Nur Angela hat mir die Sache vermiest. Nach Informatik hat sie auf mich gewartet. Ich hab gedacht, dass sie sich mit mir wieder richtig vertragen will, aber sie hat bloß gesagt: »Ich finde es gar nicht gut, wie ihr euch über den Gutweiler lustig macht.«

»Wieso?«, hab ich gefragt. »Kannst du den Typen etwa leiden?«

Angela hat mit den Achseln gezuckt und gesagt, eigentlich wäre der Gutweiler in Ordnung.

»IN ORDNUNG?«, hab ich mich aufgeregt. »So einen Idioten findest du in Ordnung?«

Da hat sich Daniel eingemischt. Das war mir gar nicht recht.

»Du hast ja auch in jeder Arbeit eine Eins«, hat er gemeint.

»Weil ich immer vorbereitet bin«, sagte Angela.

»Streberin«, hat Daniel getönt. Angela hat ihm die Zunge rausgestreckt.

Ich wusste gar nicht, was ich tun sollte. Was Daniel gesagt hat, hat mir nicht gefallen. Aber es hat mir auch nicht gefallen, dass Angela so zu Gutweiler hält.

Angela guckte mich vorwurfsvoll an. Ich glaube, sie hat darauf gewartet, dass ich was sage und sie in

Schutz nehme oder so. Aber mir fiel einfach nichts ein. Es war, als hätte jemand mein Gehirn auf Sparschaltung gestellt.

»Feigling!«, hat Angela dann gezischt und ist abgedampft.

»Vergiss sie«, sagte Daniel. »Sie ist 'ne dumme Gans.«

»Ist sie nicht«, hab ich sie verteidigt.

»Dann bist du ein Blödmann«, hat Daniel gemeint. So ein Scheiß! Ehrlich, ich hab mich vorhin zwei Stunden lang geärgert. Aus lauter Frust hab ich schon in die nächsten fünf Adventssäckchen geguckt, als gerade niemand in der Küche war. Beim 3. Dezember kriegte ich einen Schreck, weil ich dachte, Oma hätte mir ein Kondom reingesteckt. Aber dann hab ich erkannt, dass es ein peppiges Päckchen Kaugummi war. (Ansonsten: ein Bleistiftspitzer, eine dicke Nougat-Praline, ein Kugelschreiber und einen Schlüsselanhänger mit Plastiktotenkopf.) Ich finde es total lieb von Oma, wie sie sich immer anstrengt, uns eine Freude zu machen. Sie war mit 12 Jahren bestimmt nicht so zickig wie die Weiber aus meiner Klasse.

»Hast du eine Ahnung, Oskar«, hat Oma gemeint, als ich sie gefragt habe. »Ich war so gefürchtet, dass ich sogar den Spitznamen ›Die Zicke‹ hatte.«

Das kann ich mir nicht vorstellen. Oma hat das bestimmt nur erfunden.

EINE NEUE E-MAIL FÜR DICH, OSKAR!

Betreff: Finger weg von Folge 5!
Datum: Mo, 1. Dez., 18:09
Von: Daniel
An: Oskar
Hallo, du blöder Besserwisser, ewiger Nörgler, Mister Superschlau! (Reicht das? Hast du genug?) Hier kommt meine neue Folge. Aber wehe, du schreibst sie um! FOLGE 5 BLEIBT SO! Sie ist unveränderbar. Sozusagen in Stein gemeißelt – wie bei den alten Römern. Mittelherzlicher Gruß von deinem vergrätzten Daniel. PS: Was dich und deine nervige Angela betrifft: Sobald sie jemanden kennen lernt, der schlauer ist als du, bist du abserviert. Da schwör ich tausend Eide drauf. Hoffentlich kriegt sie nie raus, welches Ergebnis du beim letzten Intelligenztest hattest, haha!

Der Direx hob den Telefonhörer ans Ohr und lauschte: Es war ein Hilferuf aus dem alten Rom. Einer der Schüler – Benno – hatte nämlich ein Handy dabei. Obwohl er vor lauter Angst fast ohnmächtig war, konnte er sich an die Nummer der Astrid-Lindgren-Schule erinnern. Wie durch ein Wunder bekam er auch Verbindung. »Hallo«, krächzte Benno ins Handy. »Wir sind hier in Rom – und bald tot, weil wir in der Arena kämpfen müssen. Und dann will uns der Gutweiler den Löwen vorwerfen!« Der Direx war bestürzt. Gut, jetzt wusste er, wo die 7c mitsamt ihrem durchgeknallten Lehrer steckte. Aber wie sollte er die Klasse wieder zurückbringen? Schlote bohrte nachdenklich in der Nase. Er war der einzige Lehrer an der Astrid-Lindgren-Schule, der mit zwei Fingern gleichzeitig popeln konnte. »Ich hab's«, rief er erfreut aus. »Wir müssen Silvia um Hilfe bitten.« Silvia war die Schulsekretärin. Sie hatte knallrot gefärbte Haare und war nebenberuflich Hexe. Manchmal zauberte sie auch in der Schule, wenn der Saustall auf dem Schreibtisch des Direx zu groß war. »Silvia – ja, das ist die Lösung!«, riefen alle

Lehrer im Chor. Silvia hörte ihren Namen und kam rein. »Was ist los? Braucht ihr wieder eine Runde Kaffee oder was?«, fragte sie.
Hat die Sekretärin wirklich magische Kräfte? Wird sie es mit Nero aufnehmen können? – Fortsetzung folgt!

• Oskars Geheimdatei • Oskars Geheimdatei • Oskars Geheimdatei •

Blackout beim Frühstück
Datum: *Dienstag, 2. Dezember*
Autor: *Oskar, dank Lebkuchen nicht verhungert*

Wie sind die Leute früher nur ohne Strom ausgekommen? Ob sie eine Kaffeemaschine mit Tretantrieb gehabt haben?
Heute Morgen ist der Strom ausgefallen. Wir wollten gerade frühstücken, Mama drehte den Herd an – und plötzlich saßen wir alle im Dunkeln. Flo war der Einzige, der die Sache spaßig fand. Er behauptete sofort, er sei Florian, der kopflose Ritter, und er habe mittels Zauberkraft den Strom in eine Schatztruhe gesperrt.
Papa hat ärgerlich gesagt, Flo soll aufhören, so einen Scheiß zu erzählen. Dann ertönte ein ent-

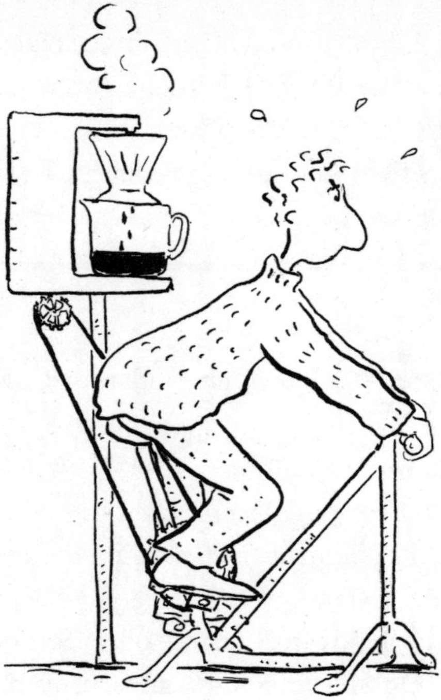

setzliches Stöhnen, weil sich Papa auf der Suche nach Streichhölzern am Küchenschrank die Birne angehauen hatte. Das ist das Gute an der Adventszeit. Kerzen und Streichhölzer sind nie weit weg. Papa fand die Streichhölzer, zündete eins an und dann alle vier Kerzen auf dem Adventskranz, danach nahm er eine Kerze weg und ging damit in den Keller zum Sicherungskasten. Flo fragte, warum Papa jetzt doch alle Kerzen vom Adventskranz angezündet hätte und die HZ schnauzte ihn an: »Du bist echt so was von blöd!« Mama fand das nicht besonders freundlich. Papa schrie etwas aus dem Keller, dann wurde es eine halbe Sekunde lang hell, aber bevor wir mit den Augen zwinkern konnten, saßen wir schon wieder im Dunkeln. Entnervt kam Papa in die Küche zurück und murmelte, dass er zuerst gedacht habe, der Strom sei im ganzen Viertel ausgefallen, aber die anderen Häuser seien beleuchtet, folglich hätten sie auch Strom.

»Vielleicht hat man uns den Strom abgestellt«, vermutete die HZ. »Habt ihr die Rechnungen bezahlt?«

»Natürlich«, hat Mama entrüstet geantwortet.

Papa erzählte dann von einem Schutzschalter, der sich nicht zurückstellen lasse und wahrscheinlich sei bei uns die ganze Elektronik im Eimer, dabei haben wir ja unser Haus erst kürzlich völlig renovieren lassen.

»War eben Pfusch«, erklärte Papa kaltblütig, während Mama, unsicher geworden, doch nach den letzten Rechnungen vom Stromwerk suchte.

Kristin war drauf und dran einen Notruf übers Handy loszulassen. Das normale Telefon funktionierte ja nicht mehr. Es war jedenfalls wieder mal

das totale Chaos und Flo und ich mussten kalten Kakao trinken, weil der Herd nicht ging und Kristin konnte sich nicht die Haare trocken föhnen.
Als ich von der Schule heimkam, hatte sich die Sache inzwischen zumindest teilweise aufgeklärt. Mama wischte die Pfütze in der Küche weg. Der Gefrierschrank war nämlich abgetaut, obwohl die Küche eiskalt war (die Heizung war auch ausgefallen). Schuld an allem hatte unser neuer Küchenherd: Sobald man den Schalter drehte, fiel der Strom im ganzen Haus aus. Mama hatte schon erbost bei der Firma angerufen und den Leuten dort die Hölle heiß gemacht. Kurz nach dem Mittagessen (belegte Brote) tauchte endlich ein Elektriker auf und brachte die Sache in Ordnung.
»Geht natürlich auf Garantie«, sagte er vor dem Weggehen.
Mama, die zuvor noch groß herumgetönt hatte, dass sie auch Schadensersatz für ihre aufgetauten Gefriersachen verlangen werde, war froh, als alles wieder so funktionierte, wie es funktionieren sollte.
Hier sitze ich nun und tippe mit klammen Fingern unsere neuste Katastrophenstory in den Computer. Mein Zimmer wird nur langsam warm. An meinem Fenster schmilzt gerade eine Eisblume. Es

sieht aus, als würde sie weinen. Auch mir ist zum Weinen zu Mute. Ob das daran liegt, dass ich so viel kalten Kakao getrunken habe? Oder liegt es an Angela? Mein Herz hat nämlich Frostbeulen. Angela hat heute in der Schule kein einziges Wort zu mir gesagt. Ob sie noch sauer wegen gestern ist? Oder gibt es vielleicht noch einen anderen Grund?
ICH FÜHL MICH GANZ DUMM,
WENN ICH NICHT WEISS, WARUM.
NULL SCHIMMER WIESO –
DAS TREIBT MICH AUFS KLO!

Betreff: Vielleicht die letzte Nachricht von mir – vor dem großen KNALL!
Datum: Di, 2. Dez., 21:05
Von: Oskar
An: Daniel

Hallo, Daniel, falls du einen Knall hörst, wundere dich nicht, das bin nur ich – gerade geplatzt!
Heute Vormittag hatten wir Stromausfall und es sind eine Menge Sachen im Gefrierschrank aufgetaut. Ich hab anderthalb Pizzen verdrückt, anschließend musste mich Flo die Treppe raufschieben. Sogar Kristin ist über ihren Schatten gesprungen und hat zwei magere Würstchen (jedes

ca. 10 cm lang) gegessen. Jetzt ist sie ungefähr bis Samstag satt.
Hier kommt die Folge 6. Beste Spinatpizzagrüße von Kugel-Oskar!!!

Die wahre Geschichte unserer Schule / Folge 6

»Sie müssen die 7c retten«, flehte der Direx Silvia, die Schulsekretärin, an. »Aus der Klasse wird sonst Löwenfutter.« »Mal sehen, was sich machen lässt«, versprach Silvia und verschwand hüftwackelnd. Inzwischen ging es der 7c schlecht. Die ersten mussten schon in die Arena: Benno, Philipp

und Daniel. Dort stand ein bodybuildingmäßiger Gladiator und schwang ein Schwert. »Ihr seid so gut wie tot!«, rief er ihnen auf Lateinisch zu. »Verpiss dich, du Idiot!«, brüllte Daniel zurück und sah sich nach einer Waffe um. Das einzige, was er fand, war Bennos Handy. Er ließ es gegen die Birne des Gladiators knallen. Leider zersprang das Handy und nicht der Kopf des Gladiators. »Du Doofmann«, schrie Benno auf. »Jetzt hast du unsere letzte Rettungsmöglichkeit kaputt gemacht.« Der Gladiator grinste nur und die Mädchen fingen an zu heulen.

Sind Benno, Philipp und Daniel verloren? – Fortsetzung folgt!

Oskars Geheimdatei • Oskars Geheimdatei • Oskars Geheimdatei •

Kurzbericht eines ziemlich normalen Tages

Datum: *Mittwoch, 3. Dezember*

Autor: *Ein entschiedener Moorhuhnschützer*

- Daniel war nicht in der Schule. Diesmal hat er aber nicht geschwänzt, sondern ist richtig krank. Er hat schon rumgehustet wie ein Kettenraucher.

(Ich hab ihn gefragt, ob er heimlich qualmt, aber das hat er abgestritten.)

- Kristin nervt, weil ihr angeblich die Haare ausfallen. (Darauf habe ich schon lange gewartet!) Deswegen kippt sie sich jetzt Kieselerde ins Trinkwasser. Das Zeug sieht dann aus wie Milch. Bestimmt schmeckt es scheußlich, aber die HZ frisst ja alles, was angeblich der Schönheit dient.
- Oma ist sauer, weil die Aktienkurse weiter in den Keller gegangen sind.
- Unsere Lehrer spinnen. Sie haben uns Massen von Hausaufgaben aufgebrummt, damit wir zu Weihnachten auch richtig fix und fertig sind.
- Gutweiler kriegte heute in der Lateinstunde einen Wutausbruch.
- Mama joggt inzwischen 30 Minuten, ohne zusammenzubrechen. Ich hab irgendwo gelesen, dass Joggen genauso süchtig machen kann wie Alkohol oder Rauchen. Wenn man lange genug läuft, wird der menschliche Körper zum Drogenlabor und man wird richtig high. Wahrscheinlich hatte Mama deswegen einen so irren Blick, als sie schweißdampfend heimkam.
- Papa hat heute aus dem Büro ein Computerspiel mitgebracht. Leider läuft es auf dem alten Computer nicht. Deswegen musste ich es auf meinem

Notebook installieren. Das Spiel heißt Moorhuhnjagd. Man muss in neunzig Sekunden so viele Hühner wie möglich abknallen. Wenn der Spieler genügend Hühner getroffen hat, kommt er auf eine Hitliste. Sobald die Hitliste erscheint, taucht ein armes Moorhuhn mit Gipsbein und Krücken auf und schaut einen vorwurfsvoll an. Ich finde das Spiel fies. Hühner abzuknallen ist gemein. Ich werde eine Beschwerde-Mail an den Erfinder schicken. Er soll uns mal besuchen. Dann sieht er, wie lieb Hühner in Wirklichkeit sind!!!

Oskars Geheimdatei • Oskars Geheimdatei • Oskars Geheimdatei •

Moorhuhnjagd sorgt für Albträume

Datum: *Donnerstag, 4. Dezember*

Autor: *Oskar, momentan allein verantwortlich für die Schulgeschichte*

Daniel ist noch immer krank. Es muss schlimm mit ihm stehen, wenn er mir noch nicht mal eine E-Mail schicken kann. Bestimmt liegt der arme Kerl im Bett und hat böse Träume.

Ich hab heute Nacht geträumt, Papa sitzt mit einem Gewehr auf dem Nussbaum und ballert auf unsere Hühner. Und zum Schluss sind alle mit Gipsbeinen und Gipsflügeln rumgelaufen.
Ich fürchte, ich muss die Schulgeschichte allein weiterschreiben, sonst kommen wir in Rückstand.
Heute stand Folge 4 (meine Fassung!) im Internet.
Unsere Klasse ist begeistert. Ob wir einen Oskar-Daniel-Fanclub aufmachen sollen?
Ich freu mich schon drauf, Autogramme zu geben!!

Die wahre Geschichte unserer Schule/Folge 7

Silvia suchte nach ihrer Kristallkugel. Verflixt noch mal, wo steckte das Ding?
Ohne die Kugel konnte sie nicht hexen.
Ob Englischlehrerin Dörthe Grund, genannt »die tolle Dolly«, vielleicht wieder mal ihren Klau-Tag gehabt hatte? Es war bekannt, dass sie gerne etwas mitgehen ließ (Lippenstifte und Nagellack in der Drogerie, Jogurt im Supermarkt). Silvia beschloss, sie zur Rede zu stellen. »Hast du mir meine Kristallkugel geklaut?«, fragte sie. Die Englischlehrerin stellte sich dumm. »I don't know!« »Alle wissen, dass du klaust wie ein Rabe«, sagte Silvia. Da

wurde Dolly fuchsteufelswild. Kurz darauf wälzten sich die beiden Weiber auf dem Boden. Durch die offene Tür sahen der Direx und die anderen Lehrer zu. »Ein Damenringkampf«, freute sich Schlote. »Ich berechne mal grad die Wahrscheinlichkeit, dass Dolly gewinnt.« »Ein anderes Mal gerne«, meinte der Direx. »Jetzt haben wir Wichtigeres zu tun.« Er klatschte in die Hände. »Aufhören, meine Damen! Denken Sie doch an die 7c!«

Wird Silvia ihre Kristallkugel wiederfinden? Und wie sieht es inzwischen in der Arena aus? – Fortsetzung folgt!

Oskars Geheimdatei • Oskars Geheimdatei • Oskars Geheimdatei •

Mama läuft Amok!
Datum: *Samstag, 6. Dezember*
Autor: *Bestimmt nicht der Nikolaus!*

Hallo, Computer! Mich interessiert brennend, wer eigentlich den Quatsch vom Nikolaus erfunden hat. Flo hat mit ungefähr sechs Monaten aufgehört, an den Nikolaus zu glauben. Trotzdem findet jedes Jahr dieselbe Schau statt: Erst kommt der Nikolaus in den Kindergarten und dann schreit Flo nach einer

Privatvorstellung zu Hause. Weil er der Kleinste in der Familie ist, tanzen Mama und Papa natürlich nach seiner Pfeife. Früher hat Papa den Nikolaus gemacht, einen roten Mantel angezogen, sich einen falschen Bart ins Gesicht gehängt und die Stimme verstellt. Aber letztes Jahr hat sich Flo einfach auf den Boden geschmissen, unter den Nikolausmantel geschaut und sich kaputt gelacht. Deswegen wollte es Papa in diesem Jahr schlauer anfangen. Er ist auf die Idee gekommen, Irmi mit dem Nikolausspielen zu beauftragen. Das war ein grottenschlechter Einfall. Mama ist glatt ausgerastet, als Irmi gefragt hat: »Seid ihr auch alle schön brav gewesen?«, und dann den Papa ein bisschen mit der Rute verdroschen hat. Ich fand es gar nicht so schlecht, denn jemand, der mit Begeisterung Moorhühner abschießt, verdient Hiebe, auch wenn die Hühner nur virtuell sind. Aber Mama hat Irmi gerade mal die Geschenke verteilen lassen und dann sofort gemeint, der Nikolaus hätte an so einem Abend bestimmt noch viel zu tun und könnte ruhig gleich wieder abzischen.

»Na gut, dann geh ich mal wieder raus in Schnee und Eis!«, hat Irmi mit verstellter Stimme geantwortet und ist tatsächlich gegangen, obwohl es draußen weder Schnee noch Eis gibt, sondern nur Wind und Regen bei ungefähr 15°C.

»Das war aber ziemlich unhöflich«, hat Papa zu Mama gesagt und dann haben sie sich wieder gestritten.
Die HZ hat nur dazu gegrinst und gemeint, Mama sollte sich als Kandidatin in einer Talkshow bewerben, Thema: *Ich bin eifersüchtig auf den Nikolaus.*
»Halt dich da raus«, hat Mama nur gefaucht. Dann hat sie ihre Joggingschuhe angezogen. Jetzt ist sie seit einer Dreiviertelstunde weg. Hoffentlich geht alles gut. Ich habe Angst, dass Mama vor lauter Wut Amok läuft und jeden Nikolaus beschimpft, der ihr heute Abend begegnet.
Vorhin hat Daniel angerufen. Er konnte kaum reden, so heiser war er. Ich werde ihn morgen besuchen, denn wir müssen ganz dringend ein paar Folgen von unserer Schulgeschichte schreiben. Am Montag muss die Folge 8 auf unserer Homepage stehen! OBERDRINGEND!
Übrigens lesen jetzt schon Schüler aus der sechsten Klasse eifrig unsere Story mit. Ein paar Typen aus der achten und neunten haben uns auch schon angequatscht und warten auf die Fortsetzung. Allmählich scheint jeder in der Schule unser Passwort zu kennen!
PS: Ich hab Daniel gefragt, ob er auch das Moorhuhnspiel kennt. »Klar, ist voll geil«, hat Daniel

gemeint. Ich bin entsetzt. HAT DENN KEINER MEHR EIN HERZ FÜR HÜHNER?

• Oskars Geheimdatei • Oskars Geheimdatei • Oskars Geheimdatei

Ein Krankenbesuch und seine (8.) Folge
Datum: *Sonntag, 7. Dezember*
Autor: *Ich, leider zu gesund*

Daniel liegt noch immer im Bett. Ich hab dem armen Kerl den Schokoladen-Nikolaus mitgebracht, den ich gestern von Irmi gekriegt hab. Eigentlich wollte ich, dass Daniel dafür ein paar Bazillen rüberschiebt und mich ansteckt. Gegen ein paar Tage Sonderferien hätte ich nämlich gar nichts!
Aber ich fürchte, ich hab Daniel angesteckt. Nämlich mit blöden Einfällen. Unsere Folge 8 ist ein Kracher!!!

Die wahre Geschichte unserer Schule / Folge 8

Die Schulsekretärin und die Englischlehrerin wurden von Biolehrer Joachim Meisel getrennt, der was vom »Recht des Stärkeren« faselte. »Zur Sache«, befahl der Direx sauer. »Oder euer Urlaub ist gestrichen!« »Okay«, sagte Silvia. »Dazu brauche ich leider ein Haar von dir.« Der Direx schaute ziemlich dämlich, denn er hatte noch genau drei Haare. Sollte er wirklich eines davon opfern? »Stell dich nicht so an«, meinte die Englischlehrerin Dörthe Grund gnadenlos und hatte ihm ratzfatz eins vom Kopf geklaut. Silvia versuchte krampfhaft, sich an den richtigen Zauberspruch zu erinnern. Ihr Gedächtnis war total schlecht, deswegen verwechselte sie auch ständig die Namen der Schüler, die ins Sekretariat kamen. »Äh, wie war das gleich? Lateinarbeit und Tiergebein, lass uns ins alte Rom hinein!« Ein magischer Windstoß fegte durch den Raum, packte alle Lehrer …

Im alten Rom hatten Daniel und Philipp inzwischen den Gladiator mit einem geübten Judogriff aufs Kreuz gelegt. Benno fielen fast die Augen raus, die Mädchen klatschten Beifall. Das passte dem alten Nero gar nicht. Wütend ließ er die Tore zu den Raubtiergittern öffnen. Vier riesige Löwen stürmten in die Arena. Die Schüler der 7c sahen sich verzweifelt an.

Der olle Gutweiler aber rieb sich die Hände und sagte mit gemeinem Grinsen: »Ich gebe euch noch

eine letzte Chance. Wer mir sagen kann, was ›Löwenfutter‹ auf Lateinisch heißt, der ist frei.«
Natürlich wusste das keiner, sogar Angela nicht.
Das war das Ende!
Da fuhr ein Windstoß durchs Kolosseum und auf einmal standen alle Lehrer der Astrid-Lindgren-Schule da. Dieser Anblick war mehr, als die Löwen ertragen konnten. Einer nach dem anderen wurde ohnmächtig.
»Die armen Viecher sind doch allergisch gegen Lehrer«, brüllte Nero. »Wer hat denn dieses schlimme Paukerpack hier reingelassen?!«
Was wird aus den Löwen? Und was aus der 7c? – Fortsetzung folgt!

Aus für die »Wahre Geschichte unserer Schule«!

Datum: *Montag, 8. Dezember*

Autor: *Jemand, der besser kein Wort geschrieben hätte*

Katastrophenalarm!

Die Lehrer haben wirklich null Humor!!! Wer hätte gedacht, dass sie sich wegen unserer harmlosen Schulstory so aufregen? Gestern habe ich die Diskette mit der Folge 8 gleich zu Andreas gebracht, denn die Fortsetzung sollte ja schon heute im Internet stehen.

Irgendjemand hat dem Gutweiler doch tatsächlich unser Passwort verraten. Der hatte natürlich nichts Eiligeres zu tun, als in den Computerraum unserer Schule zu stürzen und von dort aus unsere Homepage aufzurufen. Und er hat sämtliche Folgen unserer Geschichte gelesen!!!

Dann ist der Gutweiler sofort zum Direx gerannt und hat gepetzt. In der ersten Pause waren fast alle Lehrer im Computerraum versammelt. An unserem Zählerstand auf der Homepage konnte man genau sehen, wie viele Leute unsere Geschichte gelesen haben. Die Zahl ist im Laufe des Tages

drastisch nach oben geschnellt. (Genau wie Aktienkurse! Bei so großer Nachfrage hätten wir an die Börse gehen sollen!)
Der Gutweiler ist dann in unser Klassenzimmer gekommen und hat wissen wollen, wer den ganzen Mist verzapft hat. In der Hand hatte er einen Stapel Blätter. Das war unsere Schulgeschichte, die er aus dem Internet runtergeladen und ausgedruckt hatte.
Ich hab auf die rechte obere Ecke an der Tafel gestarrt und keinen Ton gesagt. Mir war schlecht vor Aufregung. Ich hatte totalen Schiss und beneidete Daniel, der noch immer zu Hause war. Aber die Klasse hat zum Glück dichtgehalten. Das machte den Gutweiler erst recht wütend.
»Die ganze Sache wird noch Folgen haben«, hat er angekündigt und ist gegangen.
Ob er seine Drohung wahr machen wird?
Kaum war ich mittags zu Hause, hab ich Andreas angerufen und ihm gesagt, dass er den Schul-Adventskalender schleunigst von unserer Homepage entfernen soll. Andreas hatte auch schon von dem Skandal gehört und gemeint, wir könnten mächtig Ärger bekommen.
Das hat mich nicht gerade aufgemuntert. Voller Panik hab ich alle Folgen aus meinem Notebook gelöscht (inklusive sämtlicher E-Mails, in denen

von unserer Schulstory die Rede war). Ich hab auch überlegt, ob ich sicherheitshalber nicht auch meine Geheimdateien löschen soll, aber die sind ja mit einem Passwort geschützt. Das kenne nur ich und bevor ich das verrate, kann man mich wirklich zu Löwenfutter verarbeiten.

Natürlich hab ich Daniel angerufen und ihm erzählt, was passiert ist.

»So eine gequirlte Scheiße«, hat Daniel nur gesagt. Er hat einen Hustenanfall gekriegt und behauptet, sein Fieber sei jetzt bestimmt in die Höhe geschnellt und er müsse sich sofort wieder ins Bett legen.

Ich glaube, er hofft, dass ich die ganze Angelegenheit allein ausbade!

Ehrlich, das hat mich völlig geschafft! Aber das war noch nicht das Schlimmste. Denn dann kam auch noch Mama. Sie hatte eine Stinklaune und nahm mich richtig ins Kreuzverhör.

»Hast du die Geschichte geschrieben, Oskar?«

»Wieso ich?«, hab ich zurückgefragt und ein unschuldiges Gesicht gemacht. Aber damit konnte ich bei Mama nicht landen.

»Martin Kliffe schwört, dass du es warst!«

Ausgerechnet mein Deutschlehrer! Der beschwert sich sonst immer nur, dass ich so lausige Aufsätze schreibe. Dabei war er früher selber keine große Leuchte in Deutsch. Angeblich hat Kliffe meinen Stil erkannt und deswegen Mama den Tipp gegeben, ich sei todsicher an der Sache beteiligt.

»Und? Bist du es, Oskar?«, hat Mama gefragt und mir dabei so tief in die Augen geschaut, dass sich fast meine Eingeweide umgestülpt haben.

»Du kannst ja in meinem Computer nachsehen, ob ich so was geschrieben habe«, hab ich ganz cool geantwortet, denn ich bin sicher, dass Mama mein Passwort nicht rauskriegt.

Nachher will sie tatsächlich kommen und gucken.

Oh Mist!

Ich hör sie schon auf der Treppe. Ich geh besser aus dem Programm. Ciao! Bis später, Computer!!!

WÖRTER MIT A:

AFFE – ABENTEUER – APFEL – ABEND – ARSCHLOCH.

GUT GEMACHT! DU HAST 50 PUNKTE!

Ich bin mein Notebook los!
Datum: *Dienstag, 9. Dezember*
Autor: *Jemand mit Computerverbot*

SO EIN VERDAMMTER MIST!
Mama hat mir mein Notebook weggenommen!
Sie hat gestern Abend noch ein Riesentheater gemacht und behauptet, ich hätte sie in der ganzen Schule abgrundtief blamiert. UND SIE WÜRDE SICH SCHÄMEN, SO EINEN SOHN ZU HABEN!
Es war voll die Hölle, was ich mir alles anhören musste.
»Den Computer schließe ich auf unbegrenzte Zeit weg«, hat Mama dann gesagt.
Mein schönes Notebook!
»Das ist Diebstahl«, hab ich gebrüllt.
Aber Eltern dürfen ihre Kinder ungestraft bestehlen. Das nennt sich dann Erziehungsmaßnahme!
Jetzt hab ich auf unbestimmte Zeit Computerverbot. Eigentlich darf ich auch nicht hier an meiner alten Kiste sitzen, denn der ist ja jetzt Familieneigentum. Aber ich tu einfach so, als würde ich Flo mit dem Lernprogramm Wörter beibringen – und

sobald er rausgeht, mach ich meine Textverarbeitung auf.
Denn wem – außer dem Computer – kann ich denn meinen Kummer erzählen?
UND LOSWERDEN MUSS ICH DEN MÜLL!
Achtung – Feind kommt!

WÖRTER MIT F:
FREUND – FEIND – FERKEL – FERKEHR
FALSCHES WORT. VERSUCHS NOCH EINMAL.
FERNSEHEN – FABRIK – FARBE – FUCK
FALSCHES WORT. VERSUCHS NOCH EINMAL.
FUCK – FUCK – FUCK!!!
SCHADE. DU HAST LEIDER NICHT GEWONNEN.

So, hier bin ich wieder. Flo ist rausgegangen, weil er verloren hat. Vielleicht war ich gemein zu ihm, aber die anderen sind ja auch gemein zu mir.
Gestern Abend hab ich gehört, wie Papa im Schlafzimmer munter mit meinem Notebook Moorhühner abgeknallt hat.
»Sofort aufhören!«, hab ich geschrien und wütend an die Wand geklopft. Aber Papa hat nur gelacht, weil er wieder 25 Punkte mehr eingeheimst hat als beim letzten Spiel.

(Ich bin diese alte Kiste überhaupt nicht mehr gewöhnt. Die Tasten sind schon ganz ausgeleiert und der Prozessor ist elend langsam! Bis der Computer den Text abspeichert, bin ich eingeschlafen!!! Ich kann kaum glauben, dass ich früher immer meine Texte damit getippt habe!)

Heute in der Schule ging die Sache mit der Schulstory weiter.

Der Direx ist in unsere Klasse gelatscht und hat uns eine Standpauke gehalten. Ob uns bewusst sei, wie sehr wir die Lehrer mit unserer Story lächerlich gemacht hätten. Und das weltweit! (Pah! Als ob jemand in Neuseeland daran interessiert wäre, unsere Homepage zu lesen! Und die Pygmäen in Afrika kriegen unser Passwort ganz sicher nicht raus!) Gutweiler stand die ganze Zeit neben dem Direx, hat ein bitterböses Gesicht gemacht und ab und zu genickt.

Unser Schulchef ist dann mit fiesen Druckmitteln gekommen.

1. Wenn sich der Täter nicht meldet, macht die ganze Klasse in diesem Jahr keine Klassenfahrt (wir sollten nämlich im nächsten Frühjahr ins Schullandheim fahren).
2. Auch sonst würde man andere Seiten aufziehen, z. B. wäre die 7c für den Rest des Schuljahres für

das Abfallaufsammeln auf dem Schulhof zuständig.

3. Die Schule würde möglicherweise einen Rechtsanwalt einschalten. Dann würde die ganze Sache vor Gericht ausgetragen!

Es war totenstill in unserer Klasse. Keiner hat einen Mucks gesagt. Das einzige Geräusch war eine Art Knirschen, das entstanden ist, als der Gutweiler seinen Mund zu einem Grinsen verzog.

SCHRECKLICH!

Noch schrecklicher war, als der Direx mich anguckte und sagte, dass es gewisse Hinweise auf den Täter gäbe. Ich wäre am liebsten im Erdboden versunken! Um cool zu bleiben, habe ich die ganze Zeit im Kopf das große Einmaleins vor mich hin gesagt. Das war eine gewaltige Anstrengung!

Endlich sind der Direx und der Gutweiler wieder rausgegangen. Hinterher gab es riesigen Stunk. Unsere Klasse hat sich nämlich in zwei Gruppen geteilt. Die eine wollte unbedingt ins Schullandheim und hat mir Druck gemacht, dass ich mich melden soll. Die andere Gruppe hat sich hinter mich gestellt und gesagt: »Keine Angst, wir halten dicht und dir passiert gar nichts!«

Ich wusste wirklich nicht, was ich tun sollte.

Kommt da jemand?

WÖRTER MIT G:
DU HAST JETZT KEINE LUST ZUM SPIELEN?
MACHT NICHTS. AUF WIEDERSEHEN UND
SCHÖNEN TAG NOCH!

Es ist doch niemand gekommen. Puhh! Ich bin schon ganz nervös, aber ist das ein Wunder?
Angela war bei der zweiten Gruppe. Das hat mich ein bisschen getröstet. Ich hab sie gefragt, was ich machen soll. Da hat sie mir den Kopf gestreichelt und gesagt, das müsse ich selbst entscheiden.
Angela hat jedenfalls großes Mitleid mit mir. Es ist plötzlich wieder alles in Ordnung zwischen uns. Allerdings fühle ich mich auch wie ein Meerschweinchen. Vielleicht sind Jungs für Mädchen manchmal nur so eine Art Haustier, wer weiß?
Nachmittags hab ich Oma um Rat gefragt. Oma weiß meistens, was richtig ist oder falsch. Ich hab ihr alles gebeichtet, sogar, dass ich gestern sämtliche Ausdrucke von unserer Story in die Altpapiertonne von unserem Nachbarn gestopft hatte. Ich wollte alle verdächtigen Spuren beseitigen.
»Was soll ich jetzt tun?«, hab ich gefragt.
»Echte Helden stehen zu ihren Taten«, hat Oma gesagt.

»So?« Ehrlich, es wäre mir lieber gewesen, wenn sie gesagt hätte, dass echte Helden ihre Taten bis zum Lebensende verschweigen.

»Aber keiner zwingt dich, ein Held zu sein«, hat Oma dann gesagt. Dabei hat sie ein bisschen enttäuscht ausgesehen.

In meiner Not hab ich Daniel angerufen. Der hat einen auf todkrank gemacht. Ich konnte mit ihm überhaupt nicht reden, er hat nur immer in den Hörer gehustet.

»Feigling!«, hab ich ihn angeschrien. »Ich will wissen, was wir tun sollen.«

»Ich schick dir 'ne Mail«, hat Daniel gekrächzt.

Als mir einfiel, dass ich momentan ja keinen Computer hatte, hatte ich schon den Hörer auf die Gabel geknallt.

Es ist die schwerste Entscheidung meines Lebens. Sobald ich daran denke, dass ich mal Glücksforscher werden wollte, kann ich nur höhnisch lachen. Von Glück hab ich keine Ahnung. Es hat sich per Internet davongemacht. Dafür weiß ich jetzt bestens Bescheid über Unglück.

Was wohl morgen passiert?

HILFE!!!

Ich habe mich freiwillig gestellt!
Datum: *Mittwoch, 10. Dezember*
Autor: *Der Internet-Täter*

Flo spielt mit Legosteinen. Er baut eine Riesenburg und ist hoffentlich zwei Stunden beschäftigt. Ich hab ihm erzählt, dass ich mit dem alten Computer ein Referat für die Schule tippen muss.
(Schon wieder eine Lüge, aber was soll's? Mein Ruf ist sowieso dahin!!!)
Heute Morgen hatte ich vor lauter Aufregung Durchfall, genau wie Matilda, wenn sie was Falsches gefressen hat. Ich hab schon gehofft, dass ich richtig krank werde und zu Hause bleiben kann wie Daniel. Doch Mama meinte, ich sei zwar ein wenig blass, aber durchaus schultauglich. Also haben mich meine schlotternden Beine zur Schule getragen. Ich bin schnurstracks ins Direktorat marschiert. Unterwegs hab ich mir noch gewünscht, dass ich auf der Treppe ohnmächtig werde und mir dieser Gang erspart bleibt, aber der liebe Gott hatte kein Einsehen.
»Hallo, Oskar«, hat der Direx gesagt und mich fröhlich angegrinst.

»Es tut mir Leid«, stotterte ich. »Der Adventskalender war 'ne ziemliche Kacke und der Text ist auch schon längst gelöscht.«
Der Direx hat mir freundlich auf die Schulter geklopft und gefragt, ob ich schon eine Schule wüsste, auf die ich in Zukunft gerne gehen würde.
Vor lauter Panik hab ich dann ziemlichen Schrott von mir gegeben. Ich hab rumgesülzt, dass die Astrid-Lindgren-Schule weltweit anerkannt sei. Und sie sei berühmt dafür, dass es hier die besten Lehrer und die fähigsten Pädagogen gebe und so weiter, schleim, schleim.
Offenbar hat meine Methode funktioniert, denn unser Direx setzte sich wieder ganz friedlich hinter den Schreibtisch, zog die Schublade auf und füllte

einen Direktoratsverweis aus, den er mir dann feierlich zeigte.
»So, Oskar«, sagte er dazu. »Drei von dieser Sorte und du fliegst.«
Ich bedankte mich überschwänglich. Ich wollte den Verweis gleich mitnehmen (um ihn einzurahmen und über mein Bett zu hängen, damit ich jeden Morgen gleich daran erinnert werde, dass ich keine Lehrer mehr lächerlich machen darf), aber der Direx sagte, der Verweis werde meinen Erziehungsberechtigten mit der Post zugestellt. Per Einschreiben. Damit auch sichergestellt werde, dass meine Eltern von meiner Schandtat erfahren und ich keine Verschleierungsversuche unternehme.
»So ein Quatsch«, hab ich gesagt. »Mama erfährt es doch sowieso brühwarm.«
»Es gibt Vorschriften, an die ich mich halten muss«, hat der Direx gesagt. »Und du wirst dich außerdem persönlich bei Herrn Gutweiler und den anderen Personen, die du lächerlich gemacht hast, entschuldigen.«
Angela küsste mich, als ich ihr in der Pause alles ausführlich erzählte.
»O Oskar, du bist so tapfer«, hat sie gesagt.
Ich hab ihren Kuss gar nicht richtig gespürt. Irgendwie prallte alles an mir ab.

Ich hab mich bei allen entschuldigt. Ich glaube, nach dem Unterricht war ich nur noch 3 cm groß, kaum größer als eine Weinbergschnecke. Man hätte mich mühelos zertreten können.
Dabei bin ich jetzt der Held der Schule und endlich richtig berühmt – aber das Berühmtsein hatte ich mir ganz anders vorgestellt! Ehrlich!
Ich hab gedacht, man ist glücklich.
Die Wahrheit ist, dass man sich saubeschissen fühlt.
Alle wissen inzwischen von der Sache, alle!
Oh, das Telefon läutet. Geht denn keiner ran?
EMEMEASIURSUDMAUS
FLOIIIIIIIIIIIIKÖÖÖÖÖÖÖÖÖÖÖÖÖÖÖÖ
ÖÖÖÖÖÖÖSSS
LLLLLLIEUCÜ*ÄÄALC!??»§»====$ÖDLA
Pfoten weg, Flo!!! Du sollst nicht in meinem Text rumpfuschen!
Gerade hat einer aus der fünften Klasse angerufen. »Hey, Oskar, ich will deine Geschichte auch lesen, aber die Folgen stehen nicht mehr im Internet. Hast du noch eine Kopie?«
»Alles vernichtet«, hab ich geantwortet.
Jetzt klingelt das Telefon schon wieder. Ich werde gleich wahnsinnig!

Daniel macht Geschäfte

Datum: *Donnerstag, 11. Dezember*

Autor: *Ich, total anständig, aber noch immer ohne Notebook*

Daniel hat mir heute am Telefon erzählt, dass gestern auch dauernd Leute wegen unserer Story bei ihm angerufen haben. Er hat alle Bestellungen notiert. Er will die Geschichte ausdrucken und für jede Folge einen guten Preis verlangen.

»Bist du verrückt?«, hab ich gefragt.

»Wäre doch dämlich, wenn wir das nicht ausnützen würden«, hat Daniel geantwortet. »Wo wir gerade super im Geschäft sind.«

Er ist wenigstens so fair und teilt den Gewinn mit mir, 60:40 – für Daniel. Weil er ja der Manager ist.

»Bald kannst du dir wieder einen neuen Computer leisten, Oskar«, hat er aufmunternd gemeint.

Daniel ist übrigens ungestraft davongekommen. Dank mir. Denn ein wahrer Held handelt edel und verrät seine besten Freunde nicht.

»Ich finde es ziemlich anständig von dir, dass du Daniel nicht verpetzt hast«, hat Angela zu mir gesagt.

Das finde ich auch. Ich hab großen Respekt vor mir und so viel Anständigkeit!
Oh no, Mama kommt mit Flo!
Schnell umschalten!

WÖRTER MIT G:
GELD – GIER – GOLD – GESCHÄFT – GEWINN – GEMEINHEIT – GEFÄNGNIS – GALGEN – GARAUS – GRAB
GRATULIERE! DU HAST DIESMAL 100 PUNKTE ERREICHT!

• Oskars Geheimdatei • Oskars Geheimdatei • Oskars Geheimdatei

Entweder es läuft nix oder es läuft schief!
Datum: *Sonntag, 14. Dezember*
Autor: *Musterschüler Oskar, ganz locker*

Was macht es schon, dass ich zurzeit keinen eigenen Computer habe? Tralala. Das juckt mich doch nicht. Auf diese Weise hab ich nämlich viel mehr Zeit für Angela.
Am Donnerstag begleitete ich sie zur Musikschule, am Freitag zum Sport und am Samstag zur

Nachhilfe. Jedes Mal wartete ich bei Nässe und Kälte, bis die Zeit um war, und begleitete Angela wieder zurück.

»Du überwachst mich, Oskar«, hat mich Angela gestern angefaucht und mir fast ihre Tasche um die Ohren geknallt. »Das kann ich nicht ausstehen!«

Na gut. Was soll's. Wenn sie meint.

Also blieb ich heute zu Hause in meinem Zimmer und lernte. Das heißt, eigentlich starrte ich die meiste Zeit nur vor mich hin.

Mama hat sich schließlich Sorgen gemacht. »Vielleicht leidest du an einer Winterdepression. Das haben viele Leute. Dann fehlen Sauerstoff und Sonnenlicht.« (Ich wette, Mama wusste ganz genau, dass mir mein Notebook fehlte!)

Sie hat mich überredet, mit ihr zu joggen. Ich bin höflich zwei Minuten lang mitgetrabt. Dann konnte ich umkehren, denn Mama war längst außer Sichtweite und merkte gar nicht, dass ich nicht mehr mitlief.

• Oskars Geheimdatei • Oskars Geheimdatei • Oskars Geheimdatei

Nur unwichtiges Zeug

Datum: *Mittwoch, 17. Dezember, aber eigentlich egal*

Autor: *Mister Schnurzwurst*

In einer Woche ist Weihnachten. Mama ist noch immer sauer auf mich. Ich kriege bestimmt keine Geschenke. Das Leben macht null Spaß.
Oma meckert auch schon, weil sie nicht ins Internet kann. Papa kennt sich mit meinem Notebook nämlich nicht gut genug aus, haha. Ich hoffe, dass Oma ordentlich Druck macht!!!

• Oskars Geheimdatei • Oskars Geheimdatei • Oskars Geheimdatei •

Gar keine rätselhafte Krankheit!

Datum: *Sonntag, 21. Dezember (vierter Advent!)*

Autor: *Einer mit drei Augen*

Ich hab ein Hühnerauge am linken Fuß. Es tut teuflisch weh. Mama sagt, Hühneraugen würde man kriegen, wenn man falsche Schuhe trägt. Ich

hab mal gelesen, dass jede Krankheit seelische Ursachen hat.
Hühneraugen sind bestimmt Anzeichen von ganz schlimmem Computer-Entzug!
Advent, Advent, ein Hühnerauge brennt,
erst eins, dann zwei, dann drei, dann vier –
O no!

Oskars Geheimdatei • Oskars Geheimdatei • Oskars Geheimdatei •

Ein Hoffnungsschimmer?
Datum: *Dienstag, 23. Dezember*
Autor: *Ich, wieder mal völlig der elterlichen Gnade ausgeliefert*

Morgen ist Heiligabend. Ich weiß gar nicht, ob ich mich darauf freuen kann.
Mama und Papa haben sich über mich unterhalten. Papa meint, das Notebook sei jetzt lange genug weg. Mama behauptet, ein Notebook könnte man gar nicht lange genug wegsperren. Nach Papas Ansicht bin ich genug bestraft. Mama hat widersprochen. Sie sagt, das, was ich ihr angetan hätte, könnte man gar nicht mehr gut machen. (Eine Ko-

pie unserer Schulgeschichte hängt im Lehrerzimmer aus – eigenhändig vom Gutweiler angebracht!!!)
Später ist Papa in mein Zimmer gekommen und hat mich gefragt, was ich mir zu Weihnachten wünsche.
»Dass ich mein Notebook wiederkriege«, hab ich natürlich gesagt.
»Sonst wünschst du dir nichts?«
Ich hab den Kopf geschüttelt.
»Und du bist wirklich nicht enttäuscht, wenn du weiter nichts bekommst?«
»Nein.«
Dann ist Papa wieder rausgegangen. (Hat er heimlich vor sich hin gegrinst? So billig wird Weihnachten nie wieder!!!)
Übrigens fährt Angela über die Weihnachtsferien in die Berge, zum Skilaufen. Ich hab mich heute von ihr verabschiedet und ihr gesagt, dass sie sich kein Bein brechen und sich vor Lawinen hüten soll. Sie hat versprochen, mir eine Ansichtskarte zu schreiben.
»Und wenn du dich in einen tollen Skilehrer verliebst?«, hab ich sie gefragt.
Angela hat nur gekichert. »Das wäre aufregend.«
Ihre Antwort hat mich ziemlich beunruhigt. Heißt

das, dass sie sich ganz gerne in einen anderen Typen verlieben würde? Bin ich schon abserviert?

»Bin ich schon abserviert?«, hab ich gefragt.

»Ach, Oskar«, hat Angela nur gesagt. »Sei doch nicht immer gleich eifersüchtig.« Dann hat sie mir einen Abschiedskuss auf die Backe gegeben.

Bin ich wirklich eifersüchtig, Computer? Du kennst mich schon so lange, du altes Stück!

Ich stelle mir vor, wie Angela mit ihrem Skilehrer rumknutscht. Ich horche in mich hinein. Was fühle ich?

Mir juckt die große Zehe. Ist das Eifersucht oder Fußpilz? Oder kriege ich vielleicht wieder ein neues Hühnerauge?

DU HAST 19 UNGELESENE NACHRICHTEN, OSKAR!

X	E-Mail Di,	9.12.	18:04	von Daniel
X	E-Mail Mi,	10.12.	20:21	von Daniel
X	E-Mail Mi,	10.12.	22:03	von Daniel
X	E-Mail Do,	11.12.	9:31	von Gewinn & Co, Finanz GmbH
X	E-Mail Fr,	12.12.	17:03	von Daniel

Wenn du eine Mail lesen willst, klicke mit der Maus auf X!

Weitere Nachrichten mit der Page-down-Taste!

Strafe aufgehoben – aber nur auf Bewährung!
Datum: *Mittwoch, 24. Dezember. Heiligabend*
Autor: *Oskar, halbwegs glücklich*

Mannomann! Ich hab schon gedacht, ich kriege dich überhaupt nicht mehr zurück, geliebtes Notebook!
COMPUTERVERBOT IST HUNDSGEMEIN!
Ich hätte als Strafe viel lieber Hausarrest bekommen. Für manche ist Hausarrest schlimm, weil sie dann nicht Fußballspielen können. Aber ich kann viel eher auf Fußball verzichten als auf meinen Computer.
Ich musste Mama hoch und heilig versprechen, dass ich mich ab sofort wirklich anständig benehme und keinen Scheiß mehr mache. Ich hab mein Notebook sozusagen nur auf Bewährung wiedergekriegt!!!!!
WENN WIEDER WAS PASSIEREN SOLLTE, DANN IST ES GANZ WEG!
Soll ich mich jetzt freuen oder nicht?
So was nennt man ERPRESSUNG!!! Und das zu Weihnachten, wo doch alle froh und glücklich sein sollen!

Ja-haa, ich komm ja schon!
Die brüllen unten im Wohnzimmer schon ganz furchtbar. Ich muss jetzt beim Schmücken helfen. Später mehr!

So, da bin ich wieder. Ich finde, man könnte statt Glaskugeln genauso gut CD-Roms an den Christbaum hängen. Aber leider bin ich mit meinem Vorschlag nicht angekommen. Also baumelt auch in diesem Jahr das Übliche von den Zweigen: kitschige Holzfiguren, Strohsterne, Kugeln und irgendwelcher Naschkram. Elektrische Kerzen sind natürlich auch drauf, eigenhändig von Papa angebracht. Prompt ging die Lichterkette wieder mal nicht. Papa hat eine halbe Stunde gebraucht, um das lockere Glühbirnchen zu finden und war schon total nervös, denn inzwischen sind die Läden geschlossen und man kann auch keine Ersatzbirnen mehr kaufen. Und wenn die Kerzen an unserem Christbaum nicht brennen, dann könnte unser französischer Gast, der übermorgen eintrudelt, einen ganz schlechten Eindruck von deutschen Familien bekommen …
Mann, ich glaub, Mama hat mit dem Glöckchen geklingelt! BESCHERUNG!!!
Leider nicht für mich. Oder doch? Vielleicht von

Oma??? Wenigstens ein winzig kleines Päckchen?

NEUE POST FÜR DICH, OSKAR!

Betreff: Weihnachtsgrüße
Datum: Do, 25. Dez., 9:51
Von: Daniel
An: Oskar
MERRY CHRISTMAS, alter Schlappschwanz! Ich bin gespannt, wann du diese Mail lesen wirst – vielleicht erst im nächsten Sommer? Meine Familie nervt total. Ich halte Weihnachten nur aus, wenn ich auf Durchzug schalte und das Hirn ausstelle. Dann gehe ich an den Kühlschrank, tröste mich mit Torte und zieh mir ein anständiges Horrorvideo rein.
Falls du dein Notebook irgendwann mal zurückkriegst, kannst du mir ja eine Mail schicken. Beim Chatten hab ich heute übrigens eine Tussi kennen gelernt. Ich hab ihr erzählt, dass ich achtzehn bin. Jetzt will sie CS von mir. Hast du eine Ahnung, was das heißt? Christbaum-Schmuck vielleicht? Sie braucht es jedenfalls bald. Ciao, dein Daniel.

Betreff: Auch Weihnachtsgrüße!
Datum: Do, 25. Dez., 11:13
Von: Oskar
An: Daniel

Hallo, Oskar meldet sich zurück! Ich hab mein Notebook wieder. Endlich! Meine Eltern haben sich erbarmt, weil Weihnachten ist. Sie wollten mir weismachen, dass ich sonst nichts kriege. Ich hab aber doch noch Geschenke bekommen, und zwar:

– ein dickes Buch (Mama findet nämlich, ich sollte auch mal was lesen und nicht immer nur im Internet surfen.)
– ein Paar neue Turnschuhe
– Inline-Skates (Davon war ich gar nicht so begeistert. Aber Kristin hat sich welche gewünscht. Sie hat nämlich gehört, dass man vom Skaten straffe Oberschenkel kriegt.)
– einen Terminplaner (Wenn ich den mit zur Schule nehme, wissen die Lehrer wenigstens, dass es für die Schüler auch noch ein Leben nach dem Unterricht gibt!)
– einen Internet-Führer (sehr nützlich!)
– einen neuen Schal, Handschuhe und eine coole Mütze

Das waren die wichtigsten Neuigkeiten. Bis zur nächsten Mail, dein Oskar.
PS: Wegen der Tussi, die du beim Chatten kennen gelernt hast: Ich hab die Abkürzung CS gleich in meinem Internetführer nachgeschlagen. CS bedeutet Cybersex und nicht Christbaum-Schmuck!!! Fröhliche Weihnachten!

• Oskars Geheimdatei • Oskars Geheimdatei • Oskars Geheimdatei

Keine neuen Sensationen, nur Kalorien!
Datum: *Donnerstag, 25. Dezember*
Autor: *Oskar, die Mastgans*

Wahrscheinlich wird mir jetzt gleich schlecht. Ich glaube, seit gestern Abend esse ich ununterbrochen. Erst Forelle mit Schnittlauch-Kartoffeln (Ich konnte den Fisch erst essen, als Mama den Kopf abgeschnitten hat – ich hatte die ganze Zeit vorher den Eindruck, dass die Forelle mich mit ihrem blinden Auge anguckt!), dann Nachtisch (Himbeersahne-Eis!!!!) und anschließend jede Menge Pralinen und Kekse.
Vorhin haben wir Gans gehabt. Sie hat total prima

geschmeckt. Vielleicht sollte ich keine Gänse mehr essen, denn sie sind ja mit Hühnern verwandt und die esse ich schon lange nicht mehr. Aber die Gans war nicht persönlich bekannt, insofern hatte ich keine besonders großen Gewissensbisse, als sie in leckeren Stücken auf meinem Teller lag. Papa hat bei Tisch gewitzelt, diesmal gäbe es ein echtes schottisches Moorhuhn!

Sein Moorhuhn-Knall geht mir gewaltig auf die Nerven. Als ich gestern meinen Computer endlich wiederkriegte, hab ich gleich auf der Jäger-Hitliste nachgesehen. Papa war auf Platz 1 und hat fast 1000 Punkte geschafft! Die armen Moorhühner!

Nach der Gans gab es grünen Glibber-Pudding, den Kristin gemacht hat und dann kam Oma schon wieder mit Pralinen. Ich glaube, an Weihnachten vertreibt man sich die Zeit hauptsächlich mit Essen, Essen, Essen ...

Warum Mama wieder mal im Dreieck springt
Datum: *Freitag, 26. Dezember*
Autor: *Oskar, (fast) allein zu Hause*

Was für eine Hektik! Die Fensterscheiben sind blitzblank (noch vom Weihnachtsputz!), die Teppiche sind gesaugt, der Laminatfußboden glänzt wie in der Fernsehwerbung, die Gefriertruhe ist voll bis obenhin und alle Fingerabdrücke sind von der Klobrille entfernt! Selbst der Weihnachtsbaum traut sich nicht, auch nur eine einzige Nadel abzuwerfen.
Es kommt hoher Besuch. Unsere französische Austauschschülerin wird in Kürze eintreffen. Mama hat gemeint, wir werden einen guten Eindruck machen. Sie macht den Eindruck, dass sie gleich einen Nervenzusammenbruch kriegt.
Ich frage mich jedes Mal, warum alles perfekt aussehen muss, wenn jemand zu Besuch kommt. Wir sind von Natur aus eine chaotische Familie. Warum müssen wir uns bei solchen Gelegenheiten immer verstellen?
Im Augenblick sind alle – bis auf Oma und mich – zum Flughafen gefahren, um Natalie de Candelare

abzuholen. Ich bin wirklich gespannt, ob sie so toll aussieht wie auf dem Foto. (Vielleicht werde ich mir das Bild doch auf meinen Desktop machen!)
Irgendwie kann ich mich gar nicht richtig konzentrieren. Wann kommen die anderen endlich vom Flughafen zurück?
Jetzt hör ich draußen einen Motor. Das müssen sie sein. Bis später!

Da bin ich wieder, aber bin ich es wirklich?
Vorsichtshalber hab ich erst mal in den Spiegel geschaut. Da glotzte mir jemand entgegen, der zumindest aussah wie Oskar. Vielleicht benutzt ein Geist meinen Körper und hat mein Hirn ausgetauscht.
Ich fühl mich so, als hätte mich jemand durch die Knoblauchpresse gedrückt. Und woran liegt das?
An ihr!
Sie hat schwarze Haare. Ihre Augen sind dunkelbraun. Sie duftet wie eine Wiese im Mai. Und ihre Brüste sind wie zwei Riesenäpfel, die Oma immer auf dem Wochenmarkt kauft.
Und erst ihre Stimme, als sie »Allo, Oskar« sagte!
NATALIE IST EIN WELTWUNDER!
Als sie zur Haustür reinkam, ist bei mir der Verstand ausgefallen. Ruckzuck sind alle Sicherungen

durchgeknallt. Wie neulich bei unserem Total-Stromausfall.
Sie sieht nicht aus wie auf dem Foto.
SIE SIEHT TAUSENDMAL BESSER AUS!
Ich stand nur da und gaffte. Kristin gab mir schließlich einen Rippenstoß und sagte: »Klappe zu, Oskar!«
»Bongschur«, krächzte ich und verfluchte den Tag, an dem ich mich für Latein als zweite Fremdsprache entschied.
Ihr Lächeln war unglaublich!
»Du bist sicher müde vom Flug, Natalie«, sagte Mama. »Kristin zeigt dir ihr Zimmer.«
Ich sah zu, wie Kristin mit Natalie die Treppe raufstieg. Papa übrigens auch. Natalie trug einen superengen kurzen Rock. Ich hatte das Gefühl, gleich ohnmächtig zu werden. Papa grinste nur.
Mama sah mir vermutlich an, dass ich Kreislaufprobleme hatte.
»Das kommt davon, wenn man keinen Sport macht«, meinte sie.
Sie hat Recht. Deswegen hab ich mir ihre Hanteln ausgeborgt. Bisher hab ich sie schon zwölfmal hochgestemmt. Ich werde trainieren, bis ich umfalle!
Wie viele Stunden dauert es wohl, bis ich einen tollen männlichen Körper habe?

Schlafstörungen!

Datum: *Samstag, 27. Dezember*

Autor: *O. Weiß, höchstwahrscheinlich total verknallt*

Es ist erst halb fünf. Trotzdem kann ich nicht mehr schlafen. Wenn ich die Augen zumache, sehe ich Natalie. Sie ist wie der höchste Spiele-Level. Das Ziel. Danach ist man im Himmel.

Ich hab gehofft, dass alles wieder normal wird, wenn ich auf den vertrauten Tasten herumtippe. Dass ich wieder an Hühner und Computer und Pizza denken kann, ohne dass ein Minirock und schwarze Haare mein Hirn durcheinander wirbeln. Es hat nichts genützt. Ich werde verrückt bei dem Gedanken, dass Natalie nur ein paar Meter Luftlinie von mir entfernt im Bett liegt und selig schläft.

Und was ist mit Angela? Angela ist doch meine Freundin und eigentlich mag ich sie noch genauso wie vorher. Es ist, als hätte das eine nichts mit dem anderen zu tun. So, als hätte man einen Superflitzer, um am Wochenende mit heruntergekurbeltem Verdeck quer durchs Land zu düsen, und ein Klein-

wägelchen, um Oma zur Bank zu fahren oder die Büchereibücher abzugeben.
Dabei stelle ich es mir super vor, mit Natalie zusammen Büchereibücher abzugeben. Oder mit ihr ins Kino zu gehen ...
Na-Natalie-Nataliebe!
Noch mindestens drei Stunden bis zum Frühstück. Eben bin ich ins Bad geschlichen und hab unterwegs mal an Kristins Tür gelauscht. Ich hab gehört, wie die HZ schnarcht (Ihr Schnarchen erkenne ich unter Tausenden!). Natalie schnarcht zum Glück nicht. Am liebsten hätte ich mich vor die Tür gesetzt ...
Aber wie soll ich erklären, warum ich da auf dem Boden hocke? Am Ende hält sie mich für einen Spanner!
Um mich abzulenken, hab ich sogar eine Runde MOORHUHNJAGD gespielt: Null Punkte, weil ich immer ins Leere geballert habe. Ich musste höllisch aufpassen, dass ich aus Versehen kein Huhn treffe, sie sind mir dauernd vor die Flinte geflogen. Ein Huhn ist sogar direkt vor mir aufgetaucht und hat mich frech angegackert ...
Wahrscheinlich beachtet sie mich gar nicht. Ich gäbe alles dafür, wenn ich jetzt siebzehn wäre. Ich wünsche mir eine tiefe Stimme und Haare auf der

Brust. Es wäre nur ein klitzekleines Wunder, lieber Gott, echt Pipifax für einen wie dich.
Mach doch mal – bitte!

Ich bin grad wieder ins Bad gerannt und hab mein Aussehen kontrolliert. Es hat sich nichts verändert. Nur auf meinem Kinn sitzt ein funkelnagelneuer Pickel. Der ist vorhin garantiert noch nicht da gewesen.
Statt mich älter und männlicher zu machen, lässt mir der liebe Gott Pickel wachsen. Wahrscheinlich bestraft er mich, weil ich nicht fromm genug bin, sondern ihn nur in Notfällen um etwas bitte. Das ist so wie bei der Feuerwehr. Man ruft nur an, wenn's irgendwo brennt. Kein Mensch kommt auf die Idee, den Leuten dort ab und zu einfach einen guten Tag zu wünschen. Mist, Mist, Mist.

Wer gackert, muss auch legen!

Datum: *Noch immer Samstag, 27. Dezember (wahrscheinlich liege ich demnächst mit Knochenbrüchen im Krankenhaus!)*

Autor: *O. W., wieder mal voll ins Fettnäpfchen getapst*

Beim Frühstück konnte ich fast nichts essen. Ich wusste nicht, dass es einem so den Appetit verdirbt, wenn man verknallt ist!!!

Kristin will Natalie ein bisschen im Ort herumführen und ihr unsere Sehenswürdigkeiten zeigen: Die Kirche, das Schwimmbad, das Jugendzentrum, unsere Schule, den Marktbrunnen (seit Oktober abgestellt) und unsere geschlossene Eisdiele.

Übrigens ist Natalie total sportlich – was Mama sehr begeistert. Vor dem Frühstück sind die beiden sogar schon miteinander gejoggt.

Aber Natalie hat noch nicht genug. Weil heute schönes Wetter ist, hat sie Kristin gefragt, ob sie sich die neuen Inline-Skates von ihr ausborgen darf. Sie könnte sich den Ort ja auf Skates ansehen. Kristin war einverstanden. »Ich kann ja die Inline-Skates von Oskar nehmen«, hat sie gemeint.

Kristins Stinkefüße in meinen nagelneuen Skates? Schnell hab ich eingegriffen. »Die brauch ich selber.«
»Aber du machst dir doch nichts aus Sport«, meinte Kristin verwundert. »Du bist ja noch nie Inline-Skates gefahren.«
»Heute wollte ich es ausprobieren«, hab ich behauptet.
Ich dachte, Natalie kann nicht genug Deutsch und kriegt kaum was von unserer Unterhaltung mit. Aber sie hat doch eine Menge verstanden.
»Fein«, hat sie sofort gerufen. »Dann fahren wir zu zweit – Oskar und ich!«
Kristin hat gesagt: »Gut, wenn du unbedingt willst!«, und gemein gegrinst. Da hab ich mir echt was eingebrockt!!!
Wenn ich jetzt kneife, was soll Natalie dann von mir denken?
Ob mir jemand mein Notebook ins Krankenhaus bringt?

Von wegen Krankenhaus – siebter Himmel!

Datum: *Sonntag, 28. Dezember*

Autor: *Der Super-Glückspilz*

Hallo, Computer! Hier meldet sich noch mal Oskar, der Glücksforscher.
Es gibt neue Forschungsergebnisse:
– WAHRES GLÜCK IST UNBESCHREIBLICH.
– WAHRES GLÜCK KANN MAN NICHT ERFORSCHEN!!!
Ich gebe daher meinen Job als Glücksforscher auf. Tschüs, Nobelpreis! Ade, Reise nach Stockholm!
– WAHRES GLÜCK PASSIERT EINFACH!!!
Und dann haut es dich um!!!!!!!!! WUMM!!! Das ist dann ein Glücks-FALL!
Wie gestern!!!
Zuerst hab ich gedacht, das Skaten wird bestimmt die totale Katastrophe. Schon am Anfang stellte ich mich ziemlich dämlich an, nämlich als ich die Knie- und Ellbogenschützer anziehen sollte. In der Aufregung hab ich links und rechts verwechselt und dann noch Knie- und Ellbogenschalen … Aber schließlich hab ich's doch hingekriegt und bin ohne Sturz aus dem Hof gerollt. Natalie kam nach.

Sie trug schwarze Leggins und einen schwarzen Kapuzenpulli. Ihre Haare hatte sie zu einem langen Zopf geflochten. Sobald ich sie anguckte, wurde mir schwindelig. Vielleicht lag es auch an meiner Angst. Ich stand total wackelig auf den Skates.
Natalie dagegen fuhr so sicher, als hätte sie schon die Europameisterschaften gewonnen. Ratsch, ratsch, ratsch … Selbst die Rillen im Pflaster schienen sie nicht zu stören, sie sauste einfach drüber weg. Ich holperte hinter ihr her. Jedes Sandkorn und jedes winzige Steinchen ließ mich wild mit den Armen rudern und ich betete, dass mich keiner sah, der mich kannte.
Eigentlich hatte ich erwartet, dass Natalie mich auslachen würde, weil ich das erste Mal auf Skates stand. Aber nein. Sie war total lieb, gab sich richtig Mühe, es mir beizubringen. Und bevor ich mich wehren konnte, hatte sie meine Hand ergriffen und mich auf die Straße gezerrt.
»Super, Oskar!«, rief sie und ihre Begeisterung steckte mich irgendwie an.
Es ging wunderbar. Oskar, der Unsportlichste aus der 7c, entwickelte ungeahnte Fähigkeiten. Irgendwann schwebte ich. Wir sausten zusammen die Straße entlang. Der Asphalt war zwar glatt, trotzdem wurde mir das Tempo allmählich unheimlich.

Ich hatte schließlich keine Ahnung, wie man bremste!
Irgendwann bog Natalie in eine Sackgasse ab. Ich wollte sie warnen, aber woher sollte ich wissen, was »Sackgasse« auf Französisch heißt und das deutsche Wort kapierte Natalie nicht. Jedenfalls tauchte vor uns plötzlich ein Jägerzaun auf.
Natalie bremste geschickt mit halber Drehung, aber ich hatte keine Chance. Ich fuhr direkt in sie hinein. Mein Kopf landete zwischen ihren Brüsten und meine Hände umklammerten ihren Po. Natalie hielt mich fest, damit ich nicht umfiel.
So standen wir ein paar Sekunden lang.

DAS WAR BESSER ALS ALLES, WAS ICH JE ERLEBT HABE!!!

Als mich Natalie losließ, sackte ich weg und landete doch noch direkt vor ihr auf dem Boden. Es war mir völlig egal, ob gerade jemand zusah oder nicht.

Natalie half mir auf und fragte mich, ob ich mir wehgetan hätte, doch ich schüttelte nur den Kopf und strahlte sie an. Ich kriegte richtig Muskelkater in den Mundwinkeln und fürchtete schon, dass ich langsam wahnsinnig werden würde. Es sind ja schon Leute vor lauter Glück durchgedreht.

Auf dem Rückweg zeigte ich Natalie alles, was unser Ort zu bieten hat, sogar den Computerladen von Daniels Cousin. Insgeheim hoffte ich, dass sie wieder in eine Sackgasse einbiegen würde, aber leider kam keine mehr.

Zu Hause wurden wir sehnsüchtig von Kristin und Mama erwartet. Die beiden hatten sich schon das Schlimmste ausgemalt. Jedenfalls waren sie ganz erstaunt, dass ich ohne Loch im Kopf zurückkam.

»Ich habe zwei Brüder und eine Schwester«, erzählte Natalie, während sie ihre Schützer abschnallte. »Und ich habe ihnen allen beigebracht, wie man Inline-Skates fährt. Außerdem hat Oskar schnell gelernt.« Sie zwinkerte mir zu.

»Skaten macht echt riesigen Spaß«, bekräftigte ich – natürlich ohne zu verraten, warum es mir besonders viel Spaß gemacht hatte. Schließlich bin ich ein Gentleman.
Leider sieht es heute nach Regen aus. Trotzdem hoffe ich auf weitere Unterrichtsstunden!

• Oskars Geheimdatei • Oskars Geheimdatei • Oskars Geheimdatei

Peinlich, peinlich!
Datum: *Montag, 29. Dezember*
Autor: *Das Supermodel O.*

Als ich heute Morgen in die Küche runterkam, lag eine Ansichtskarte neben meinem Teller. Sie war von Angela. Auf der Vorderseite waren lauter verschneite Berge zu sehen. Angela schrieb, dass sie jeden Tag fünf Stunden Ski fährt und ganz schlimmen Muskelkater hat.
»Von wem ist denn die Karte?«, fragte Kristin, Weltmeisterin in Sachen Neugier.
»Von Angela«, antwortete Mama.
»Wer ist Angela?«, wollte Natalie wissen.
»Sie geht mit mir in die 7c«, murmelte ich.

»Sie ist Oskars Freundin«, petzte Kristin.
(Biest! Ich konnte ihr leider nicht gegen das Schienbein treten!)
Natalie kicherte. (Ich hätte mein neustes CD-ROM-Spiel dafür hergegeben, wenn ich gewusst hätte, was sie in diesem Augenblick gedacht hat!)
Jedenfalls hat mir an diesem Morgen mein Müsli nicht geschmeckt. Ich hatte nämlich ein schlechtes Gewissen, Angela war mir auf einmal wieder so nah. Es war fast so, als würde sie neben mir sitzen. Auf der anderen Tischseite aber saß Natalie. Ich war hin- und hergerissen.
Angela ist süß und ein prima Kumpel. Doch Natalie ist UMWERFEND! Ich werde von ihr angezogen wie ein Eisennagel von einem Magneten. Selbst wenn sich der Eisennagel wehren will, geht es nicht. Die Anziehungskraft ist stärker und schwupps! klebt der Nagel am Magneten fest.
Mama fiel auf, dass ich nur in meinem Müsli rumstocherte.
»Was ist los mit dir, Oskar?«, fragte sie. »Stimmt was nicht mit dem Müsli?«
Ich prüfte Haferflocken, Nüsse, Weizenkeime und Jogurt – alles in Ordnung. Kein einziger Magnet. Das Müsli war vollkommen unschuldig.

»Oskar hat sicher Sehnsucht nach Angela«, sagte die HZ spöttisch und warf Natalie einen Blick zu.

Ein bisschen Sehnsucht hatte ich schon nach ihr, das stimmte. Aber das Problem lag ganz woanders. Zum Glück checkte die HZ davon nichts, sonst hätte ich mich bestimmt auf was gefasst machen können!

Kristin und Natalie machten jetzt Pläne für den Tag. Sie wollen heute Abend in die Disco. Natalie behauptet, dass sie wahnsinnig gern tanzt.

Tanzen mit Natalie muss noch gigantischer sein als mit ihr zu skaten ...

Ich wollte unbedingt auch in die Disco.

Doch Kristin hat mir einen Vogel gezeigt. »Eine Disco ist doch kein Kindergarten«, hat sie gesagt. »Mit zwölf lassen sie dich da gar nicht rein.«

»Ich bin fast dreizehn«, hab ich erwidert.

»Vergiss es. Mama erlaubt das bestimmt nicht«, hat Kristin gespottet.

Womit sie leider Recht hat. Ich hab vorhin bei Mama nur eine kurze Andeutung gemacht und bin voll abgeblitzt.

»Seit wann interessierst du dich für Discos?«, hat sie außerdem noch gefragt. »Gibt's da neuerdings auch einen Internet-Anschluss?«

In dieser Familie werde ich einfach nicht ernst genommen! Keiner hat eine Ahnung, dass mein Herz momentan in Stücke gerissen wird. An einer Seite zerrt Natalie. Das andere Ende krallt sich Angela …

In die Disco muss ich unbedingt, so viel steht fest. Trotz Mamas Verbot. Ob ich es heimlich versuchen soll? So was hab ich noch nie gemacht und wenn die Sache rauskommt … Ob die Rumhopserei mit Natalie das wert ist?

Ich glaube, meine Vernunft ist momentan ein bisschen verreist. Vorhin habe ich mich nämlich dabei ertappt, wie ich im Bad stand und Frisuren ausprobierte. Ich rieb mir Gel in die Haare und bürstete sie senkrecht nach oben. Das Ergebnis war nicht schlecht. Dann bediente ich mich bei Kristins Vorräten und sprühte mir grüne Farbe ins Haar. Die grüne Strähne sieht echt affengeil aus. Jetzt brauchte ich nur noch das passende Outfit, das mich erwachsener aussehen lässt.

Deswegen hab ich aus dem Altkleidersack im Keller Papas Lederjacke geklaut. Sie ist zwanzig Jahre alt und ihm längst zu eng.

»Das Ding hängt lange genug rum«, hat Mama neulich gesagt und die Jacke ausgemustert.

Zum Glück haben sie vor lauter Weihnachtsstress

die Altkleidersäcke noch nicht weggebracht. Also konnte ich die Jacke wieder rausholen.
An den Ärmeln war sie ein bisschen verschimmelt, das kam von der feuchten Kellerluft. Leider roch sie auch wie Keller. Ich bearbeitete sie mit Papas Deo.
Dann hab ich mit einem alten Lappen den Schimmel von den Ärmeln gerieben. Eine Schweinearbeit. Der Schimmel war so was von hartnäckig!
Als ich aus dem Bad kam, lief ich Flo über den Weg. Der quietschte lauthals los, als er mich sah.
»Halt's Maul!«, fauchte ich ihn an, denn ich wollte nicht, dass Mama Verdacht schöpfte und mein Notebook in Gefahr geriet. (Seit ich es auf Bewährung zurückbekommen habe, werde ich bei jeder Gelegenheit damit erpresst, zum Beispiel: »Oskar, bring sofort den Müll runter, sonst –«. Oder: »Wenn du nicht sofort deine Socken in die Schmutzwäsche wirfst, dann –«)
Aber Flo schaffte es natürlich, für einen Menschenauflauf zu sorgen. Auf einmal standen alle um mich rum und ich musste erklären, warum ich die alte müffelnde Lederjacke in der Hand hielt. Zugegeben, sie stank wirklich wie die Pest. Modergeruch und Deo mit Moschus sind eine bestialische Duftmischung.

»Ich wollte nur mal sehen, ob mir 'ne Lederjacke steht«, redete ich mich raus. »Sind ja schweineteuer, solche Teile.«
»Damit stinkst du jedenfalls wie ein Ziegenbock«, meinte Mama, worauf sich Kristin und Natalie vor Lachen fast nicht mehr einkriegten.
»Und wofür ist die grüne Strähne?«, fragte Mama dann weiter.
»Ich find's langweilig, nur immer blond zu sein«, antwortete ich.
Daraufhin wollte mir die HZ prompt auch noch mit einem falschen Nasenring aushelfen, der nur angeklemmt wird. Ich lehnte ab.
»War ja bloß ein freundliches Angebot, weil du auf einmal so modebewusst geworden bist«, spottete Kristin und hakte Natalie kichernd unter.
Ich war wieder mal total blamiert, aber ich setzte ein cooles Gesicht auf und tat so, als würde mich das alles überhaupt nicht interessieren.
Mama nahm mir die Lederjacke ab und stopfte sie in den Altkleidersack zurück. Ich zerbrach mir den Kopf, was ich anziehen sollte. In meiner Verzweiflung rief ich Daniel an. Gute Freunde helfen einander in der Not. Daniel brachte mir seine dunkle Jacke vorbei, als gerade keines von den Mädchen zu Hause war. Das Material sah fast aus wie Leder.

»Lass dir aber keine Löcher in die Ärmel brennen«, brummte Daniel, nachdem er erfahren hatte, was ich plante.

»Ich werde mich immer in der Nähe des Feuerlöschers aufhalten«, versprach ich ihm.

»Willst du wirklich heimlich in die Disco?«, fragte Daniel. »Irgendwie bist du komplett durchgeknallt! Erst gehst du freiwillig skaten, dann diese Hopserei und überhaupt, was ist eigentlich mit deinen Haaren los?« Ehrlich, mir war auch nicht ganz wohl bei der Sache. Aber Natalie machte mich einfach verrückt. Ob Daniel das verstehen würde? Unter dem Siegel der Verschwiegenheit vertraute ich ihm mein Gefühlschaos an. Und dann erzählte ich ihm noch, warum ich Inline-Skaten neuerdings ziemlich interessant fand, vor allem, wenn man bremsen muss.

»Du hast dich einfach an ihrem Busen festgekrallt?«, fragte Daniel ungläubig. Er hat glänzende Augen gekriegt und wollte sofort meine Schuhe anprobieren. Aber seine Füße sind eine Nummer größer als meine.

»Passt nicht«, sagte ich. Zugegeben, ich war erleichtert, denn eigentlich wollte ich nicht, dass Daniel auch Natalies Schüler wird. »Und die Bremsmethode funktioniert nur in Sackgassen.«

»Mann, Oskar!« Daniel haute mir auf die Schulter. »Ich glaube, ich hab dich einfach unterschätzt.«
Ich grinste. Wer hört so was nicht gern?
Ich bin total überzeugt, dass ich heute Abend ohne Probleme in die Disco komme. Die größte Knacknuss wird sein, wie ich mich heimlich aus dem Haus schleiche, um den Mädchen zu folgen. Wenn mich Mama erwischt, dann kann ich mein Notebook jedenfalls abschreiben!

Oskars Geheimdatei • Oskars Geheimdatei • Oskars Geheimdatei •

Mein Frust mit dem doofen Türsteher
Datum: *Dienstag, 30. Dezember*
Autor: *Ich, als Schauspieler nicht ganz überzeugend*

Hi, Computer. Wenn es so weiter geht, muss ich noch eine Pleitendatei anlegen! Das, was mir gestern Abend passiert ist, war wieder mal hammerhart!
Zuerst sah alles ziemlich gut aus. Das heißt, eigentlich sah es für Mama schlecht aus. Die kriegte nämlich plötzlich einen Hexenschuss. Das sind

tierische Schmerzen im Rücken. Mama konnte sich nicht mehr richtig bewegen, stöhnte laut und legte sich schließlich ins Bett. Papa meinte, das käme nur von ihrer übertriebenen Joggerei. Mama behauptete dagegen, es käme von ihrem stressigen Beruf. Die Schüler heute seien das pure Grauen. (Ich glaube eher, dass Papa Recht hat. Denn im Moment sind Ferien und keiner aus der Schule ärgert Mama. Aber gejoggt hat sie dauernd, egal ob schlechtes Wetter war oder nicht!)
Ich hatte zuerst ein schlechtes Gewissen, weil ich ja gehofft hatte, dass mir Mama nicht in die Quere kommt, wenn ich heimlich weg will. Aber dass sie deswegen gleich einen Hexenschuss kriegt und solche Schmerzen hat, hab ich wirklich nicht gewollt!
Papa machte mir auch keine Schwierigkeiten. Der hatte sich nämlich gestern Abend spontan entschlossen, noch einen Freund zu besuchen.
»Heißt der Freund zufällig Irmi?«, fragte Mama, die natürlich gleich wieder Verrat witterte.
»Quatsch«, brummte Papa, »ich will bloß zu Werner.« Werner ist ein Arbeitskollege von Papa. Es stellte sich raus, dass Werner einen Crack vom Moorhuhnspiel hatte. Damit kann man ballern, ohne nachladen zu müssen, was kostbare Sekunden kostet. Außerdem kommen auch viel mehr

Hühner, sodass Papa seinen eigenen Rekord ganz locker übertreffen kann.
»Ich weiß nicht, da war mir dein Feng-Shui-Tick irgendwie doch lieber«, sagte Mama, seufzte und fiel in die Kissen zurück.
Papa verschwand also und Mama lag im Bett. Es war pipileicht, sich unbemerkt aus dem Haus zu schleichen. Ich hab erst Kristin und Natalie mit dem Bus wegfahren lassen. Hinterher ärgerte ich mich, dass ich nicht einfach hinten eingestiegen war, denn ich durfte eine Dreiviertelstunde warten, bis der nächste Bus kam. Da hätte ich auch fast ins Nachbardorf laufen können! Kristin und Natalie wollten nämlich ins »Crash«. Das ist die einzige Disco weit und breit. Alle Weiber stehen auf DJ Frankie und seinen süßen Pferdeschwanz. Selbst in unserer Klasse reden die Mädchen schon von ihm, voll nervig. Wenn Frankie Einsatz hat, dann ist es knackevoll.
Und so war es gestern Abend auch. Auf der Treppe und der Straße standen jede Menge Leute rum. Ich quetschte mich durch zum Eingang, es dauerte ewig. Vor mir kamen alle ohne Schwierigkeiten durch, aber mich hielt der Türsteher an der Schulter fest. »Momentchen, Kleiner, deinen Ausweis.« Die hinter mir begannen zu kichern. Ich dagegen

kriegte gleich rote Ohren. Mist! Ich wühlte in meinen Taschen rum, fand aber nur den Busfahrschein.

»Sorry«, sagte ich dann mit möglichst cooler Miene. »Ausweis und Führerschein ... hab beides zu Hause liegen gelassen.«

Aber mein toller Bluff nutzte gar nichts.

»Zisch ab«, knurrte mich der Typ an der Tür an. »Unter sechzehn kommt hier keiner rein. Und du bist höchstens elf.«

Ich flippte fast aus. Er hielt mich für elf!

Ich weiß nicht, was mich mehr ärgerte – diese blöde Bemerkung oder die Tatsache, dass Kristin mit ihren 15 Jahren überhaupt keine Probleme hatte. Weiber sind bei so was eben immer im Vorteil. Mit Schminke und Wimperntusche fälschen sie ihre Visage, was das Zeug hält.

Ich versuchte am Türsteher vorbeizuflutschen, aber da packte er mich am Kragen und hob mich hoch.

»Nix da, Freundchen.«

Ich hatte hauptsächlich Angst um Daniels Jacke. Wenn der auch nur ein Fädchen gekrümmt wurde, würde ich mit ihm Oberstress kriegen.

»Loslassen«, rief ich deshalb.

»Wie heißt das Zauberwort?«, fragte der Typ mit einem gemeinen Grinsen im Gesicht.

Irgendwie kriegte ich ein »Bitte!« heraus.
Da ließ er mich los. Ein paar Umstehende lachten mich auch noch aus. Mann hatte ich genug! Ich machte eine Kehrtwendung und zischte ab. Aber der Frust ging weiter: An der Bushaltestelle war natürlich weit und breit kein Bus zu sehen. Der Fahrplan war außerdem total verschmiert und ich

konnte nicht erkennen, wie lange ich auf den nächsten Bus warten musste. Ich überlegte schon, ob ich per Anhalter fahren sollte, aber dann traute ich mich doch nicht. Also malte ich mir lieber in allen Einzelheiten aus, wie wunderschön alles sein würde, wenn ich erst mal berühmt war und mir bei solchen Gelegenheiten locker ein Taxi leisten konnte. Oder noch besser eine Luxuslimousine mit Privatchauffeur.

Endlich konnte ich heimfahren. Doch jetzt kam der Hammer! Vor der Haustür stellte ich fest, dass ich blöder Dussel keinen Schlüssel mitgenommen hatte! Ich stand also vor der Wahl, Mama raus zu klingeln oder die Nacht auf den Treppenstufen zu verbringen. Oder ich konnte versuchen, durch die Katzenklappe zu kriechen.

Ich ärgerte mich schwarz und grün. In der Hoffnung, dass jemand vielleicht ein Fenster offen gelassen hatte, schlich ich ums Haus. Aber es war alles dicht. Da sah ich, dass oben bei Oma noch Licht brannte. Wahrscheinlich guckte sie noch fern. Oma – mein rettender Engel! Ich musste es einfach versuchen. Im Dunkeln suchte ich kleine Steinchen. Ich brauchte ziemlich viele, denn in der Aufregung verfehlte ich dauernd das Fenster. Es dauerte eine Ewigkeit, bis sich oben was rührte, vermutlich war Oma beim Fernsehen eingenickt. Aber endlich ging das Fenster auf.

»Wer treibt sich da unten rum?«, rief sie. »Ich hol gleich die Polizei!«

»Schschschsch, ich bin's bloß – Oskar«, antwortete ich in Flüsterlautstärke. »Ich hab meinen Schlüssel vergessen. Kannst du mich reinlassen?«

Oma schloss das Fenster wieder. Nach ungefähr fünf Minuten ging die Haustür auf.

»Komm rein, du alter Schlawiner!«, sagte Oma. Ich sah, dass sie sich eine Strickjacke über ihr Nachthemd gezogen hatte. »Wo in aller Welt hast du dich rumgetrieben? Und weißt du überhaupt, wie spät es ist?«

Wir gingen auf Zehenspitzen die Treppe hoch und oben in ihrem Zimmer erzählte ich ihr alles. Oma hat erst ein bisschen geschimpft, gab mir aber schließlich ihr Ehrenwort, mich nicht bei Mama zu verpetzen.

»Sonst ist nämlich mein Notebook wieder weg«, erklärte ich, aber Oma war ja nicht auf den Kopf gefallen.

»Bin ich denn blöd?«, fragte sie. »Ich brauche doch die neuesten Aktienkurse aus dem Internet, gerade wo's im Moment so spannend an der Börse zugeht.«

Ich konnte beruhigt schlafen gehen. Es ist wirklich toll, wenn man so eine Oma hat!
Aber fast hätte die HZ natürlich mal wieder alles verdorben durch ihr Geplapper!
»Na, Oskar«, sagte Kristin beim Frühstück ganz laut zu mir. »Wo warst du denn gestern? Wir haben dich vermisst.« Sie zwinkerte Natalie schadenfroh zu.
»Schscht!«, machte ich und deutete auf Papa. Dann flüsterte ich etwas leiser: »Keine Lust mehr gehabt. Außerdem musste ich unbedingt *Starwars* im Fernsehen angucken.«
»Wer's glaubt«, feixte Kristin. »Kim hat dich vorm ›Crash‹ gesehen. Ich hab dir ja gleich gesagt, dass man da keine Babys reinlässt!«
Ich hätte sie erwürgen können. Zum Glück hatte Mama nichts von dem Gespräch mitgekriegt. Sie saß nämlich nicht mit uns am Frühstückstisch, sondern war nach kurzem Aufstehen wieder jammernd ins Bett zurückgekehrt. Und Papa war so in die Zeitung vertieft, dass neben ihm eine Bombe hochgehen konnte, ohne dass er es merkte.
Ich fürchte jedoch, dass mich Kristin mit ihrem Wissen erpressen wird. Die weiß genau, dass ich alles tun werde, um mein Notebook zu behalten. So eine Chance lässt sie sich bestimmt nicht ent-

gehen! Wahrscheinlich wird sie mich in der nächsten Zeit zu ihrem persönlichen Leibsklaven machen und ich darf dann lauter niedere Arbeiten für sie erledigen. Zum Beispiel benutzte Gläser aus ihrem Zimmer in die Küche zurücktragen und spülen. Oder die angeschimmelten Jogurtbecher unter ihrem Bett aufsammeln und ordentlich entsorgen. Oder die Duschwanne von den Haaren säubern, die Ihre Hoheit beim Duschen verlassen haben. Das sind ja super Aussichten fürs nächste Jahr!

Nach dem Frühstück spielte ich den guten Sohn und brachte Mama ein Glas selbst gepressten Orangensaft ins Schlafzimmer.

»Ganz lieb von dir, Oskar«, lobte mich Mama. Sie wollte mir sogar einen Kuss auf die Backe geben, aber das schaffte sie nun doch nicht wegen ihrer Rückenschmerzen.

Als ich das Schlafzimmer verließ, fühlte ich mich ziemlich schlecht, weil ich sie so hintergangen hatte. Aber manchmal müssen Geheimnisse Geheimnisse bleiben.

Besonders, wenn es um mein Notebook geht!

Der letzte Tag im alten Jahr – und warum Papa sich ziemlich geschmeichelt gefühlt hat

Datum: *Mittwoch, 31. Dezember*

Autor: *Jemand ohne Vorsätze, aber mit besten Aussichten*

Der Countdown läuft. Nur noch ein paar Stunden, dann fängt das neue Jahr an. Am letzten Tag im Jahr überlegt man, was gut war und was schlecht. Und was man in Zukunft besser machen will.

Für das nächste Jahr hab ich mir eigentlich nichts Besonderes vorgenommen. Was soll ich denn anders machen als bisher? Klar, die Internet-Sache war großer Mist, das gebe ich zu. Aber sonst? Mama erwartet bestimmt, dass ich mich besser benehme. Doch ich finde, das ist Ansichtssache. Allen kann man es sowieso nicht recht machen. Was Mama stört, lässt Papa manchmal völlig cool. Es ist ihm piepegal, ob auf meinem Regal Staub liegt oder nicht. Und wegen ein paar zerknüllter Socken unter dem Bett ist er noch nie ausgeflippt.

Also lass ich das mit den Vorsätzen und schreib lieber auf, was in diesem Jahr super und was Kackmist war.

SUPER:
– dass ich einen neuen Computer bekommen habe
– dass ich Natalie kennen gelernt habe und – na, du weißt schon!
– dass ich mit dem Computer Tagebuch führe. Erstens kann ich mich dadurch von meinem Seelenkompost befreien und zweitens habe ich schon einen super Stil bekommen. (Obwohl Kliffe noch immer an meinen Aufsätzen rummeckert. Aber Lehrer sind nun mal Berufsnörgler.)
– dass ich einen Internet-Anschluss habe
– dass ich doch nicht völlig unsportlich bin (Inline-Skaten)
– dass ich noch immer Omas Lieblingsenkel bin
– dass ich unsere Hähnchen davor bewahrt habe, gegessen zu werden (bis auf einen Hahn, den leider der Fuchs erwischt hat)
– dass Angela meine Freundin ist
KACKMIST:
– die Internet-Geschichte und mein Verweis
– dass ich nicht in die Disco gekommen bin
– dass Natalie nicht für immer bei uns bleibt (gilt eigentlich erst fürs nächste Jahr)
– dass mich Kim vor der Disco gesehen und es sofort an Kristin weitergetratscht hat
– dass ich nicht weiß, ob ich mich für Angela oder

für Natalie entscheiden soll. Im Moment ist alles klar: Angela ist weg und Natalie ist da. Aber wenn Angela zurückkommt und Natalie noch hier ist, wird es brenzlig. (Ich hätte ja grundsätzlich keine Probleme, zwei Weiber gleichzeitig toll zu finden, ich fürchte bloß, da machen die Mädels nicht mit.)

Insgesamt sieht die Liste doch nicht übel aus, oder? Es sind viel mehr gute als schlechte Sachen! Kann ja sein, dass ich ein paar Dinge vergessen hab. Aber so pingelig bin ich nicht.

Gestern Abend ist übrigens noch was Lustiges passiert. Weil Mama noch immer wegen ihrem Hexenschuss im Bett lag, sind Kristin, Natalie und ich mit Papa fein essen gegangen. Papa hat vorher telefonisch einen Tisch reservieren lassen. Er hat sich mächtig in Schale geschmissen und Natalie sieht sowieso Tag und Nacht super aus, ohne dass sie sich so aufbrezeln muss wie Kristin. Weil die HZ wieder mal nicht mit dem Schminken fertig geworden ist, waren wir ein bisschen später dran. Im Restaurant gingen Papa und Natalie voraus, Kristin und ich dackelten hinterher. Eine Kellnerin stürzte eifrig auf Papa zu. »Ich hab einen Tisch bestellt«, sagte Papa. »Richtig, ein Zweier-Tisch für Sie und Ihre Frau«, antwortete die Kellnerin und wollte

Papa schon mit Natalie in eine schummrige Nische lotsen. Kristin und ich kriegten uns fast nicht mehr ein, Papa wurde rot und Natalie hatte nichts kapiert. Papa klärte die Kellnerin dann auf.
Ich glaube aber, insgeheim fühlte er sich mächtig geschmeichelt, dass man ihm eine so junge Frau zutraute. (Gut, dass Mama nicht dabei war.)
Ich muss jetzt Schluss machen, Computer. Wahrscheinlich war dies hier der letzte Eintrag in diesem Jahr. Wir feiern nämlich gleich eine Party! Papa und Mama haben ein paar Freunde eingeladen, Kristin hat die Musik von Kim besorgt. (Bin gespannt, was das für CDs sind!) Papa hat Getränke und Chips gekauft. (Zum Glück hat er uns nicht wieder sein Öko-Knabberzeug aufgedrängt. Ob das an Natalie liegt? Heute gibt es jedenfalls jede Menge schöne, fettige, ungesunde Paprikachips, die wir alle so lieben.) Ich und Flo haben die Raketen und Knaller rausgesucht, Papa hat sie bezahlt. Er hat diesmal auch gar nicht wegen dem Feuerwerk gemeutert. Also werden wir es ordentlich krachen lassen!
PS: Ob wir für die Hühner Ohrenstöpsel besorgen sollen, damit sie heute Nacht nicht vor lauter Schreck von der Stange fallen? Aber wie befestigt man Ohrenstöpsel bei Hühnern?

ES SCHEPPERT IN DEINEM BRIEFKASTEN, OSKAR!

Betreff: Dringende Nachricht
Datum: Do, 1. Jan., 11:25
Von: Daniel
An: Oskar
Happy New Year, Oskar! Hoffentlich hast du keine Rakete ans Knie gekriegt. Ich hab ein Glas Sekt auf ex getrunken, danach war mir schlecht und ich musste alles wieder rauskotzen! Auf weiterhin gute Geschäfte. Hast du schon eine Idee, was wir als Nächstes vermarkten? Grüß dein Superweib von mir. Vielleicht können wir ja doch mal zu dritt skaten. Dein Kumpel Daniel
PS: Weißt du eigentlich, wie du die Sache mit Angela klärst?

Neues Jahr, neues Glück!
Datum: *1. Tag im blitzblanken Kalender*
Autor: *Oskar, der doch noch mit Natalie tanzte und in diesem Jahr mit allem rechnet*

Ein gigantischer Anfang!
Letztes Jahr im Sommer bin ich das erste Mal geküsst worden (von Angela). In diesem Jahr wurde ich schon geküsst, als das neue Jahr grad mal zwei Sekunden alt war. Und ich hab doch noch mit Natalie getanzt. Es war toll!
(Ob es so gut weitergeht? Ich bin jedenfalls gespannt, was in den nächsten Wochen sonst noch kommen wird!)
Natalie hat sehr freigiebig ihre Küsse verteilt. (Sind die Französinnen so?) Sie hat alle abgeschmatzt, sogar Flo und Oma. Und sie hat sogar mit Papa getanzt, bevor ich dann drankam.
Mir wurde ganz schwindelig im Kopf, aber das lag vielleicht auch an dem Sekt, den ich getrunken habe. Jedenfalls war ich nicht so bescheuert wie Daniel und hab gleich ein ganzes Glas runtergekippt. Was hat man davon, wenn einem sauschlecht wird?

Die Party war toll. Zuerst haben wir gegessen, dann wurde getanzt, bis ich ganz verschwitzt war. Ich musste immer Flo im Kreis rumschleudern. Das ist ein gutes Muskeltraining! Als wir keine Lust mehr hatten, haben wir Blei gegossen. Natalie behauptet steif und fest, dass man daraus die Zukunft lesen kann. Mama hält das zwar für Blödsinn, aber sie hat trotzdem mitgemacht, weil sie dabei wenigstens sitzen konnte (mit einem Kissen im Kreuz).
Kristins Bleistück sah aus wie ein kleines Herz. »Du wirst dich verlieben«, hat Natalie verkündet.
»Verliebt ist Kristin doch dauernd«, hab ich gesagt. Kristin hat mich angeschnauzt, ich solle gefälligst die Klappe halten, ich hätte von Liebe ja keine Ahnung. Was weiß die schon!
Natalies Blei zerfiel in zwei Teile.
»Ich werde mich von meinem Freund trennen«, meinte Natalie, aber es hatte nicht den Anschein, als sei sie darüber besonders traurig. (Ich übrigens auch nicht.)
Mein Bleistück hatte vier komische Zapfen. Wir rätselten herum, was das sein könnte.
»Ein Kreuz«, meinte Kristin und prophezeite mir, im neuen Jahr käme ich bestimmt hinter Gitter,

weil ich noch etwas Schlimmeres anstellen würde als die Internet-Geschichte. Sie wüsste da schon was ... Das macht sie nur, damit ich auch ja nicht die Sache mit der Disco vergesse. Zimtzicke!

Mama hat ihr das Stück weggenommen und es lange in ihrer Hand gedreht. »Nein, es sieht aus wie ein vierblättriges Kleeblatt.«

»Solchen Klee hab ich aber noch nie gesehen«, maulte Kristin gleich los.

Aber Mama blieb dabei. »Oskar wird im nächsten Jahr viel Glück haben«, sagte sie und gab mir das Kleeblatt. »Vielleicht kriegt er ja endlich bessere Schulnoten.«

Das war wieder mal typisch Mama. Ihr Bleistück sah jedenfalls aus wie ein Schuh (»Du läufst den New-York-Marathon mit!«), Papa bekam eine Art Vogel (»Vielleicht ein Moorhuhn?«), Oma eine runde Scheibe (»Geld, viel Geld!«) und Flo ein Stück, das einem Zahn ähnelte.

»Dir wird im nächsten Jahr ein Zahn ausfallen«, sagte Kristin.

Flo plärrte gleich los, er wolle aber keinen seiner Zähne verlieren.

»Das sind doch nur die Milchzähne«, tröstete ihn Mama. »Dir wachsen dann neue.«

Flo glaubte es nicht und schrie, Zähne würden

nicht nachwachsen, sonst bräuchte die Oma ja keine aus Plastik.
Papa setzte zu einer umständlichen medizinischen Erklärung an, aber da guckte Kristin auf die Uhr und rief: »Es ist gleich zwölf!«
Also sind wir alle mit unseren Gläsern raus auf die Terrasse, um das neue Jahr auch nicht zu verpassen.
Die letzten Sekunden sind jedes Mal total spannend. Ich möchte zu gern wissen, warum das so ist. Das neue Jahr kommt schließlich immer. Ich hab noch nie gehört, dass irgendwann an Silvester Punkt zwölf Uhr eine dumpfe Stimme vom Himmel herabgerufen hat: »Ätsch, reingelegt! Jetzt beginnt noch mal das gleiche Jahr von vorne!«
Das neue Jahr fing also tatsächlich an und Natalie teilte ihre Küsse aus. Anschließend ging vor uns, hinter uns und nebenan ein Riesengekrache los. Bunte Raketen sausten kreuz und quer über den Himmel. Wir wussten gar nicht, wohin wir gucken sollten. Eine war schöner als die andere.
Unsere waren natürlich am allerschönsten. Wir hatten die Raketen schon am Abend in leere Flaschen gestellt und jetzt durfte Papa sie zünden. Wir kriegten fast Genickstarre, so hoch schossen sie in den Himmel. Eine verirrte sich allerdings im

Nussbaum und verzischte zwischen den kahlen Ästen.
Trotzdem war es genial. Ich hatte den Raketen heimlich Lehrernamen gegeben. Mama und Oma schrien laut »Aaaahh!«, als Kliffe gen Himmel fuhr. Der Direx zog knatternd Kreise. Die Brezel-Stellbacher löste sich in grüne Funken auf. Gutweiler entpuppte sich als gemeiner Heuler. Und es war Schlote, der im Nussbaum hängen blieb.
Dann warf ich ein paar Knallfrösche in den Garten und Papa und Werner zündeten so viele Kanonenschläge, dass unser griesgrämiger Nachbar über den Zaun guckte und »Ruhestörung!« brüllte. Offenbar hatten wir ihn aus dem Bett geholt, denn unter seinem Mantel lugte der Schlafanzug hervor.
Oma brachte ihm ein Glas Sekt und wir riefen alle im Chor: »Ein glückliches neues Jahr!«
Ich schleuderte den letzten Knallfrosch über den Zaun. Versehentlich flog dabei auch mein Kleeblatt aus Blei mit hinüber. Aber bestimmt konnte unser Nachbar auch ein bisschen Glück brauchen.
Es war fast zwei Uhr, als wir endlich in die Betten fielen, denn vorher drehten wir noch mal laut Musik auf und tanzten, ich hauptsächlich mit Natalie. Mama musste wegen ihrem Rücken leider bald

aufgeben, aber wir anderen hatten einen Riesenspaß.

So, jetzt weißt du wieder mal das Neueste, Computer.

Wie das neue Jahr wohl tatsächlich wird?

Abwarten! Du erfährst es jedenfalls als Erster!

Ciao!